KB115309

DRAGON ORDER OF FLAME

Erishe Meidalla, Varlen Lahandriya & Maze Oresia

폭염의 용제

Dragon order
of FLAME

FANTASY FRONTIER SPIRIT
김재한 판타지 장편 소설

폭염의 용제 15

김재한 판타지 장편소설

초판 1쇄 찍은 날 § 2012년 6월 8일
초판 1쇄 펴낸 날 § 2012년 6월 15일

지은이 § 김재한
펴낸이 § 서경석

편집부장 § 권태완
편집책임 § 박우진

펴낸곳 § 도서출판 청어람
등록번호 § 제1081-1-89호
등록일자 § 1999. 5. 31
어람번호 § 제1-1404호

주소 § 경기도 부천시 원미구 심곡2동 163-2 서경B/D 3F (우) 420-822
전화 § 032-656-4452 팩스 § 032-656-4453
http://www.chungeoram.com
E-mail § chungeorambook@daum.net

ⓒ 김재한, 2011

ISBN 978-89-251-2899-3 04810
ISBN 978-89-251-2419-3 (세트)

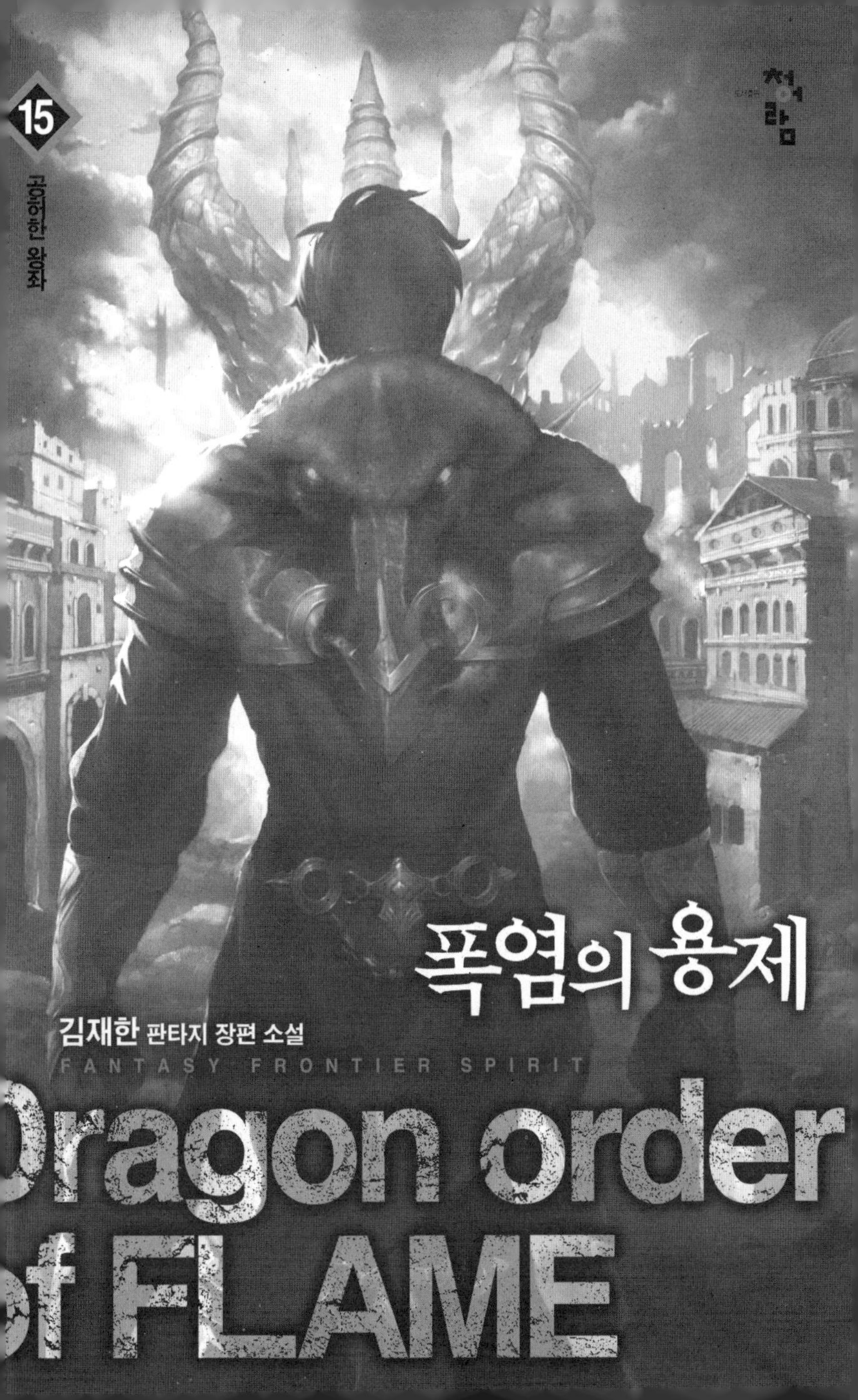
15
공허한 왕좌
청어람
폭염의 용제
김재한 판타지 장편 소설
FANTASY FRONTIER SPIRIT
Dragon order
of FLAME

Dragon order of FLAME

Chapter 64
두 마리의 용(Double Dragon)

폭염의 용제

1

자각몽을 꾸는 것은 그리 기분 좋은 일은 아니다. 특히 스스로의 의지로 깨어날 수 없는 상황이라면 더더욱.

불카누스는 현실감이 흐린 꿈속을 몽유하며 불쾌감에 사로잡혀 있었다.

이것은 평소에 볼카르의 삶을 엿보던 꿈과는 다르다. 알 수 없는 기억들이 조각조각 흩어져서 그를 괴롭히고 있었다.

창백한 빛에 대지가 녹아내리고 있었다.

비유가 아니라 진실이다. 아직 하늘에는 해도 달도 없고, 세상의 중심에 존재하는 거대한 빛의 기둥이 온 세상을 밝힌다. 그러나 밤이 오면 그 빛은 사그라지고, 하늘에 뚫린 구멍에서 또다른 빛이 내려오며 세상의 형상을 이지러뜨리는 불길한 빛을 발한다.

'이건 뭐지?

상식적으로 이해할 수 없는 현상이다. 꿈이라서 몽상에 가까운 비현실적인 풍경을 보고 있는 것일까?

하지만 불카누스는 그게 아님을 알고 있었다. 왠지 모르지만 저것 또한 올바른 세상의 형상이라고, 분명 세상이 저런 모습을 가졌던 때가 있었다는 확신이 든다.

시간이 흘러, 창백한 빛의 기둥이 하늘에 뚫린 구멍으로 사라지자 다시 대지에서 눈부신 빛의 기둥이 솟구쳐 세상을 밝혀 밤을 불사른다. 그 열기가 어찌나 뜨거운지 주변의 모든 것이 녹아들었고, 멀리 떨어진 곳에도 살아남은 것이 없다.

그런데 그 앞으로 한 소녀가 나른한 표정으로 걸어오고 있었다.

"나는 스노우화이트."

그렇게 자신을 소개한 소녀는 열서너 살 정도로 보였다. 새카만 흑단 같은 머리칼을 늘어뜨린 그녀는 눈덩이에 드리워진 그림자를 연상시키는 청백색 눈동자, 그리고 눈처럼 흰 피부를 가졌다. 그 위로 새하얀 드레스 자락이 너울거린다.

스노우화이트는 모든 생명을 죽여 버리는 열사의 대지 안에서도 땀조차 흘리지 않고 있었다. 그녀가 당장에라도 잠들어 버릴 것 같은 나른한 눈으로 불카누스를 바라보며 말했다.

"알고 있잖아? 이미 밤은 우리의 것이 되었어. 낮도 시간문제야. 그만 포기해."

"웃기지 마라……."

불카누스는 놀랐다.

자신의 입에서 다 죽어가는 목소리가 흘러나왔기 때문이다. 동시에 격렬한 감정이 치솟는다. 눈물이 흐를 것 같은 슬픔과 상실감, 그리고… 눈앞의 소녀를 향한 증오!

불카누스가 외쳤다.

"나의 아이들을! 그 가련한 것들을 해친 너희들의 말에 따를 것 같으냐! 간악한 침략자들!"

"하아. 그러니까 그건… 아니, 말해봤자 소용없지. 수백 번을 설명했는데 알아듣는 이가 하나도 없네. 생각해 보면 당신들 입장에서는 우리가 침략자가 맞기도 하고."

"너무 느긋한 거 아냐, 스노우화이트?"

그런 목소리와 함께 또 다른 존재가 모습을 드러냈다. 갈색 피부와 터질 듯한 근육을 가진 거구의 남자였다. 그러나 인간은 아니다. 그의 눈은 수면에 비친 불길 같았으며, 머리카락은 넘실거리는 불꽃 그 자체였다. 그 사이에서 용암으로 이루어진 두 개의 뿔이 넘실거리며 열기를 조종하고 있었다.

스노우화이트가 시큰둥한 표정으로 그를 바라보았다.

"니셀. 내 일에 참견하지 마. 네가 할 게 아니라면."

"너만 고생하는 게 아니라는 걸 알아주면 좋겠는데. 낮은 아직 저들의 것이야. 이곳의 시공권을 우리가 장악하기는 했지만 그리 오래 가진 못할 거야. 빨리 그를 제압해."

"알고 있어. 당신은 빠져 있어."

스노우화이트가 허공에 손을 뻗었다. 그러자 허공에 일곱 개의 거울이 떠올랐다.

그녀는 가련하다는 듯 불카누스를 바라보며 말했다.

"언젠가, 이 일에 대해서 다시 차분하고 이성적으로 대화를 나눠볼 때가 왔으면 좋겠어. 당신들이 더 이상 미숙하지 않고, 이성적으로 사태를 볼 수 있게 된다면."

"천년이 지나도, 아니, 만년이 지나도 그럴 일은 없을 거다. 간악한 것들아!"

불카누스가 증오를 불사르며 외쳤다. 세상을 밝히는 빛기둥으로부터 순백의 불길이 일어나 그와 연결되고 있었다. 그 열기만으로도 주변을 초토화시킬 수 있는 힘이 발현된다.

그러나 스노우화이트는 태연했다.

"천년도, 만년도 사실 그리 긴 시간이 아니야. 당신들이 생각하는 장구함도, 영원도 사실은 찰나에 불과하다는 것을 알아야 해. 거기서부터 우리가 대화를 나눌 수 있는 가능성이 시작되는 거지."

꿈은 거기서 끝났다.

하지만 불카누스의 몽유는 계속되고 있었다. 파편화된 꿈들 사이를 헤매면서 언제까지나……

"언제까지 이런 짓을 하고 있어야 할지 모르겠군."

불카누스는 꿈과 꿈 사이, 아무것도 없는 어둠 속을 유영하며 말했다. 그의 의식은 완전한 잠조차 허락받지 못하고 있었다. 꿈을 보지 않는 구간에도 사유를 강제당한다.

그 앞에 로키가 나타났다.

"그래도 이런 시간은 귀중하지 않나? 공백이 존재하지 않는다면 넌 언제까지 이런 상태일 테니까."

"그건 그렇지만."

불카누스는 놀라지도 않고 한숨을 쉬었다.

왜 꿈에서 깨어나지 못하는지, 불카누스는 잘 알고 있었다.

루그와 볼카르가 사용한 '시공의 휘장'이라는 봉인 마법 때문이다.

평소에도 외유의 비술이 불완전하기에 한번 그릇에서 빠져나오면 깨어나는데 열흘 이상의 시간이 걸렸다. 하지만 그건 정신의 연결이 불안정해서 그런 거고, 이 봉인은 아예 그의 의식을 봉해 버리고자 했다.

비록 마법이 완성되기 전에 빠져나오긴 했지만, 그 후유증이 막대하다. 불카누스의 의식은 현실로 나가지 못하고 내면 세계에 갇힌 채 꿈속을 헤매고 있었다.

"시간이 얼마나 흘렀는지 궁금해지는데… 혹시 알고 있나, 로키?"

"유감스럽게도 나도 그건 모르겠어. 나는 너의 그림자 같은 존재니까."

로키가 어깨를 으쓱했다.

불카누스는 이런 시간을 이용해서 '시공의 휘장'이 자신에게 끼친 영향을 분석하고, 구속을 해제시켜 나가고 있었다. 이미 절반 이상 해제했으니 조금만 더 있으면 다시 깨어날 수 있을 것 같다. 하지만 그러는 동안 시간이 얼마나 흘러갔는지 모르겠다.

로키가 물었다.

"왜 조급해하지? 어차피 너에게 시간이라는 것은 남아도는 자원일 텐데."

"사실은 그렇지 않다는 걸 알기 때문인 게 당연하지 않나.

시간이 흐르면 흐를수록 루그와 볼카르의 위협은 커진다. 그들의 성장세는 나와 대등해. 내가 멈춰 있는 동안 그들이 성장한다면 불리해진다."

"마음가짐이 좋아졌군."

"적을 무시하는 게 바보짓이라는 걸 알았을 뿐이다. 놈들이야말로 내 운명의 대적자니까."

불카누스는 그렇게 말하며 구속의 해제에 몰두했다.

2

"디르커스……."

루그는 신음처럼 중얼거렸다. 그리고 주변을 살펴보았다.

에반스의 모습을 한 디르커스와 루그만 빼고는 모든 이들이 정지해 있다. 웃고 떠들던 모습 그대로 석상이 되어버린 것만 같다.

디르커스가 말했다.

"걱정 말라니까. 잠시 활동을 정지시켜 뒀을 뿐이야. 아무런 후유증도 없을 거야. 약속하지."

"믿을 수밖에 없군."

루그는 식은땀을 흘리며 그를 바라보았다.

디르커스가 걷기 시작했다. 메이즈와 에리체, 바리엔과 다르칸의 곁을 지나서 계단을 내려가더니 소파에 앉는다.

"너도 앉지그래? 서서 이야기하는 것도 그렇지?"

루그는 그 말에 따랐다. 그리고 투덜거렸다.

"스포르카트는 시간을 정지시키더니만, 당신도 고작 대화 한번 나누는데 이런 짓을 벌이다니, 드래곤들은 다들 하는 일이 거창하기 짝이 없군."

"에이, 그거랑 이걸 비교하는 건 너무했다. 난 그냥 이 별장에 있는 인간들을 잠깐 정지시켰을 뿐이야. 전세계의 시간을 정지시켰던 거랑 똑같이 취급하면 섭섭하지. 필요하다면 그렇게 하겠지만… 흠, 너는 내가 네 일행을 정지시켜 두고 있는 게 마음에 안 드는가 보네?"

"……."

"아무런 후유증도 없을 거라고 말했는데도 그런다면… 뭐, 다른 방식을 쓰도록 하지."

디르커스는 그렇게 말하면서 손뼉을 짝짝 쳤다. 그러자 갑자기 그를 중심으로 반투명한 빛의 파문이 퍼져 나갔다.

루그는 깜짝 놀라서 방어하려고 했지만, 그 파문이 퍼져 나가는 속도는 그야말로 광속이었다. 그리고…….

'없어졌어.'

주변에 있던 사람들이 모조리 사라져 버렸다!

'아니, 사람만 없어진 게 아니라…….'

생명체, 정확히는 동물에 해당하는 존재는 다 없어졌다. 오로지 식물들만이 생명을 가진 존재의 전부였다.

"도대체 무슨 짓을 한 거야?"

당황해서 그렇게 묻던 루그는 또 한 가지 사실을 깨달았다. 어느새 그의 곁에 붉은 드레키의 모습을 한 볼카르가 있었다.

"설마 이거 심상 공간인가?"

볼카르가 육체를 갖고 그와 마주할 수 있는 것은 현실이 아닌 심상 공간에서뿐이다. 그런데 지금 볼카르는 삐딱한 표정으로 테이블 위에 앉아 있었다.

디르커스가 말했다.

"그건 아니야. 그냥 잠시 임시로 별도의 세계를 창조하고 나와 너, 볼카르를 이곳으로 전이시켰을 뿐."

"뭐?"

"우리의 대화를 목적으로 약간 다른 법칙이 적용되는 세계를 만들었다 이거지. 시간의 흐름이 다르니까 걱정 마. 이 세계와 원래 세계의 시간차는 1억 8672만 2222대 1이야. 여기서 느긋하게 대화를 하고 돌아가도 그야말로 찰나밖에 지나지 않아."

"임시로 세계를… 만들었다고?"

루그가 침을 꿀꺽 삼켰다.

스포르카트가 대화를 나누겠답시고 전 세계의 시간을 정지시키는 것도 경험해 보았다. 이제 드래곤이 뭔 짓을 하든 놀라지 않으리라 생각했다. 하지만 세계 창조라니, 이놈들의 터무니없음은 한계가 없단 말인가?

디르커스가 물었다.

"왜 그렇게 놀라? 우리가 이 정도는 할 수 있다는 거, 알고 있지 않았어?"

"그야 그렇지만… 세계 창조라니 스케일이 달라도 너무 다르군."

"별로 그렇지도 않아. 아공간을 이용해서 별도의 생태계를 구축하는 게 가능하다는 것 정도는 알지? 이 임시 세계 창조는 그걸 응용한 거야. 원래 세계의 형상을 그대로 복사해 온 데다가 생명정보를 복제하기 쉬운 식물과 미생물들만을 가져왔고 크기도 작아. 지금 내가 있는 이 몸의 심장 중심부를 기준으로 반경 500킬로미터 정도의 구체형이니까."

"……."

디르커스는 정말 별거 아니라는 듯 차분하게 '임시 세계 창조'에 대해서 설명하고 있었다.

하지만 듣는 루그 입장에서는 식은땀이 난다. 마법에 대해서 아무것도 몰라도 무서울 텐데, 마법에 대해서 깊이 안 지금은… 이놈이 마음만 먹으면 세계를 부수고 새로 만드는 것도 별로 어렵지 않다는 게 실감나니까.

루그가 물었다.

"나를 놀라게 하는 게 목적도 아닐 텐데, 왜 이런 짓을 하지? 네 능력이면 다른 방법도 많잖아? 하다못해 아까 그 별장에만 결계를 형성하고 상대시간을 뒤튼다거나……."

"그쪽이 더 효율적인 건 사실인데, 그러면 볼카르랑 얼굴 보고 이야기하기는 힘들거든. 결계를 치는 것만으로는 영혼의 인력을 어쩔 수 없어. 그렇다고 완전한 단절을 일으키자니, 볼카르는 지금도 진신(眞身)과 연결되어 있거든? 그래서 가장 쉬운 방법으로 이걸 택한 거야. 이 세계 속에서라면 볼카르도 영혼의 인력을 걱정할 필요 없이 육체를 갖고 있을 수 있어."

"고작 그런 이유 때문에?"

"너한테 천년지기 친구가 있다면 지금 내가 말한 이유를 '고작'이라고 하진 못할걸?"

"음. 그건 그렇군."

루그는 납득했다. 꿈을 통해 본 과거 속에서, 디르커스는 볼카르에게 깊은 친애의 정을 드러내는 유일한 드래곤이었다.

디르커스가 생글생글 웃으면서 말했다.

"이쪽이 너도 편하지, 볼카르? 나도 네 얼굴을 보면서 이야기하고 싶으니까."

"난 별로 네 면상을 안 보고 싶었다만."

"에이, 속으론 좋으면서 또 그런다. 여전히 솔직하지 못하구나?"

"이 일의 원흉인 주제에 그런 태도를 보이는 것도 가증스럽다."

볼카르가 뚱한 기색으로 말했다. 디르커스가 피식 웃었다.

"원흉이라니, 그건 좀 심한 표현인데? 난 별로 한 일이 없어."

"바라지아의 결계, 그거 네 짓이잖은가?"

볼카르가 핵심을 파고들었다.

시공 회귀 전, 최종결전의 장소였던 바레스 왕국의 왕도 바라지아.

그곳에 설치된 '볼카누스의 드래곤 형태를 봉하는' 마법진을 누가 설계했는지는 알려지지 않았다. 하지만 지금 에반스의 모습을 하고 있는 디르커스를 보니 그라는 것을 확신할 수 있었다.

디르커스가 빙긋 웃었다.

"맞아. 그건 나였어."

"역시 너였군."

볼카르가 혀를 찼다. 루그가 눈살을 찌푸리며 물었다.

"그럼 그때 우리와 함께 했던 에반스는 네 위장이었던 건가?"

"위장?"

디르커스가 눈을 동그랗게 떴다. 루그의 말뜻을 이해하지 못하는 것 같은데, 루그 입장에서는 뻔뻔스러워 보이는 표정이었다.

"지금처럼, 외유를 이용해서 인간을 연기하고 있었냐는 말이야."

"아아, 그런 의미인가? 그런 거라면… 넌 완전히 잘못 짚고 있는데? 나와 에반스는 별개의 존재야. 네가 동료로 기억하고 있는 에반스는 인간 마법사지."

"뭐? 그럼 지금의 너는 에반스로 변장한 것뿐이고 진짜 에반스는 다른 곳에 있는 건가? 그래서 지난번에 만났을 때 볼카르가 눈치채지 못한 거야?"

로멜라 왕국에 머무를 당시, 볼카르는 에반스를 보고 '평범한 인간'이라고 결론지었다. 인간 마법사 중에서는 특출난 재능의 소유자였고, 하라자드의 지도를 받아서 상당한 수준에 오르기는 했지만 그뿐이었다.

그래서 루그는 에반스가 비밀을 갖게 되는 것은 좀 더 나중의 일이었나 보다 하고 말았다. 그런데 지금 디르커스와 이야기를 나누다 보니 다 정리됐다고 생각했던 일들이 헷갈리기 시작했다.

볼카르가 말했다.

"육체정보는 완전히 같군. 그런데 왜 내가 그때는 못 알아본 거지? 스포르카트의 일이 있었기 때문에 이제는 드래곤의 외유용 그릇은 알아볼 수 있다고 생각했는데… 그만큼 교묘하게 감추었던 건가?"

"그런 건 아니고. 나와 에반스의 관계는 말하자면 이중인격이야."

"이중인격?"

"스포르카트를 만나봤으니 너만 빼고는 다들 외유 방식을 다양화하고 있다는 건 알았지?"

"그건 알고 있다. 상당히 변태성이 농후한 방향으로 가고 있는 모양이다만. 난 지금까지 세상에 존재하는 모든 종족의 남성이 되어서 모든 종족의 여성을 꼬시겠다는 너 이상의 변태는 존재하지 않는다고 생각했는데, 모든 드래곤들이 그렇게 되어가고 있었다니 충격이다."

"방구석에 처박혀서 마법 연구만 하고 있으니까 유행에 뒤처지는 거야, 볼카르. 고루하기는."

디르커스가 키득거렸다.

문득 루그가 물었다.

"모든 종족의 남자가 되어서 모든 종족의 여성을 꼬신다? 그럼 설마… 오크 여자도 꼬셔봤나? 설마 전에 본 오크 용제는 네 자손이라거나 그런 건 아니겠지?"

"오크 여성이 어디가 어때서? 인간답게 종족차별주의자구나. 오크 여성이 얼마나 사랑스러운지 모르니까 그런 소리를 하는 거야."

디르커스가 어깨를 으쓱하며 말했다.

그 말에 루그와 볼카르가 서로를 바라보며 식은땀을 흘렸다. 눈짓만으로도 서로의 마음을 알 수 있을 것 같다.

'변태다! 이놈은 답이 없는 변태다!'

'내가 전부터 그렇다고 했잖은가?'

디르커스가 입술을 삐죽거렸다.

"어째 너희들 마음의 소리가 줄줄 새어 나오는 기분이 드는데. 어쨌든 나와 에반스의 관계도 그런 외유 방식을 다양화하는 과정에서 탄생한 거지. 아예 내 의지대로 조종하지 못하는 별개의 인격이 활동하면서, 특정한 조건이 충족되었을 때만 내가 표면으로 떠올라서 그의 인생에 개입한다. 물론 내가 원하면 언제든지 개입이 가능하기는 하지만, 기본적으로 나는 종종 관찰자의 입장에서 그의 삶을 보고 있을 뿐이야. 기억도 완전히 공유하고 있지는 않고 두 인격의 경계 사이에서 흘러들어 오는 것만 볼 수 있지."

"그래서 내가 전에 에반스를 봤을 때는 못 알아봤던 거로군……."

실로 기묘한 외유 설정에 볼카르가 신음했다. 루그가 물었다.

"그럼 에반스 리가르테라는 남자는… 처음부터 네가 인공적으로 만든 존재인 건가?"

디르커스의 능력이면 원하는 대로 인간을 만들어내는 건 문제도 아닐 것이다. 하지만 디르커스는 고개를 저었다.

"아니야. 에반스는 멀쩡한 인간이라고."

"그냥 인간이라고? 그런데 어떻게 너와 이중인격 관계가 형성될 수 있지?"

루그가 놀라서 물었다. 설마 평범한 인간의 몸을 강제로 빼앗았단 말인가?

디르커스가 한숨을 쉬었다.

"이런 것까지 설명해야 하나? 뭐, 설명은 해줄게. 에반스와 내가 만난 것은 그가 어릴 때의 일이야."

3

에반스는 로멜라 왕국 변경 태생으로 다섯 살 때 한 번 죽을 고비를 넘겼다.

광산 마을에서 살던 그는 그랑드가 이끄는 스피릿 비스트들의 습격에 의해 중상을 입었다. 마을에 머무르던 용족 마법사와 아르넨 교단의 성직자가 그를 살리기 위해 애썼지만 소용없었다.

하지만 죽어가던 와중, 그는 자신의 주변에 몰려든 사람들 중에 한 명이 이상하다는 사실을 알아차렸다.

"놀랍게도 에반스는 나를 알아보았어."

당시 그 마을에는 디르커스의 외유용 그릇 중 하나가 머무르고 있었다. 아직 로멜라 왕국에 정착하지 않았던 드래고닉 리저드 여행자였다.

그 부분에서 루그가 신음했다.

"하필이면 드래고닉 리저드……."

"음? 왜?"

"아니, 그냥. 드래고닉 리저드한테는 좀 이것저것 슬픈 기억이 많아서……."

"드래고닉 리저드는 볼카르 때문에 성비가 극단적이 되어서 여성 찾아서 꼬시기가 보통 어려운 게 아니거든. 그래서 도전하는 맛이 있지. 내 거처의 커뮤니티 안에서는 꼬셔본 적이 있지만, 한 번쯤 순수하게 드래고닉 리저드 남자로서 도전해 보고 싶어서 여행 중이었어."

"……."

그 말에 루그가 볼카르를 바라보았다. 볼카르가 슬그머니 시선을 피하며 딴청을 부린다.

"흠흠."

수천 년 동안 조물주로서의 양심 따윈 모르고 지냈거늘, 요즘 알더튼 때문에 자기가 얼마나 무시무시한 짓을 한 건지 실감되고 있었다.

루그가 물었다.

"그래서 꼬시는 데는 성공했어?"

"으음. 실은 아직 성공 못했어. 에반스 건 때문이기도 한데, 그 후에 새로 드래고닉 리저드의 육체를 만들어서 도전했는데 이건 뭐 여자 찾기가 하늘에서 별 따기보다 힘들더라. 가끔 드래고닉 리저드의 마을 같은데 가보면 여자 앞에 구혼자가 줄을 서서 온갖 광대짓을 하는 진풍경을 볼 수 있어. 그게 '구혼제' 라는 풍습으로 굳어졌을 정도야. 어디까지나 드래고닉 리저드로서의 능력만 발휘해서 여자를 찾고, 또 여자를 꼬신다는 게 보통 어려운 게 아니더란 말이지?"

"……"

오크의 여자도 꼬셔본 드래곤이 저런 말을 하는 걸 보니 알더튼이 얼마나 가혹한 운명을 타고 태어났는지 실감난다. 동시에 과연 그에게 여자를 구해 주는 게 가능하긴 한지 절망감이 밀려들었다.

볼카르가 말했다.

"그, 그런 것보다 이야기를 계속하지? 이야기가 탈선하고 있지 않은가?"

"……."

"흠흠. 왜 그런 눈으로 보나, 루그?"

볼카르가 뻔뻔스럽게 말했다. 알더튼을 모르는 디르커스
는 둘의 반응을 이해하지 못하고 고개를 갸웃거렸다.

"뭐야? 드래고닉 리저드 성비 때문에 양심의 가책이라도
받는 거야? 그거야 팔다르가 레젠들한테 한 짓에 비하면 별것
도 아닌데 뭘 이제 와서……."

"레젠? 그게 뭐야? 용족인가?"

처음 듣는 종족의 이름에 루그가 의아해하며 물었다.

디르커스가 대답했다.

"용족 맞아. 생긴 건 인간이 기본인데 다들 좀 근육질에 평
균 신장이 2미터 이상의 거구고 몸 일부가 식물이라 그걸 통
해서 마법 연산 능력, 그리고 정령과의 교감 능력을 얻지. 내
가 여자 꼬시기를 포기한 유일한 종족이야."

"응? 네가? 세상 모든 종족의 남자가 되어 모든 종족의 여
자를 꼬시겠다면서 왜 그 종족은 포기한 건데?"

남자 입장에서 보면 변태라고 욕할지언정 대단하다고는
인정할, 정말 웅장한 야심이기는 하거늘 어째서 레젠이라는
종족에 대해서는 포기한단 말인가?

볼카르가 말했다.

"그야 레젠에는 여자가 없기 때문이지."

"여자가 없어? 아, 무성 종족인가?"

…라고 물은 것은 루그의 지식이 상당해졌기 때문에 가능한 추론이었지만, 동시에 너무나도 순진한 반응이기도 했다.

디르커스가 고개를 저었다.

"그게 아냐! 차라리 그러면 낫지! 레젠은 남자밖에 없다고!"

"뭐?"

루그가 눈을 휘둥그레 떴다.

남자밖에 없다니, 그럼 어떻게 종족이 유지된단 말인가?

"그 종족은 다른 종족의 여성과의 사이에서 자손을 볼 수 있다던가?"

"그것도 아니야."

"그럼 설마 분열생식하나?"

"그것도 아니고."

"설마 드워프처럼 최초의 개체들이 아직까지 유지되나?"

"그런 종족은 세상에 드워프뿐이야!"

"아니, 그럼 도대체 어떻게 종족이 유지되는 거야?"

루그가 어이없어했다. 존재할 수 있는 가능성을 전부 예로 들었는데 죄다 오답이라니, 레젠이라는 종족은 도대체 어떻게 번식을 한단 말인가?

볼카르가 말했다.

"레젠은 팔다르가 엘프를 연구하는 과정에서 만들어진 종족 중에 하나라서… 나무를 통해서 태어난다."

"엥?"

"여성의 역할을, 종족의 중심이 되는 나무가 대신한단 말이다. 거 개미를 보면 여왕개미 말고는 일개미 같은 여성 개체들도 생식능력이 없지 않은가? 그거하고 똑같다. 레젠들은 성년이 되면 자기 부족의 나무와 생식 행위를 해서 자손을 생산하게 한다."

"……."

잠시 루그의 머릿속으로 무서운 광경이 상상되었다. 터질 듯한 근육질의 사나이들이 나무를 붙잡고……

"아아악! 상상했어! 상상해 버렸다고! 제기랄! 뇌가 썩는다!"

루그가 머리를 쥐어뜯었다.

디르커스가 한숨을 쉬며 덧붙였다.

"그래서 레젠은 연애는 남자들끼리만 하지. 내 야망은 여성을 꼬시는 거지 남성을 꼬시는 게 아니라서 레젠은 대상 외야."

"정말 무서운 종족이다……."

루그가 몸을 떨었다. 팔다르, 진정 두려운 놈이다. 드래곤 중에서도 가장 많은 용족을 창조했다더니 저런 무서운 짓을 벌였을 줄이야!

'젠장. 진짜 세상에 민폐다. 샤디카도 그놈이 만들었다더니, 아우, 드래곤이라는 것들은 정말이지 왜 하나같이 이 모양 이 꼴이야!'

신경질을 내고 있는 루그에게 디르커스가 말했다.

"뭐, 원래 이야기로 돌아가자면… 죽어가던 에반스가 놀랍게도 나를 알아보더라고."

"드래곤이라는 걸 알아봤다고?"

"드래곤이라기보다는 드래고닉 리저드가 아니다, 좀 더 큰… 거대한 용의 그림자가 보인다, 그렇게 말했지. 아마 그냥 주관적으로 존재감이 비정상적으로 거대한 용족이라고 말하고 싶었던 것 같아."

"어떻게 그게 가능하지? 용제라고 해도 외유하는 드래곤을 알아볼 수는 없을 텐데?"

"아직 정확히 원인을 파악하고 있진 못한데, 아마 내 후손이라 그런 것 같아. 생체 정보를 분석해 보니 내가 22세대 전에 남겼던 자식의 후손이더라? 인간이 원래 죽음에 걸쳐 있을 때는 좀 초월적인 통찰력에 닿는 경우가 있으니 그래서 우연히 그런 일이 벌어졌던 게 아닐까 싶어."

디르커스는 에반스가 자신을 알아본 것에 흥미를 갖고 그를 살려주었다. 대신 그의 인생 일부를 이중인격이라는 형태로 받아간다는 계약을 맺고서.

"나와 에반스의 공생관계는 그렇게 이루어진 거지."

"그런가. 그럼 궁정 마법사인 리가르테 백작이 로멜라 왕국을 떠나서 여기로 온 건… 네 의지인가?"

"아냐. 난 이중인격으로 그의 인생 일부를 공유할 뿐이고, 내가 표면으로 떠오르지 않았을 때 모든 행동은 에반스가 결정한다고. 난 어디까지나 볼카르를 좀 더 가까이서 볼 생각으로 내 의식을 활성화시켜 두었을 뿐이야. 그랬다가 볼카르한테 들킨 거고."

디르커스는 당치도 않은 오해라는 듯 잘라 말하고는 어깨를 으쓱했다.

"자, 그럼 궁금증은 다 풀렸어? 아니면 아직 물어볼 게 남았나?"

"엉뚱한 이야기만 하느라 정작 궁금한 건 하나도 못 물어봤어."

투덜거린 루그가 진짜 중요한 문제를 물었다.

"당신, 왜 바라지아의 마법진을 에반스를 통해서 알려준 거야?"

4

디르커스는 어째서 바라지아의 마법진을 에반스를 통해서

인간들에게 알려줬는가?

그것은 중요한 의문이었다. 그것이야말로 이 모든 일의 시작이었으니까.

하지만 디르커스는 별거 아니라는 듯 대답했다.

"그거야 변수를 만들기 위해 한 짓이지."

"변수?"

"무엇보다 볼카르의 인격이 아직 살아 있는 건지 궁금했거든. 바라지아의 마법진은 불카누스라는 놈의 드래곤 형태를 제약하는 동시에, 그 제약을 통해서 두 인격의 권한을 서로 분리하는 작업이기도 했어. 인간 형태의 권한은 불카누스에게, 드래곤 형태의 권한은 볼카르에게. 그래서 볼카르가 깨어나서 너와 함께 시공 회귀를 할 수 있었던 거야."

"처음부터 나를 각성시킬 생각이었던 거군."

볼카르가 납득했다는 듯 고개를 끄덕였다. 디르커스가 피식 웃었다.

"물론. 아무리 실험이 중요하다지만 소중한 친구가 계속 그 꼴로 사는 걸 방치해 둘 수는 없잖아?"

디르커스는 슬그머니 볼카르에게 다가가서 손가락으로 볼록 나온 배를 쿡쿡 찔렀다. 볼카르가 기분 나빠하면서 입으로 불을 훅 뿜자 깔깔거리면서 뒤로 물러난다.

"거 아까부터 생각하는 건데……"

"응?"

"중년 아저씨 모습으로 그러니까 진짜 적응 안 된다."

어쨌거나 에반스는 중년의 마법사였다. 그런데 디르커스의 말투도, 표정도, 행동도 장난기 넘치는 청년의 그것이라서 극도로 위화감이 느껴졌다.

디르커스가 피식 웃었다.

"하여튼 인간이란. 뭐, 그 정도면 원하는 대로 해주지. 나도 인간 모습 안 좋아하니까."

그 직후 디르커스의 모습이 검은 머리칼과 검은 뿔을 가진 드래코니안 미남자의 것으로 바뀌었다. 그제야 그가 하는 짓과 외모의 밸런스가 딱 맞아떨어진다.

디르커스가 말했다.

"그런데 그 일은 별로 내 의도대로 되지는 않았어. 난 볼카르가 거기서 주도권을 되찾거나 분리되어서 나올 것을 기대했는데 인간한테 옮겨가더니 냉큼 시공 회귀를 해버리더라? 드래곤 형태의 주도권을 가졌으니 그 순간에는 분화도 가능했을 텐데, 왜 그랬어, 볼카르?"

"당연히 영혼의 인력 때문이지. 네가 나한테 완전히 독립적인 육체 사용권을 주려고 했던 거라면, 그건 실패였다. 난 그때 갓 잠에서 깨어난 듯 몽롱한 상태였고 급격하게 다시 의식의 기저로 끌려 들어가고 있어서 할 수 있는 게 없었지. 그때 접촉한 루그에게 옮겨가면서 시공 회귀한 것이 최선이었다."

"그랬어? 이상하네. 내 계산이 틀렸나?"

디르커스가 고개를 갸웃했다. 볼카르가 대답했다.

"그보다는 나를 너무 얕봤다."

"응?"

"불카누스는 내게 기억을 빼앗겨서 할 줄 아는 게 별로 없었지만, 진신을 보호하는 마법적인 방어 체계는 내가 짜둔 것 그대로였다. 네가 설계한 마법진의 힘으로는 육체의 주도권을 완전히 손에 넣는 데 실패한 거다."

"끄응. 그랬었구나. 확실히 거기까지는 고려를 못했어. 불카누스라는 놈의 수준에 맞춰서 설계한 마법진이었으니."

디르커스가 스스로의 실수를 깨닫고 혀를 찼다.

그 말에 루그가 물었다.

"그럼 디르커스의 의도가 그대로 먹혀들어갔다면, 거기서 모든 게 끝날 수도 있었다는 거군?"

"맞다. 내가 완전히 깨어나서 불카누스와 분화하는 데 성공했다면, 같은 힘을 나눠가졌다고 해도 그놈과 나의 마법 수준 차이가 심하니 거기서 모든 게 정리됐겠군."

볼카르가 고개를 끄덕였다. 디르커스가 피식 웃었다.

"솔직히 말하자면 난 그렇게 안 되어서 다행이라고 생각하고 있어. 볼카르 너한테는 좀 미안하지만."

"불카누스가 보여준 가능성 때문인가?"

"맞아."

"입장을 바꿔놓고 생각하면, 나 역시 그렇게 생각했겠지. 그리고 미안해할 것 없다. 오히려 감사하고 있다. 그렇게나마 기회를 얻은 것도 사실이고, 그렇지 않았다면 루그와 만나지 못했을 테니."

"어……."

그 말을 들은 루그가 멍한 표정을 지었다. 왠지 얼굴이 뜨거워진다. 이놈이 갑자기 왜 이렇게 낯간지러운 소리를 하는 거야?

디르커스가 투덜거렸다.

"우와, 질투 난다. 창세 이래로 수천 년의 친교를 쌓아온 나를 내버려 두고 몇 년 보지도 않은 인간하고 친한 티를 내네."

"글쎄다. 너랑 루그를 놓고 한쪽을 고르라고 하면 난 언제 어디서나 주저없이 루그를 고르겠다만?"

"보, 볼카르. 너……."

루그가 얼굴이 뜨거워져서 말을 더듬었다. 하지만 그때 볼카르가 말을 이었다.

"적어도 루그는 너처럼 나보고 여성체가 되어서 뜨거운 밤을 사르자고 하진 않으니까."

"……."

감동이 싹 식었다. 루그는 그야말로 짜게 식어서 디르커스를 쎄려보았다.

'어휴, 이 변태 자식.'

그 시선에 디르커스가 입술을 삐죽였다.

"거 볼카르가 얼마나 귀여운데 그래? 전에 딱 한번 여성의 그릇으로 외유한 적이 있었는데 그때는 정말……."

"그렇게 말하는 누구 때문에 두 번 다시 여성으로는 변하지 않기로 했지."

"하아. 그야말로 역사적인 손실이었지. 내가 어리석었어. 당시엔 나도 외유를 만들어낸 지 얼마 안 되어서 경험도 적고 미숙했지. 좀 더 살살 구슬렸어야 하는 것을. 너무 단도직입적으로 요구하는 바람에……."

디르커스가 꿈을 꾸는 표정으로 허공을 올려다보며 고개를 끄덕였다. 왠지 보고 있자니 소름이 돋아서 루그는 슬그머니 뒤로 물러났다.

디르커스가 그런 루그에게 다가가면서 말했다.

"훗. 네가 진짜 못 봐서 그러는 거라니까. 내 특별히 보여주도록 하지. 이게 바로 경국지색이라는 수식어가 아깝지 않은 볼카르의……."

"카악!"

디르커스가 손가락을 들어서 환영을 그리려는 순간, 볼카르가 전력으로 달려들어서 그를 뻥 걷어차 버리고는 막 그려지는 환영을 향해 불을 뿜었다. 드레키의 입에서 화끈한 불꽃이 뿜어져 나와서 환영을 불태웠다.

'아깝다. 보고 싶긴 했는데.'

루그가 쩝 하고 입맛을 다셨다. 디르커스는 소름끼치는 변태지만 볼카르의 최초이자 최후의 여성 모습이라니 궁금하긴 했다.

루그가 물었다.

"그럼 불카누스 건에 대해서는 너희들은 끝까지 관찰자의 입장을 고수할 건가?"

"그렇게 되겠지. 볼카르한테는 좀 미안하지만. 지금 우리는 창세 이래 유일무이한 가능성을 보고 있으니까."

"그러다가 돌이킬 수 없게 되면?"

"우리에게 돌이킬 수 없는 일이 있다고 생각해?"

루그의 물음에 디르커스가 생글거리며 물었다. 루그가 입술을 깨물었다. 시간도, 공간도 자유자재로 조작할 수 있는 그들에게 있어서 돌이킬 수 없는 일은 존재하지 않는다.

루그가 그를 노려보았다.

"그렇게 여유 부리다가 언젠가 큰코다치는 수가 있어."

"오, 정말 그런 날이 올까? 한 번쯤 일어나는 걸 봤으면 좋겠네."

디르커스가 이죽거렸다. 루그가 주먹을 부르르 떨었다.

'정말 드래곤만 아니었어도……'

한대 후려갈겨 버리고 싶다. 루그는 그런 충동을 눌러 참으면서 그를 노려보았다.

디르커스는 루그의 적의를 감지하고는 싸늘하게 웃었다.

"확실하게 말해두지. 나는 인간을 싫어해. 내가 너에게 이렇게 관대한 것은 어디까지나 볼카르와 공존하면서 그에게 존중받는 존재이기 때문이야."

그를 중심으로 심장이 멎을 듯한 위압감이 퍼져 나갔다. 루그는 이를 악물고 강체력을 끌어올렸다. 그러지 않으면 한순간에 의식을 잃어버릴 것만 같았다.

디르커스가 말했다.

"넌 아마 우리가 싫겠지. 불카누스를 방치해서 그가 인간에게 막대한 피해를 입히니까. 그러면서도 우리가 이 일에 대해서 뭔가 책임을 져야 한다고 생각해?"

"……."

그 말에 루그가 움찔했다.

확실히 루그는 한없이 전지전능에 가까운 드래곤들이 불

카누스를 방치해 두는 것에 화가 나 있었다. 그들이 협력해 주면 모든 것이 쉽게 끝나고 더 이상 아무도 슬퍼하지 않아도 될 텐데, 그런데 그들은 마치 즐거운 연극을 관람하듯이 이 사태를 관찰하고 있을 뿐이다. 그 사실에 화가 나서 견딜 수가 없었다.

디르커스가 말했다.

"그건 말이지. 마치 인간이라는 종이 저지른 해악을 너도 다 책임져야 한다는 소리와 같아. 그런 소리를 들으면 넌 뭐라고 하겠어?"

"……."

"하물며 우리 드래곤들은 서로 같은 처지이긴 할지언정 같은 종족이라는 종족 관념도 희박해. 우리는 모든 걸 다 빼앗기고 이 세계를 지켜야 하는 시공의 유배자야. 그런 우리에게 이 세계를 사랑하라고 하는 것도 잔인한 짓이지. 그래도 우리는… 이 세계를 사랑했어."

그래서 그들은 자신의 처지에 절망하고, 신들을 증오하면서도 이 세계를 지키는 일에 진력을 내지 않을 수 있었다. 자신들이 지키는 세계를 사랑하고, 그 일에 자부심을 느꼈기에 디르커스는 외유의 법을 만들어 그들에게 다가가고자 했다.

"하지만 세계를 사랑하는 것이 인간을 사랑한다는 뜻은 아니야. 인간에 대한 호오는 각자 다르겠지만, 나는 싫어해. 이건 볼카르의 일이고, 따라서 책임져야 할 것도 볼카르야. 그렇지 않아?"

"도와달라고 한 적도 없다."

볼카르가 콧김을 뿜으며 말했다. 디르커스가 씩 웃었다.

"그리고 솔직히 다른 녀석들이라면 모를까, 내 입장에서 네가 나한테 그런 식으로 화를 낸다면… 그래, 물에 빠진 사람 건져 줬더니 보따리 내놓으라고 멱살 잡힌 기분이라고나 할까? 이해하겠어?"

"음……."

어쨌거나 디르커스는 볼카르에 대한 호의로 바라지아의 마법진을 전해주었다. 그 덕분에 루그는 볼카르와 만나 시공 회귀라는 기적적인 기회를 얻을 수 있었다.

디르커스는 그 점을 빗대어 루그의 감정이 부당하다고 말하고 있는 것이다.

루그가 물었다.

"넌 왜 인간을 싫어하지?"

"그건 그냥 싫은 일들이 누적된 결과야. 예를 들면 너희들이 엘프들에게 하는 짓을 봐."

"그건……."

"나는 언제나 인간 외의 종족들로 외유하면서 감정이입하지. 그런 내가 인간을 싫어하는 건 아주 자연스럽다고 생각하지 않아?"

"……."

할 말이 없다. 그런 이유로 인간을 싫어한다면, 그건 당연한 일이니까.

디르커스는 초월적인 시각으로 인간이라는 종 전체를 보고 있다.

인간인 루그조차도 인간이라는 종 전체를 좋아하느냐고 곧바로 좋아한다고 대답하기가 어렵다. 분명 좋아하는 이가 있는가 하면 죽어서 없어졌으면 좋겠다고 생각하는 이도 있으니까.

무엇인가를 좋아하느냐, 싫어하느냐는 개인의 감성과 경험으로 결정된다. 디르커스는 인간은 상상하기도 어려울 정도로 오랜 시간 동안 인간을 지켜봐 왔을 것이다. 그 과정에서 인간을 싫어할 만한 경험들이 누적되어 지금에 이른 것이라면 루그가 왈가왈부할 문제는 아니다.

디르커스가 말했다.

"나는 창세 이래로 인간이라는 종을 죽 지켜봐 왔지. 내가 살면서 정말 후회하는 게 하나 있는데… 그건 바로 인간 중에 용제가 태어나게 만들었다는 거야."

"용제를?"

"내가 외유의 법을 만들었기 때문에 용제라는 존재가 나타났지. 그건 나도 예상치 못한 일이었어. 우리의 인자가 후손에게 영향을 미쳐서 종을 초월하는 힘을 갖고 용족을 지배할 수 있게 한다는 건."

그렇기에 디르커스는 용제로 인해 일어날 일들도 예측하지 못했다.

인간이 자신이 사랑하는 용족들에게 어떤 가혹한 운명을 지게 할지, 실제로 벌어지기 전까지는 상상도 못하고 있었다.

잠시 허공을 올려다보던 디르커스가 말했다.

"볼카르, 넌 좀 변한 것 같아."

"아마 그럴 거다."

"수천 년 동안 내가 그렇게 귀찮게 굴어도 변하지 않더니만, 인간과 함께 하는 몇 년 동안 변하다니 정말 놀라운데. 그러게 하랄 때 외유 좀 하면서 유행을 따라오지 그랬어?"

"확실히 그건 좀 후회 중이다. 하지만 내가 그러지 않았기 때문에 지금 이렇게 루그와 함께 하고 있는 거겠지."

"정말 질투나는걸. 내가 인간을 질투하게 된다니, 상상도 못해봤는데."

디르커스는 그렇게 말하며 볼카르를 끌어안았다. 볼카르가 바둥거리며 불을 뿜었지만 잽싸게 피하면서 놓아주지 않는다.

"난 네가 승리하길 바라고 있어."

"전혀 그렇게 안 보인다만."

"정말이라니까. 뭐, 개입 안 하는 건 어디까지나 입장의 문제지. 너도 내 입장이었으면 이랬을 거면서."

"그건 인정하지."

볼카르가 투덜거렸다. 볼카르와 불카누스의 일은 모든 드래곤들의 갈망을 풀어줄 열쇠가 될지도 모른다. 자신이 무엇이었는지, 그 기억을 박탈당한 채 수천 년 동안 세계의 파수꾼 역할을 강요당해 온 드래곤들은 모두 지쳐 있었다.

디르커스는 볼카르를 놓아주고 말했다.

"만나서 반가웠어, 볼카르."

"갈 건가?"

"뭐, 더 할 이야기도 없잖아? 만나고 싶어서 견딜 수 없을 때가 오면 또 올게. 차 한 잔 정도는 대접해 줄 수 있지?"

"그때 가서 루그한테 물어봐라. 난 차 끓일 줄 모른다."

"딱딱하기는."

디르커스는 볼카르의 볼록 나온 배를 콕콕 찌르고는 뒤로 물러났다. 그때 볼카르가 말했다.

"그런데 기껏 만나놓고 그냥 가는 것도 그렇지 않나?"

"그 이야기 왜 안 꺼내나 했어. 스포르카트하고 했던 내기를 나하고도 하려고?"

디르커스가 피식 웃었다. 볼카르가 말했다.

"역시 알고 있었나 보군. 무섭나? 그렇다면 딱히 강요하진 않겠다."

"오, 볼카르가 나를 도발하다니 신선한 경험이야. 내기에 응해주는 거야 어렵지 않지. 하지만 난 스포르카트하고는 달라. 스포르카트야 시공 회귀 전부터 네 문제에 개입할까 말까 하고 있었으니 내기에 져 준다는 형식으로 그런 도움을 줬겠지만, 난 아니거든? 이 인간은 이미 상대시간을 가속시키는 힘을 얻었잖아? 그 이상은 과해."

"호오."

볼카르가 한쪽 눈을 치켜떴다.

"그러니까 너는… 스포르카트가 우리와의 내기에서 져 줬다고 생각한다는 건가? 도와줄 만한 구실을 만들기 위해서?"

"설마 아니라고 할 셈이야? 에이, 볼카르. 허세가 늘었네."

디르커스가 키득거렸다. 볼카르가 루그를 보며 말했다.

"루그."

"응."

"맛 좀 보여줘라."

"그래야겠군."

루그가 고개를 끄덕였다. 그리고 기격을 전개하며 말했다.

"그럼 내기를 받아들인 걸로 알겠어. 이제부터 내가 전개하는 기격을 고스란히 받아들이라고."

"해봐."

디르커스는 여유만만하게 웃으면서 방어 마법을 풀어버렸다. 루그와 볼카르는 서로를 바라보며 의미심장한 미소를 지었다.

볼카르가 말했다.

"스포르카트가 정말 우리에게 져 준 건지 아닌 건지, 네 혀로 직접 확인해 보도록 해라."

"이중인격 놀이 하고 있을 정도면 쓰러뜨려도 세계의 존망이 걸린 사태는 아닐 테니, 화끈하게 가겠어. 볼카르, 괜찮겠지?"

"물론이다. 하는 김에 그거 어떤가, 그거?"

"좋아."

루그는 고개를 끄덕이고 눈을 감았다. 내면에서 두 번 다시 떠올리기 싫은 경험을 붙잡아서 되새긴다. 그 행위 자체가 영혼을 고문하는 짓이지만 하지 않을 수 없다. 수천 년을 살아오며 인간을 벌레처럼 얕보는 드래곤에게 한 방 먹일 수 있는 기회라면, 두 번 다시 잊을 수 없는 한 방을 선사해 주는 게 예의 아니겠는가?

'간다! 혼돈의 비약!'

루그가 눈을 부릅떴다. 그리고 혼돈의 비약 맛이 기겁으로 재생되었다!

"크으으으으으으으으……!"

디르커스가 고통으로 몸부림쳤다. 하지만 비명 대신 신음을 흘리면서 이를 악물고 몸을 떠는 모습은 볼카르의 기대에서 벗어났다.

볼카르가 눈을 크게 떴다.

"서, 설마……?"

"크아아악! 버텨냈다!"

디르커스가 양팔을 번쩍 들어 올리면서 외쳤다.

식은땀이 줄줄 흘러서 전신이 목욕한 듯 축축해지고 눈물과 침까지 줄줄 흘러내렸지만, 어쨌거나 버텼다! 혼돈의 비약 맛을 버텨내고야 말았다!

볼카르가 경악했다.

"말도 안 돼! 어떻게 그냥 비약도 아니고 혼돈의 비약을!"

스포르카트는 기본 비약 맛만으로도 침몰했었다. 그런데 디르커스는 그것과는 비교도 안 되는 혼돈의 비약 맛을 버텨내다니 어떻게 이럴 수가!

디르커스가 몸을 부들부들 떨면서 말했다.

"후, 후후후후……. 나를 너무 얕봤어, 볼카르."

자그마치 400년 전. 디르커스는 예전에 오크의 대족장들

마저도 이름을 불려지길 갈망하던, 오크의 절세미녀로 이름난 한 여자를 꼬시기 위해 오크 남자로 외유한 적이 있었다.

그리고 바로 그때, 오크들의 대규모 준동을 우려한 인간들이 보낸 제압부대와 싸우는 과정에서 오더 시그마의 권사와 싸워본 적이 있었던 것이다! 그것도 혼돈의 비약을 마셔 본!

"확실히… 이 인간이 그때의 그놈과 대등한 경지라는 건 놀라웠어. 그때의 기억은 두 번 다시 떠올리기 싫은 악몽이었지. 하지만 그 일이 있었기에 내 정신과 미각은 강해졌어! 한 번은 나를 나락의 저편으로 보내 버릴 수 있었을지 몰라도, 두 번은 통하지 않아!"

디르커스가 창백해진 안색으로 엄지손가락을 세워서 스스로를 가리켰다.

"나는 디르커스, 여자를 꼬시기 위해서라면 어디에든 가고, 무엇이든 하는 남자지."

"대, 대단하군! 과연 최초의 외유자이며 오로지 여자를 꼬시기 위해서만 살아온 자! 설마 그 집념이 태초의 혼돈조차 버텨내다니!"

볼카르는 혀를 내둘렀다. 정말 굉장하다. 패배를 인정할 수밖에 없다. 지금 이 순간, 볼카르는 창세 이래 처음으로 디르커스에게 존경심마저 느끼고 있었다.

그런데 그때였다.

"대단하다는 건 인정하지. 설마 혼돈의 비약조차도 경험하고 극복했을 줄이야. 하나!"

루그가 차분한 목소리로 말하며 손가락을 들었다. 그리고 천천히 접었다.

"이건 기분은 그만 내쳤으면 좋겠는데? 내 기술은 이제 막 시작되었을 뿐이야."

"뭐?"

"혼돈의 종착지까지는 앞으로 여덟 계단! 네가 맛본 것은 궁극의 위력을 발휘하기 위한 양분에 불과했다!"

"무슨 소리야?"

영문을 알 수 없는 소리에 디르커스가 눈을 휘둥그레 떴다. 그 앞에서 루그가 다시금 눈을 감았다.

'간다. 이 날을 위해 준비한 나의 비기!'

루그는 모든 것의 시작이라 일컬어지는 혼돈의 비약을 맛보았다. 그 경험을 녹여낸 일격을 디르커스가 버텨낸 것은, 확실히 충격적이었다. 루그가 낼 수 있는 카드가 그것뿐이라면 좌절해 버리고 말았을 터!

하지만 루그는 역사상 전무후무한 시련을 이겨온 몸이었다.

루그는 발타르와의 싸움에서 미각을 공격한다는 오더 시

그마의 변태적인 발상을 극한까지 끌어올려 예술적인 가학의 경지로 승화시킨 비기 구두룡비격을 경험했다.

그것으로도 모자라서 마빈을 통해 끝나지 않는 지옥을 맛보는 경험이 더해졌다. 그 경험들은 루그의 내면에 잠자고 있는 '나만 혼자 당할 수는 없다!'는 건전한(?) 심보로 인해 사상 초유의 경지로 승화되었다.

오로지 미각으로 영혼을 파괴하기 위해 만들어진 궁극의 기술, 그 이름은 바로……!

"혼돈(混沌)! 구두룡비격(九頭龍飛擊)!"

외침과 함께 루그 안에 존재하는 가장 참혹한 기억들이 겹겹이 쌓인 해일이 되어 쏟아져 나갔다!

"이, 이런 말도 안 되는……!"

승리의 기쁨에 취해 있던 디르커스의 눈이 경악으로 부릅떠졌다.

첫 번째로 맛본 혼돈의 비약 맛, 그 여운이 사라지기도 전에 새로운 혼돈의 비약 맛이 해일처럼 밀려온다. 그리고 미처 그것을 인지하기도 전에 또 새로운 해일이, 뒤이어 새로운 해일이…….

혼돈의 해일 아홉 개가 모여 마침내 궁극의 혼돈을 이룬다! 이것이야말로 오더 시그마가 추구해 왔는지 어떤지는 모르겠지만 하여간 아무도 이룩한 적은 없는 지고의 경지!

혼돈! 구두룡비격이 일순간에 디르커스에게 작렬했다!

그리고…….

"끄아아아아아아아아아아……!"

디르커스는 세계의 종말이 온 것 같은 착각을 느끼면서, 패배의 나락 속으로 쓰러졌다.

5

게거품을 물고 실신한 디르커스가 깨어난 것은 그로부터 두 시간이 지난 후였다. 디르커스가 식은땀을 흘리며 숨을 몰아쉬었다.

"헉헉, 여, 여긴 어디지? 나는 누구?"

놀랍게도 에반스의 육체만이 아니라, 디르커스의 진신마저도 두 시간 동안 의식을 잃었다.

깨어나고도 한참 동안 정신을 못 차리던 디르커스에게 볼카르가 이죽거렸다.

"후후후. 설마 이렇게 될 줄이야. 루그가 이런 기술을 완성시킨 줄은 나도 모르고 있었다."

혼돈! 구두룡비격은 루그도 실제로 심상에서 구현해 보기가 두려워서 이론상으로만 완성해 두고 있던 기술이었다. 그렇기에 볼카르도 그 존재를 몰랐던 것이다.

"이럴 수가. 내가 또다시 인간에게……."

디르커스는 망연자실했다. 오더 시그마의 존재를 아는 것은 물론, 혼돈의 비약까지 맛본 과거가 있기에 그는 승리를 절대적으로 자신하고 있었다. 설마 루그가 혼돈의 비약을 맛본 자일 줄은 몰랐지만, 그것조차도 한 번 경험했기에 버텨내는 데 성공했다. 그런데 설마 그 이상의 지옥이 기다리고 있었을 줄이야!

볼카르가 말했다.

"인간은 정말 무서운 놈들이다. 나도 루그와 함께하기 전에는 인간이 잠재하고 있는 무한한 변태성의 일각조차 알지 못했지."

으스대는 볼카르 앞에서 디르커스는 온갖 액체를 만들어 내서 입을 헹구고 있었다. 루그가 보아하니 암브로시아부터 시작해서 '천상의 맛이 어쩌고' 하는 거창한 수식어가 붙어서 전설로 전해지는 것들을 물처럼 들이킨다.

"우웩. 젠장. 아므리타나 암브로시아를 마셔도 맛이 안 느껴져. 빌어먹을. 도대체 어떻게 되어먹은 맛이지?"

그렇게 투덜거린 디르커스는 마법으로 몸 상태를 회복시킨 다음 벌러덩 쓰러졌다.

"아, 몰라몰라! 졌다! 마음대로 해라! 내가 볼카르의 도발에 걸려서 이렇게 되다니, 어떻게 이럴 수가."

"그래서 세상은 아직 살아갈 가치가 있는 거 아니겠나? 그럼 요구 조건을 말하도록 하지."

볼카르는 이죽거리며 말했다.

"나를 루그한테서 별개의 육체로 독립시켜라."

"기각!"

디르커스가 벌떡 일어나며 소리쳤다.

볼카르가 투덜거렸다.

"역시 안 되나? 쩨쩨하군."

"그랬다가는 바로 상황 종료잖아. 볼카르, 너 정말 많이 뻔뻔해졌다?"

"뭐, 넌 쩨쩨하고 음흉한 놈이라서 안 들어줄 줄 알았다. 안 그랬으면 소중한 친구니 뭐니 하면서 나를 이 모양 이 꼴로 내버려 두지도 않았겠지."

"어, 볼카르가 비뚤어졌어. 인간 때문인가?"

"흥. 그럼 다시 요구 조건을 말하도록 하지. 루그에게 관성을 무시하는 초고속 비행 능력과 공간 이동 능력을 줘라."

"초고속 비행과 공간 이동? 음. 초고속 비행이야 마법을 각인시키면 되니까 별로 어렵지 않지만 공간 이동은 육체를 개조해야 하는데? 지난번에 스포르카트가 해준다고 한 것도 그래서 거절한 거 아니었어?"

"그런 방식으로 해달라는 게 아니다. 이미 대안을 준비했지. 초고속 비행은 속성력으로 구현되는 날개 형태로 부여해라."

"이야, 음흉한데? 관성이나 중압을 무시하는 힘을 주라니, 이 인간의 수준을 생각하면 너무 과하지 않아?"

"자신의 비행에 한정된 힘이라면, 과하지 않겠지. 그 정도는 문제없지 않겠나?"

"좋아. 그 정도야."

"마법 체계는 분석하지 않아도 되나?"

"아, 그건 저번에 스포르카트한테 자료 받아서 분석해 봤어. 실물하고의 오차만 보정하면 돼."

디르커스는 그렇게 말하고는 잠시 눈을 감고 수십 개의 마법을 구현, 빛의 구체처럼 생긴 정보체를 만들어서 띄웠다. 그가 그걸 루그에게 던져 주며 말했다.

"그거 받으면 날개가 생길 거야."

"날개라니, 내가 새도 아니고."

루그는 투덜거리면서도 잠자코 정보체를 받아들였다. 그러자 디르커스가 짜낸 마법이 루그의 마력 구성을 대폭적으로 변화시켰다.

디르커스가 말했다.

"구현해 봐."

"흠. 이렇게 하면 되나?"

화아아아악!

루그가 변경된 마력 구성을 파악하고 제어하는 순간, 등 뒤에 불꽃으로 이루어진 두 장의 날개가 나타났다. 동시에 루그의 몸이 고속으로 비상했다.

쉬이이이익!

정지 상태에서 아음속에 도달할 때까지의 시간은 단 2초!

'최고속도는 훨씬 빠르겠는데?'

하려고만 한다면 얼마든지 초음속을 낼 수 있다는 확신이 들었다. 다만 그러기 위해서는 스스로를 지킬 안전장치를 잔뜩 준비해야 하는 데다가, 마력 소모도 심해서 나중에 시험해 보기로 했다. 지금은 굳이 초음속에 도달하지 않아도 훨씬 놀라운 경험이 기다리고 있었으니까!

다음 순간, 아음속으로 날아가던 루그의 비행 궤도가 갑자기 직각으로 꺾였다.

"이거 진짜… 사기잖아?"

관성을 무시한다더니 정말로 아음속 비행 중에 직각으로 꺾는 게 가능할 줄이야? 이런 말도 안 되는 비행을 해도 속도가 안 떨어지고 루그에게 걸리는 중압도 말도 안 되게 적다!

곧 감속해서 지상에 착지한 루그가 혀를 내둘렀다.

"이 정도면 불카누스하고 공중전으로 싸워도 안 지겠어."

"안 지는 정도가 아니고 지난번에 싸웠던 때를 기준으로 생각하면 압승일 거다. 뭐, 일단 이걸 제대로 쓰기 위해서는 새로운 마법들을 몇 개 덧붙여야겠지만 그건 시간문제지."

자신이 바라던 대로 구현된 루그의 날개를 보면서 볼카르가 만족스러워했다.

디르커스가 입술을 삐죽거렸다.

"인간한테 주기에는 너무 과한 힘 같은데. 그럼 다음은 공간 이동이었지? 그걸 어떤 방식으로 구현하라는 거야?"

"루그가 차고 있는 광륜의 팔찌가 어떤 물건인지는 알겠지?"

"광륜으로 에너지의 가속과 감속을 조절할 수 있잖아? 꽤 쓸 만한 물건이던데."

"이걸 이용해서 공간 이동을 구현해라. 두 가지 기능만 덧붙여 주면 된다. 광륜을 원하는 곳으로 공간 이동시켜서 배치할 수 있게 할 것, 그리고 광륜을 통과해서 다른 광륜으로 공간 이동할 수 있게 할 것."

"아하. 인간 그 자체를 공간 이동시키는 게 아니라 정보체인 광륜만을 자유자재로 공간 이동시키고, 그리고 광륜과 광륜 사이에 공간의 문을 설정해서 그 사이를 통과하게 하라 이거지?"

디르커스는 곧바로 볼카르의 의도를 이해했다. 확실히 그러면 루그의 육체를 개조하지 않고도 공간 이동 능력을 부여할 수 있다. 바리엔처럼 압도적인 공간 지각력으로 방대한 공간 좌표를 이해하고, 언제든지 그 속에서 이동할 수 있는 것보다는 떨어지지만 전투 중에는 무궁무진하게 응용할 수 있는 능력이다.

곧 디르커스는 새로운 마법의 정보체를 만들어서 루그에게 부여했다. 루그는 마력 구성이 또다시 대폭 변경되는 걸 느끼며 물었다.

"아니, 이건 광륜의 팔찌에 부여해야 하는 거 아냐? 왜 나한테……."

"그거 드워프들이 만든 거 아냐? 드워프들은 심심하면 개량형을 내놓을 텐데, 그럼 내가 부여한 마법은 무슨 수로 다른 물건에 이식할 건데?"

"음. 그건 그렇군."

"그 팔찌에 각인된 마법과 연동되게 만들었어. 네가 나중에 그 팔찌의 힘을 빌리지 않고도 같은 마법을 구현할 수 있게 되면 더 이상 도구의 힘을 빌릴 필요 없어지는 거지."

설명을 마친 디르커스가 볼카르에게 물었다.

"이걸로 됐지? 볼카르."

"됐다."

"우리 볼카르가 이렇게 대견해지다니, 나도 이제 좀 안심하고 지켜볼 수 있겠는걸?"

"누가 우리 볼카르인가?"

"쑥스러워하기는. 그럼 난 이만 갈게, 볼카르. 하지만 앞으로도 계속… 지켜보고 있을 거야."

디르커스는 미소 지으며 말했다. 그리고 루그를 가리켰다.

"그리고 너!"

"응?"

"루그 아스탈이라고 했지? 잊지 않고 기억해 두겠어."

디르커스가 엄지손가락을 세워 보였다.

"내가 인정하마. 너의 변태성은 창세 이래로 최고야."

"……."

그딴 칭찬 들어도 하나도 기쁘지 않다. 세계제일의 변태에게 고금제일의 변태로 인정받다니!

디르커스가 빙긋 웃었다.

"그럼 이만!"

동시에 그가 임시로 창조한 세계가 사그라지면서, 에반스와 루그, 볼카르가 원래의 세계로 돌아왔다.

"아…….."

루그는 자신이 처음 디르커스가 정체를 드러낸 바로 그 순간에 있었던 위치로 돌아왔다는 사실을 깨달았다. 볼카르는 다시 육체를 잃고 내면으로 돌아와 있었고, 그리고 정지해 있던 사람들이 움직이기 시작한다.

"주인님, 왜 그래?"

메이즈가 의아해하며 물었다. 잠시 멍하니 허공을 올려다보고 있던 루그가 그녀를 보며 피식 웃었다.

"조금 있다 설명해 줄게. 일단 짐부터 풀자."

CHAPTER 65
빙설의 왕

폭염의 용제

1

아네르 왕국의 왕도 아라로스.

왕국의 중추에 해당하는 유서 깊은 도시는 재상 리가드 공작 일파에게 장악되어 있었다. 리가드 공작 일파는 왕도에 있던 반대파의 귀족들을 참살하고, 일부는 인질로 잡은 채 왕도를 공포로 통치해 왔다.

그러나 그것도 오늘 아침까지의 일이다.

와아아아아……!

화려한 왕궁 바깥에서 함성과 비명, 그리고 병장기 부딪치는 소리들이 울려 퍼진다.

그것은 전쟁의 소리였다. 오랜 시간 동안 외적의 침입을 허락지 않았던 아라로스가 전장의 일부가 되었음을 증명해 주는 소리다.

비록 왕도가 격전지가 되었지만, 아직 왕궁은 적들의 침입을 받지 않았다. 하지만 알현실로 통하는 4층 복도 창문으로 커다란 그림자가 나타났다.

와장창!

유리장인들이 섬세하게 꾸며놓았던 복도의 커다란 유리창들이 일거에 깨져 나갔다. 그리고 그 사이로 백은의 표면에 흑은으로 복잡한 문양이 상감된 갑옷을 입은 기사가 천천히 몸을 일으켰다.

"저, 적이다!"

알현실 앞을 지키고 있던 병사들이 당황했다. 그들은 아직 적들이 왕궁에 침입했다는 보고도 못 받았다. 그런데 느닷없이 4층으로 뛰어 들어오는 놈이 있을 줄이야?

그 직후 피바람이 휘몰아쳤다.

파학! 파하하하학!

기사가 놀라운 속도로 뛰어들어서 그들을 베어 넘겼다. 미처 대응할 틈조차 주지 않는 질풍 같은 공격이었다.

기사는 피바다를 지나쳐서 커다란 알현실 문에 손을 대었다.

투아아앙!

그저 손을 가져다대었을 뿐인데 폭음이 울려 퍼지며 문이 열렸다. 그 너머에는 왕좌에 앉은 비쩍 마른 중년 남자, 리가드 공작과 귀족들이 완전무장한 채로 바짝 긴장하고 있었다.

"여기 다 모여 있었군."

기사가 투구 속에서 눈을 빛냈다. 그러자 귀족들이 소리쳤다.

"네놈은 누구냐!"

"어떻게 여기까지 온 거지? 경비병들은 뭘 하고 있었던 건가?"

그 말에 기사가 피식 웃었다.

"그야 당연히 다 해치웠으니 들어온 것 아니겠나? 어쨌든 내가 누군지 궁금하다니, 죽기 전에 그 정도 소원은 들어주지."

기사는 오만하게 말하면서 투구의 안면보호대를 열어서 얼굴을 드러냈다.

그리고 은발에 녹색 눈동자를 가진 청년의 얼굴이 드러났다. 그 얼굴을 보는 순간 귀족들 중 몇몇이 숨을 삼켰다.

"란티스 펠드릭스!"

"그래. 펠드릭스 공작, 란티스 펠드릭스다."

란티스는 히죽 웃으면서 한 걸음 앞으로 나섰다. 여유만만한 태도에 귀족들이 움찔했다. 하지만 그들은 곧 적의를 드러내었다.

"애송이 공작이 무슨 수로 여기까지 왔는지는 모르지만 혼자 오다니 바보로군."

"설마 혼자서 우리를 다 어쩔 수 있다고 생각하나? 한 세력의 수장된 자로서 우둔하기 짝이 없다."

귀족들이 하나둘씩 검을 뽑아 들었다. 그들 중에는 무예와는 거리가 먼 문관들도 있었지만, 그렇지 않은 자들은 다들 자기 한 몸 정도는 지킬 수 있는 강체술사들이었다. 게다가 그들을 지키기 위해 따라다니는 호위 기사들과 마법사들까지 있으니 란티스가 혼자 여기에 온 것은 호랑이굴에 뛰어든 격이다.

그러나 란티스는 조금도 동요하지 않았다.

"물론 그렇게 생각하니 혼자 온 거다."

란티스는 실전용이라기보다는 예술품에 가까운 자태를 뽐내는 백색과 녹색의 검을 들어 올리며 말했다.

"울어라, 사이클론 소드."

쉬이이이이이이!

전설의 드워프 장인 워즈니악이 만든, 사이클론 아머와 한 세트로 제작된 질풍의 마검 사이클론 소드. 전설 속의 마검이 란티스의 압도적인 마력을 받아서 그 이빨을 드러내자 광풍이 휘몰아치기 시작했다.

"으윽, 이건 뭐야? 바람의 속성력인가?"

"아니오! 마검이다!"

마법사들이 사이클론 소드의 힘을 알아보고 대응에 나섰다. 하지만 란티스는 그들이 마법을 사용할 틈을 주지 않았다.

사아아아아아!

그의 몸에서 무시무시한 한기가 쏟아져 나왔다. 공기 중의 수분을 일순간에 얼려 버리고 주변이 온통 새하얀 서리로 뒤덮인다. 그리고 그것이 사이클론 소드가 일으킨 광풍이 융합, 극지방의 블리자드처럼 혹독한 한기의 소용돌이가 알현실을 덮쳤다.

"이, 이게 뭐야!"

"으아아아악⋯⋯!"

란티스와 가까이 있던 자들은 자신의 몸이 얼어붙어 가는 것을 보면서 비명을 질렀다. 알현실을 지배하는 한기의 광풍은 인간이 버텨낼 수 있는 수준이 아니었다.

"이 자식!"

하지만 모든 이들이 냉기에 대책없이 쓸리는 건 아니었다. 기사들이 노성을 지르며 란티스에게 달려들었다. 강체술의 힘으로 한기를 버텨내면서 돌진, 날카로운 검격을 날린다.

"흠."

란티스는 지루한 표정으로 그 모든 공격을 피해냈다.

느리다. 너무 느려서 하품이 나올 정도다.

분명히 저들은 강체술사고, 달려들어서 검을 내지르는 동작도 절도가 있었다. 그 속도는 강체술을 터득하지 않은 일반인 입장에서는 그야말로 섬전과도 같으리라.

그러나 지금 란티스의 의식과 육체는 그들보다 아득히 빠른 영역에 도달해 있었다. 마치 란티스와 그들이 서로 다른 시간축에 존재하는 것 같다.

'이런 기분이었군, 그 드라칸.'

란티스는 아레크스를 떠올렸다. 검술은 미숙하기 그지없었지만 힘과 속도만은 란티스를 압도했던 괴물.

이제 란티스도 그와 같은 괴물이 되어 있었다. 적들과의 거리가 좁혀지는 순간, 란티스는 뒤늦게 강검의 기운을 전개하면서 반격을 시작했다.

"느려."

푸화아아악!

지루한 듯 중얼거리는 순간, 란티스의 공격권 안으로 뛰어든 이들이 모조리 피를 뿜으며 쓰러졌다. 한순간에 적들을 요격한 란티스는 앞으로 향한 자세 그대로 손을 들어 올렸다.

두근.

그러자 그의 눈동자가 투구 안에서 기괴한 변모를 보였다. 색은 그대로였지만 동공이 파충류의 그것처럼 세로로 길게 찢어진다. 그것으로 그의 몸을 변화시킨 '용의 피'의 힘이 눈을 뜬다.

동시에 그에게서 뿜어져 나오는 마력 파동이 폭증하면서 새하얀 한기의 기둥이 형성되었다. 알현실에 불어닥치는 빙설의 광풍과는 비교도 안 되는 한기가 일순간에 거대한 얼음 기둥으로 화한다.

쩌저저저적……

얼음 기둥의 표면에 균열이 가면서 무수한 얼음 조각들이 비산하기 시작했다. 그리고…….

"눈보라의 진격."

란티스가 차갑게 읊조리자 얼음 기둥이 한 번에 터져 나가면서 새하얀 서리의 해일이 알현실을 덮쳤다.

콰콰콰콰콰콰!

"으아아아악!"

"이, 이게 도대체 무슨……!"

귀족들은 비명조차 제대로 지르지 못하고 서리의 해일에 휩쓸렸다.

새하얀 냉기의 파도가 알현실을 휩쓸고 지나가니 직후 시간조차 얼어붙은 것 같은 적막이 내리깔렸다.

저벅…….

란티스가 내딛는 걸음이 뚜렷한 존재감을 담고 적막을 깨드린다.

란티스는 온통 새하얗게 얼어붙어 버린 알현실을 둘러보았다. 방금 전까지만 해도 그를 향해 적의를 드러내던 수십 명의 귀족이 얼음 조각상으로 변해 버렸다.

"후."

란티스는 한숨인지 비웃음인지 모를 소리를 흘리면서 왕좌로 걸어갔다. 그곳에는 왕좌에서 일어나서 어디론가 도망치려고 하는 자세 그대로 얼어붙은 리가드 공작이 있었다.

콰직!

란티스가 그를 붙잡고 옆으로 던지자 얼어붙은 몸이 산산조각 나버렸다.

란티스는 주인이 사라진, 새하얗게 얼어붙은 왕좌에 몸을 내던지듯이 앉았다. 그리고 다리를 꼬고 턱을 괸 방만한 자세로 적막에 휘감긴 알현실을 바라보며 중얼거렸다.

"쓸모없는 의자를 차지해 버리고 말았군."

2

이때, 먼 곳에서 멀리보기 마법으로 란티스를 지켜보고 있는 자들이 있었다.

"확실히 그의 완성도는 놀라울 정도로군. 용의 피가 이 정도로 효과가 강력한 물건이었나? 웬만한 상위 용족 정도는 일대일로도 쉽게 격파할 것 같소. 티아나 양의 실력이 이 정도는 아니었던 것 같은데, 뭐가 원인인지 모르겠구려."

그렇게 말한 것은 검은 머리칼에 붉은 눈동자를 가진 드래코니안 청년, 지아볼이었다.

그 앞에서 긴 백발을 묶어내린 드래코니안 청년, 엘토바스가 물었다.

"티아나도 당신이 제공한 지식의 수혜를 받지 않았습니까?"

"그렇기는 하지만, 내가 제공한 지식 중에 생물 개조에 응용할 만한 건 별로 없었소. 그녀 자신의 능력이 올라가는 거야 당연하지만 란티스 펠드릭스의 완성도는, 아무리 봐도 뭔가 특별한 요소가 개입한 것으로 보이오."

지아볼은 불카누스뿐만 아니라 다른 블레이즈 원 간부들에게도 자신의 마법 지식을 전수하고 있었다. 그것은 블레이즈 원 간부들 입장에서는 이해할 수 없는 행동이었다. 자신의 지식을 극도로 아끼는 마법사다운 성향을 가진 그들은 여태까지 자신들의 지식을 공유하지 않았다.

하지만 지아볼은 시대를 초월한 지식을 아낌없이 그들에

게 나누어주었고, 그 결과 살아남은 블레이즈 원 간부들의 마법 수준은 급격하게 향상되었다.

지아볼이 물었다.

"지난번에 전해준 장비들은 어떻소?"

"아아, 훌륭합니다. 덕분에 무리하지 않고도 거기서 빠져나올 수 있었으니까."

블레이즈 원 전군은 비요텐과, 그녀가 거느린 나가 마법사들이 제작한 마법 무기들의 수혜를 입고 있었다. 그리고 상위 용족 간부들을 위해서 아주 특별한 마법 장비들이 제공되었다.

얼마 전 엘토바스는 아쿠아 비타가 판 함정에 걸려서 위험에 처했다. 하지만 지아볼이 언급한 새로운 장비 덕분에 상당한 부담을 져야 하는 자신의 진짜 능력을 사용하지 않고 빠져나올 수 있었다.

지아볼이 말했다.

"비요텐 공의 말로는 세트를 이룰 나머지 장비도 며칠 내로 완성될 거라고 하더구려. 완성되면 아레크스가 갖고 올 거요."

"알겠습니다. 당신은 어쩔 셈입니까?"

"여기의 일은 당신들에게 맡기려고 하오만. 좀 신경 써서 준비해야 할 일도 있고."

"당신은 다수의 육체를 동시에 조종할 수 있으니, 여기에도 힘을 보태줄 수 있을 텐데요?"

"그럴 여유가 없을 정도라서 말이오. 내 사고 능력은 많은 육체에 나눠 쓰면 나눠 쓸수록 효율이 저하된다오. 지금부터 준비해야 하는 일에는 전력을 다할 필요가 있소."

"흠. 그렇군요. 불카누스님의 상태는?"

엘토바스는 미심쩍어하면서도 더 추궁하지 않고 넘어갔다. 이곳에는 그와 티아나가 있고 이제 곧 아레크스가 도착한다. 굳이 지아볼의 힘까지 빌릴 필요는 없으리라.

그런 엘토바스를 보며 지아볼은 속으로 웃었다. 그가 댄 핑계는 사실이지만, 그렇다고 진실을 다 말한 것은 아니다.

지아볼은 루그와 맞닥뜨릴 가능성을 피하고 싶었다.

'시공의 휘장, 그 마법을 완전히 해석할 때까지는…….'

루그에게 당해서 외유용 몸에 의식이 봉인당하는 사태는 피해야 한다.

지아볼은 루그에 대한 정보를 다른 상위 용족 간부들에게 모두 제공하지 않았다. 불카누스와 볼카르가 다른 존재라는 것도, 볼카르의 영혼이 루그 안에 있다는 것도, 그리고 시공의 휘장에 대한 것도 뺀 나머지만을 전해주었다. 그것들은 어차피 그들에게는 필요없는 정보이기도 하다.

지아볼이 대답했다.

"아직 깨어나지 못하고 있소."

탈린 왕국에서 루그와 격전을 벌인 지 4개월이 넘었다. 하지만 불카누스는 아직도 눈을 뜨지 못했다.

엘토바스가 말했다.

"큰일이군요. 이대로 깨어나지 못하시기라도 한다면……."

"인간을 말살한다는 귀공의 목적이 이루어지지 못할까 봐 우려되오?"

"……."

엘토바스가 눈살을 찌푸리며 지아볼을 바라보았다.

어디서 나타났는지 모르지만 어느 순간부터 불카누스에게 가장 신임 받으며 블레이즈 원의 중추가 된 남자. 블레이즈 원에 합류한 이래 불카누스의 최측근이었던 엘토바스 입장에서는 지아볼의 존재가 신경 쓰였다.

그와 권력을 다툴 마음은 없다. 엘토바스의 목적은 불카누스를 통해서 인간의 존재를 말살하는 것이지, 블레이즈 원에서 세상을 지배하는 자리를 원하는 게 아니니까.

하지만 지아볼의 정체를 전혀 알 수 없다는 건 역시 부담스럽다. 그는 도대체 어디서 왔으며, 어떻게 이렇게 뛰어난 지식을 갖고 있는 것일까.

'이자는 정말로 믿어도 되는 존재인가?'

불카누스가 그에게 보이는 신뢰가 불안하다. 분명 지아볼은 자신들에게 많은 도움을 주었지만, 정말로 그를 아군으로 생각해도 되는 것일까?

이상한 일이다. 엘토바스는 지금까지 단 한 번도 이런 불안을 느껴본 적이 없었다. 블레이즈 원의 상위 용족 간부들은 모두 불카누스가 가진 용제의 힘에 지배받고 있었으니까. 그리고 그것은 지아볼 역시 마찬가지일 것이다.

그런데도 지아볼을 보면 불안감이 스멀스멀 피어오른다. 그가 자신의 이해 범주 밖에 있는, 터무니없이 불길한 존재라는 느낌이 든다.

그때 지아볼이 말했다.

"걱정 마시오. 기본적으로 내 목적은 귀공과 같으니까. 그리고 불카누스는 곧 깨어날 거요. 그 점은 안심해도 좋소."

"어떻게 확신합니까?"

"그동안 관찰해서 모은 정보를 통한 추론이오. 그럼 건투를 빌겠소."

지아볼은 그 말을 끝으로 그 자리를 떠났다.

홀로 남은 엘토바스는 눈살을 찌푸리고는 다시 할 일에 몰두했다.

3

아네르 왕국의 상황은 격변했다.

왕도 아라로스를 점거하고 있던 리가드 공작 일파가 격파당했다!

설령 왕도가 일거에 함락당할 줄은 아무도 예상 못했다. 그런데 새로운 펠드릭스 공작, 란티스 펠드릭스가 리가드 공작의 병력을 추풍낙엽처럼 쓸어버리면서 왕도까지 진군하더니 단 하루 만에 왕도를 함락시켰다!

란티스 펠드릭스는 리가드 재상 일파를 모조리 숙청하고는 신년이 밝는 것과 동시에 스스로 왕관을 머리 썼다. 그리하여 펠드릭스 공작가는 왕가가 되었다.

물론 아타렐 후작 일파는 그의 왕위를 인정하지 않았다. 서로를 인정하지 않는 두 세력의 대립은 조금씩 격화되어 가고 있었다.

"…놀랍군. 이게 정말 란티스 펠드릭스라고?"

루그는 아쿠아 비타의 조직원들이 수집해 온 정보를 보면서 중얼거렸다.

멀리서 실시간 통신기를 이용해서 기록한 영상이었다. 란티스 펠드릭스가 이끄는 카사를 공작 일파, 아니, 이제는 펠드릭스 국왕 일파라 불러야 할 세력의 병력이 왕도까지 향하는 과정이었다.

왕도에 도달할 때까지 펠드릭스 일파는 네 번의 전투를 치렀다. 그리고 그 모든 전투에서 란티스 펠드릭스가 선두에 서서 적들을 풀 베듯이 베어넘기면서 학살전을 펼쳤다.

란티스의 위용은 상위 용족 이상이었다. 압도적인 속도와 파워, 그리고 질풍을 부르는 마검과 빙설의 속성력까지 가진 그는 이미 국지적인 재난이라고 부르기에 손색없는 수준이었다.

〈흥미롭군. 마법적인 개조로 이 정도 수준에 오르다니. 용의 피만으로는, 그리고 티아나 아카라즈난의 실력으로는 불가능한 일일 텐데.〉

볼카르가 흥미를 보였다. 루그가 물었다.

"용의 피를 더 마셨다거나?"

〈용의 피는 무작정 많이 마신다고 더 강해지는 게 아니다. 마력의 안정성이 깨져서 용족의 인자에 인간의 육체가 버틸 수 없게 될 뿐이지. 아무리 용의 피의 적합자라고 해도 그것으로 도달할 수 있는 한계선은 명확하다.〉

"그리고 그 한계선이 이 수준은 아니라 이거지?"

〈적어도 티아나 아카라즈난의 역량으로는.〉

"그럼 다른 놈이 손을 썼다면?"

〈드래곤이 손을 썼다면 가능하지만 상위 용족 수준으로는 힘들다. 이건 차라리… 용의 피로 인해서 폭증한 생명력을 강체력으로 승화시켜서, 강체술사로서 더 높은 경지에 올랐다는 쪽이 설득력 있지 않나?〉

"그 추론도 설득력 있긴 해. 하지만 내가 보기엔 그건 아닌 것 같은데. 물론 예전에 상대했을 때보다는 나아지긴 했는데……."

멀리서 관측한 영상이라서 확신할 수는 없지만, 란티스 펠드릭스는 전투 중에 세련된 강체술사로서의 면모는 별로 보여주지 않았다. 그저…….

"빠르고, 강하고, 정확해. 그뿐이야."

예전의 란티스는 빠르고 강할 뿐이었다. 자신의 힘을 주체 못해서 기술 하나하나의 정밀도가 떨어지고 그것을 운용하는 수준 역시 별 볼일 없었다.

지금의 란티스는… 역시 운용 능력 자체는 별 차이가 없어 보인다. 다만 이전보다 훨씬 더 빠르고, 강하면서도 기술 하나하나의 정밀도가 상승했다.

"마치 갑자기 얻은 힘을 제어하는 데만 안간힘을 다한 결과 같아. 물론 그것만으로도 괴물이라고 부르기에 부족함이 없지만……."

란티스는 힘과 속도만으로는 루그조차도 능가한다. 기격의 강체술사라고 해도 지금의 란티스를 상대할 수 있을까?

'힘들겠지.'

기격의 강체술사도 기격의 강체술사 나름이다.

상위 용족 같은 괴물을 상대해 본 경험이 있고, 기격을 완숙한 경지까지 숙련시킨 존재라면 승산이 있다. 하지만 그저 인간끼리의 전투만 경험해 본 자라면 란티스의 능력을 제대로 파악하기도 전에 목이 날아갈 것이다.

볼카르가 말했다.

〈흠. 직접 봤으면… 하다못해 실시간으로 감각을 그쪽으로 보내서 관찰했다면 좀 더 많은 정보를 알 수 있었을 텐데 아쉽군. 흥미로운 놈이다.〉

"그러게. 뭐, 금방 또 기회가 있겠지. 근데 찾으라는 엘토바스랑 티아나는 못 찾고 이런 놈에 대한 정보만 들어오는군. 별의 눈이 완성될 때까지는 어쩔 수 없나?"

루그가 혀를 찼다.

볼카르가 고안해서 드워프들에게 제작을 부탁한 광범위 관측용 마법 도구 '별의 눈'은 아직 완성되지 않았다. 볼카르는 설계를 다 해서 넘겨줬지만, 소재부터 해서 정보 처리 시스템까지 만들어야 할 게 한둘이 아니라서 그렇다고 한다. 그래도 슬슬 완성 단계라고 하니 조금만 있으면 사태가 해결 국면으로 접어들 것 같다.

그때 문득 뒤쪽에서 기척이 났다.

"으윽……."

루그가 뒤를 돌아보았다. 그곳에는 땀투성이가 되어 뻗어 있던 검은 머리칼의 귀공자, 요르드가 있었다.

요르드가 관자놀이를 누르며 투덜거렸다.

"…또 기절했었군."

"괜찮아?"

"응. 이거 참. 너한테는 전혀 상대가 안 되네. 메이달라 후작 영애하고는 좀 할 만한데……."

요르드는 조금 전까지 루그와 대련을 했고, 그리고 사정없이 두들겨 맞고 뻗었다.

루그가 시레크 백작가의 별장에 머무르게 된 이래 요르드는 자주 찾아와서 대련을 부탁했다. 그 과정에서 루그하고만이 아니고 에리체하고도 대련을 하게 되었고, 그리고 둘 다 실력이 급속도로 성장했다.

'요르드 이놈은 진짜…….'

루그는 요르드의 성장에 혀를 내둘렀다.

처음 이곳에 와서 점검해 본 요르드의 실력은 기대 이상이었다. 라나의 숲에서 그레이슨에게 혹독하게 굴려져 가면서 기격을 연마한 보람이 있었는지, 이미 상당한 수준에 올라 있었던 것이다.

'설마 내가 붙잡고 가르친 마빈보다 성장이 빠를 줄이야.'

요르드는 혼자서도 이미 마빈 이상의 경지에 도달해 있었다. 루그가 보기에는 아스탈 백작과도 충분히 해볼 만한 수준이었다.

요르드의 가장 무서운 점은 경이로운 흡수력이었다.

앞으로 나아갈 단서조차 없을 때, 그는 상당히 신중한 면모를 보인다. 자신이 가진 것을 꾸준히 연마해서 총체적인 완성도를 높이는 데 주력한다.

그러나 앞서 간 자가 단서를 보여주면, 그는 그것을 순식간에 자신의 것으로 만든다.

기격의 경지에 오르지 못했을 때, 그는 루그가 보여주는 기격 이상의 기술들을 자신의 양분으로 삼지 못했다. 하지만 일단 기격의 경지에 오르고 나니 그동안의 경험을 되새기며 재현하려고 노력하는 것만으로 무섭도록 실력이 올라갔다.

정신을 차린 요르드가 실시간 통신기에 반복적으로 재생되는 영상을 보며 말했다.

"이건 혹시… 란티스 경인가? 갑옷이 낯이 익은데…….."

"맞아."

"대단하군. 이전하고는 차원이 달라. 게다가 저 속성력은… 벌써 6단계에 올랐나? 따라가려면 아직 몇 개월은 더 필요할 것 같은데, 그때쯤이면 격차가 심하게 벌어지겠어."

"뭐?"

순간 루그는 깜짝 놀라서 그를 바라보았다.

란티스가 강체술 6단계에 올랐다고 착각하는 게 문제가 아니다. 요르드는 마치 몇 개월만 있으면 자신도 6단계에 오를 수 있는 것처럼 말하고 있는 것이다!

요르드가 의아해하며 루그를 바라보았다.

"응? 왜 그래?"

"지금 뭐라고 한 거야? 몇 개월만 있으면 6단계에 오를 수 있다고?"

"아, 그건… 음, 뭐, 확실한 건 아니고 그냥 내 느낌상 그래. 기격에 올랐을 때의 경험으로 볼 때, 지금 속성력이 감이 잡히는 정도를 보면 네 지도를 받아가면서 한 3, 4개월만 몰두하면 어떻게 될 것도 같은데?"

"……."

루그는 할 말을 잃었다. 세상에. 7단계가 전설처럼 이야기되기에 실질적으로는 최강의 경지라고 불리는 6단계를 이렇게 쉽게 말하다니?

요르드가 부끄러운 듯 볼을 붉적였다.

"물론 너에 비하면 아직 멀었지. 어디까지나 단순한 기격과 속성 기격이 어떻게 다른 건지 감이 잡히는 정도야. 어렴풋이 둘을 구분할 수는 있어. 물리적인 기격과 감각적인 기격을 나누듯이, 기격이 띤 성질의 차이를 알 수 있을 것 같아. 다만 어떻게 구현해야 할지는 아직 모르겠어. 네 말대로 기격으로 전이할 수 있는 경험처럼, 불이든 물이든 힘의 본질을 파악해야 할 것 같은데……."

'이 괴물 같으니!'

루그는 순간 전율하고 말았다.

요르드의 말은 그가 정말로 5단계와 6단계의 차이를 정확하게 파악하고 있음을 증명한다. 그는 철저한 감각의 세계인 기격을 루그와 그레이슨을 통해 이해했듯이, 속성력 역시 이해해 가고 있었다.

다만 지금은 아직 명확한 판단 기준을 세울 만한 경험이 부족하다. 충분한 경험을 통해서 그 둘을 명확히 구분할 수 있게 되면, 그리고 자신이 구현하고자 하는 속성의 힘에 대한 이해가 뒷받침되어 주기만 하면 그는 단번에 6단계의 경지에 오를 것이다.

'마빈도 이 정도는 아니었는데… 우와, 천재란 건 역시 재수없어!'

자기는 죽을 둥 살 둥 하다가 기적 같은 우연으로 겨우 6단계에 올랐는데, 이놈은 착실하게 기술을 연마하는 것만으로도 그 격차를 따라잡고 있었다. 루그는 자신이 요르드를 오만한 눈으로 보고 있었음을 깨달았다.

시공 회귀 전의 그와 해볼 만한 수준? 아니다. 요르드는 이미 그 수준을 뛰어넘었다.

흡수력이 장점인 요르드는 단서 없이 홀로 미답지를 개척해 나갈 때는 그 재능의 빛이 바랜다. 그러나 자신이 지향해야 할 해답을 가진 존재가 눈앞에서 이끌어주면 상상을 초월한 성장을 보여준다.

지금 요르드가 보여주는 성장은 루그와 그레이슨이 있었기에 가능했다. 요르드 자신도 그것을 잘 안다. 루그에게 말한 3, 4개월이라는 기간도 루그에게 꾸준히 지도를 받을 경우를 상정한 것이다. 그렇지 않으면 몇 년이 더 걸릴 수도 있다는 걸 그는 잘 알고 있었다.

볼카르가 한마디 했다.

〈거 네가 그렇게 투덜거릴 처지는 아니잖은가? 재능이 뒤떨어지니 뭐니 해도 여태까지 다른 놈들은 꿈도 못 꿀 기연을 잔뜩 얻어서 지금의 경지에 오른 주제에.〉

─시끄러. 흑. 넌 이해 못해.

루그는 왠지 울고 싶은 기분으로 투덜거렸다. 분명 자신이 훨씬 높은 경지에 올랐는데도 이 서러운 기분은 뭘까? 아스탈 백작부터 시작해서 마빈에 에리체에 요르드까지, 요즘 어째 그의 주변에는 백 년에 한 번 나올까 말까 한 천재들이 수두룩한 것 같다.

문득 요르드가 의아해하며 물었다.

"루그? 왜 그래?"

"아니. 아무것도 아냐."

루그는 퍼뜩 정신을 차리고 고개를 저었다.

요르드는 더 파고들지 않고 대신 실시간 통신기의 영상을 바라보았다.

"그러고 보니 란티스 경은 어쩔 생각이야?"

"죽여야지."

루그는 아무런 고민도 없이 대답했다.

"저놈이 이런 괴물이 될 거라고는 상상도 못했어. 저놈이 블레이즈 원의 주구라는 걸 감안하면, 하루빨리 처리하지 않으면 이 나라는 돌이킬 수 없게 될 거야."

"그럼 그는 나한테 맡겨주면 안 될까?"

요르드는 굳은 표정으로 물었다. 루그가 뭐라고 대답하기 전에 그가 말을 이었다.

"물론 위험하다는 건 알아. 지금의 내 실력으로는 아직 란티스 경을 어쩔 수 없을지도 모르지. 하지만… 내 손으로 결판을 내고 싶어."

"……"

루그는 잠시 말없이 요르드를 바라보았다.

요르드는 란티스에게 집착하고 있었다. 지난번에 한 번 루그의 도움으로 굴욕을 갚아주기는 했지만, 아직 가슴속에 남은 응어리가 사라지지 않았다. 어떻게든 자신의 힘으로 그와 결말을 짓고 싶었다.

곧 루그가 입을 열었다.

"걱정하지 마. 네가 오해하고 있을 뿐, 저놈은 높은 경지의 강체술사가 아니라 인간을 버린 괴물일 뿐이야. 아직 기격의 경지에도 도달하지 못했을걸."

"정말? 저렇게 강한데?"

"확실해. 하지만 강체술사의 기준을 초월한 괴물인 것만은 분명하지. 그것만은 명심하도록 해. 할 수 있는 한, 네가 반드시 저놈과 싸울 수 있게 해줄 테니까."

"고맙다, 루그."

요르드가 씩 웃으며 주먹을 들었다. 루그도 주먹을 들어 거기에 맞대며 대답했다.

"새삼스럽게 뭘."

4

란티스 펠드릭스가 스스로 왕관을 쓴 이후로도 왕도 아라로스의 분위기는 여전히 흉흉했다.

리가드 공작 일파에 속한 핵심 귀족들은 란티스의 손에 죽었지만, 그 잔당들을 숙청하는 작업이 진행되고 있었다. 연일 불어닥치는 피바람 속에서 왕도의 시민들은 겁을 집어먹어서 겨울의 찬바람과 함께 사람들의 마음까지도 얼어붙은 것 같았다.

그런 분위기 속에서 란티스는 왕도 아라로스의 자랑거리, 도시 서쪽 외곽에 있는 110년의 역사를 가진 아르넨 대신전으로 향했다. 한밤중이라 신전이 개방되지 않은 때였지만, 지금 아라로스에서 그가 못할 일 따위 존재하지 않는다.

"여기 있었군."

란티스는 아르넨 대신전의 예배당에 들어서며 말했다.

그곳에는 단 한 사람만이 있었다. 긴 검은 머리칼을 늘어뜨리고 붉은 드레스 자락을 펄럭이는 아름다운 소녀, 티아나 아카라즈난.

티아나는 감회에 젖은 눈으로 예배당의 천장을 올려다보고 있었다.

아라로스에 현존하는 다른 건축물에 비해 압도적인 규모를 자랑하는 아르넨 대신전은 종교예술의 정수라고 할 만했다. 신전 자체가 감탄스러울 정도로 웅장하고 아름답게 지어진 것은 물론, 기둥 하나하나도 솜씨있는 이들이 종교적인 상징물들을 조각해 놓았고 복도 곳곳에 교전에 수록된 신화시대의 업적들이 아름답게 그려져 있었다.

그중에서도 가장 압도적인 것은 천 명을 수용할 수 있는 거대한 예배당의 천장화다.

돔형의 지붕을 가진 아르넨 대신전의 예배당 천장, 그 안쪽에는 창세 이후 지금까지 신들의 업적과 인간이 그 뜻을 받들어 올바른 삶의 방향을 얻는 과정이 역동적으로 묘사된 장대한 스케일의 천장화가 그려져 있었다.

란티스가 다가올 때까지 가만히 그것을 올려다보던 티아나가 말했다.

"인간의 광기는 정말로 근사하다고 생각하지 않아요?"

"음?"

란티스는 영문을 몰라서 눈살을 찌푸렸다.

티아나가 말을 이었다.

"불과 45년 전까지만 해도 이 아르넨 대신전의 천장화는 없었어요."

"명장 라인젤이 그려 넣었다고 들었어."

"그래요. 무려 14년에 걸쳐서 말이죠. 누구의 손도 빌리지 않고 혼자서, 고독하게 몸을 망쳐 가면서……."

라인젤이라는 예술가는 열성적인 아르넨 신도였던 국왕의 명령으로 세상에서 가장 웅장하고 아름다운 종교화를 그려냈다. 그 기간은 장장 14년.

사람이 떨어지면 즉사할 높이에서 그림을 그리는 것 자체도 두려운 일이었을 텐데, 무려 14년 동안 거의 쉬는 날도 없이 위를 올려다보며 그림을 그린다는 것은 그야말로 고행이었다. 그리고 그렇게 완성된 그림은 역사에 남을 명화였다.

그저 누군가가 시켜서 어쩔 수 없이 그린다는 마음가짐으로 이런 그림을 그리는 것은 불가능하다. 이 천장화는 그리는 자에게도 광기 어린 집착이 있었기에 탄생할 수 있었다. 길지 않은 인생 중에 14년이나 되는 시간을 통째로 쏟아부을 수 있었던 광기가 있었기에……

"난 이 그림을 좋아해요. 인간을 이루는 것 중에 내가 가장 좋아하는 것의 정수이기 때문이죠."

"그게 광기라는 건가?"

"그래요. 세상은 넓고 인간은 모래알 같이 많고, 그 대부분은 아무런 의미도 가치도 증명하지 못하는 채 하루하루를 살아가다가, 죽어요."

그리고 드래코니안인 티아나는 수백 년을 살아가면서, 자신의 기분에 따라서 그들의 생사를 결정할 수 있다. 그렇기에 대부분의 인간은 그녀에게 있어서 하찮다. 스쳐 가는 돌멩이와 다를 게 없다.

"하지만 때때로 인간은 그저 오래 사는 것만으로는, 그저 힘이 있는 것만으로는 할 수 없는… 영혼을 광기로 불살라야만 가능한 무언가를 이루곤 해요."

셀 수 없을 정도로 많은 인간들이 한곳에 모이면, 다양하고 추악한 욕망이 기괴하게 일그러진 사회를 만든다. 인간은 지혜롭지도 강하지도 않다. 그렇기에 균형감이라고는 눈곱만큼도 찾아볼 수 없는, 부조리한 아름다움이 가득한 세상을 만들었다.

"인간 개개인의 격차는 놀라울 정도로 크고, 그들이 발산하는 욕망과 광기는 때때로 오래 사는 우리들을 감탄하게 해요. 눈 깜짝할 사이에 죽어가는 작고 가련한 존재들이 어떻게 그럴 수가 있는지……."

더 많은 것을 원하는 욕망.

더 깊숙한 파멸을 바라는 광기.

티아나가 아는 한, 그 두 가지 면에서 인간을 능가하는 종은 없다.

인간의 이성이 문명과 함께 발달하면 발달할수록 욕망과 광기도 기하급수적으로 커져서 세상 전체를 뒤덮었다. 헤아릴 수 없을 정도로 많은 인간들이 모여 만들어낸 공허하고 아름다운 부조리의 무대, 티아나는 그 위를 인간의 일생보다 긴 시간 동안 거닐어왔다.

"사실 이곳 아르넨 대신전은 원래 북방의 라바르트 왕국에 있는 윈티아 대신전을 모방해서 만든 거예요. 그렇기에 난 예전에는 이곳에 큰 가치를 부여하지 않았지요."

"이 아르넨 대신전이… 다른 곳의 모방이라고?"

아네르 왕국의 귀족, 아니, 이제는 국왕인 란티스에게는 불쾌한 일이다. 티아나가 웃었다.

"그래요. 아네르 왕국 사람들은 인정하기 싫겠지만, 사실은 그렇답니다. 당시의 국왕이 왕자였던 시절, 라바르트 왕국에 사절단으로 갔다가 윈티아 대신전을 보고는 이 나라에도, 그리고 아르넨 여신을 위해서도 이런 성당을 만들어야겠다고 생각한 것이 시작이었죠. 단지 남들보다 높은 신분을 가진 이가 그런 마음을 품었다는 하찮은 이유로 여기에 얼마나 많은 돈과 인력이 들어갔는지."

진정 거대한 부조리다. 그리고 티아나는 그러한 부조리가 사랑스러웠다.

"하지만 명장 라인젤은 이곳에 윈티아 대신전에는 없는 천장화를 그려 넣었고, 저것이 이곳에 유니크한 가치를 부여했지요. 난 그때부터 이곳을 좋아하기 시작했어요. 참고로 라인젤이 노후에 남긴 마지막 작품은 바로 내 의뢰였답니다."

"그런 이야기는 처음 듣는군."

"그야 세상에는 알려지지 않은 이야기니까요. 난 폐병을 앓고 있던 라인젤의 조카손자를 살려주는 대가로 그에게 그림을 받았죠. 천금을 줘도 아깝지 않은 그림이었지만, 그는 그 이상의 대가를 받지 않았어요."

"……."

그녀가 살아온 세월이 느껴지는 이야기였다.

문득 란티스가 물었다.

"윈티아 대신전이라는 곳은 얼마나 웅장하지?"

"그곳은 라바르트 왕국이 라바르트 신성 제국이었던 시절, 왕권과 교권의 수호자였던 교황 아이네제거 3세의 명령으로 건축이 시작되었고 그 이후 217년이 흐른 후에야 완공되었죠. 지금도 여전히 대륙 전체를 통틀어도 가장 거대한 신전이고, 가장 아름다운 건축물이기도 해요. 그리고 한 나라를 몰락시킨 장대한 예술품이기도 하고."

"217년이라고?"

란티스가 눈을 크게 떴다. 고작 건물 하나를 짓는 데 그만한 세월이 필요했단 말인가?

티아나가 고개를 끄덕였다.

"그래요. 그 시간 동안 천문학적인 돈과 인력이 들어갔고, 완공되기 전에 이미 라바르트 신성 제국은 재정 적자에 시달리다가 붕괴했죠. 북부의 동토를 아우르던 거대한 제국이 일곱 개의 나라로 갈라지고, 왕권과 교권은 분리되었어요. 그것이 윈티아 대신전 건축이 시작된 지 179년째의 일

이라서, 어쩌면 그것은 미완공인 채로 남을 위기를 맞이했
어요."

하지만 라바르트 왕국은 그로부터 40여 년의 시간을 추가
로 들여서 끝끝내 윈티아 대신전을 완공하고 말았다.

"나는 윈티아 대신전이 완공된 지 20년이 지난 후에야 그
역사와 존재를 알았어요. 내 보호자와 함께 처음 그곳에 들어
섰을 때의 일은 지금도 생생하게 기억하고 있지요. 생각해 보
면 그게 내가 인간 세상을 떠돌게 된 계기였어요."

티아나는 살아 있는 것의 덧없음을 안다. 아무리 찬란하고
아름다운 것도 시간의 흐름 속에 쇠락하고, 죽어간다.

하지만 예술은 불멸이다.

인간들은 하루살이처럼 짧은 목숨을 가졌기에 삶을 절박
하게 여길 줄 알았다. 오래 살며 느긋하게 세상의 변화를 지
켜보는 이들은 도저히 따라할 수 없을 정도로 격렬하게 희로
애락을 발산하며 죽어간다. 그 과정에서 탄생하는 예술은 인
간이 영원을 꿈꾸며 세계를 할퀸 흉터자국이었다.

티아나는 그 흉터자국에 매료되었다.

"혼자서 할 수 없는 일이라면 수백 명, 수천 명, 아니, 수십
만 명의 힘을 합쳐서라도 해내죠. 자신의 일생을 바쳐도 안
된다면 그 다음 대에, 그리고 또 그 다음 대에 이어서라도…
인간의 집착이란 가끔 정말로 기적 같아요."

윈티아 대신전은 당시에 이미 인간의 일생보다 더 오랜 시간을 살아온 티아나조차도 세월의 장대함을 느끼게 하는 기적이었다. 과연 용족이 같은 것을 만들 수 있을까? 아니, 과연 어떤 용족이 일생을 바쳐 그런 어리석은 짓을 하려고 할까?

인간은 우둔하고 덧없지만 그들이 만들어낸 문화는 장대하고 아름답다.

티아나는 그것을 깨달았을 때부터 인간들 사이에서 살기 시작했다.

인간의 문화를, 인간의 광기를, 인간의 흑심을, 그들의 잠재력을 사랑하며 그들 사이를 거닐었다.

"언젠가……."

티아나는 미소 지으며 란티스를 돌아보았다. 그 미소를 마주하는 순간, 란티스의 가슴이 두근거렸다.

그녀는 언제나 거부할 수 없을 정도로 아름다운 존재였다. 그의 삶을 탈선시켰고 인간에서 벗어나게 만들었지만, 그래도 그녀가 한 번 미소 짓는 걸 볼 때마다 가슴이 설레인다.

그런데 지금 그녀가 짓고 있는 미소는… 그가 처음 보는 것이었다. 언제나 남자를 매혹시키는 고혹적인 미소를 짓고 있던 그녀가 지금은 마치 순진한 소녀처럼 웃고 있었다.

"함께 윈티아 대신전에 가요. 당신에게도 그곳을 보여주고 싶어요."

"당신의 삶을 결정했을 정도의 예술품이라면 나도 꼭 한 번 보고 싶군."

란티스는 동요를 감추려고 애쓰며 고개를 끄덕였다.

5

어두운 밤, 바레스 왕국의 하늘을 초고속으로 나는 물체가 있었다. 그 물체는 청백색 불꽃을 휘감은 채 인간의 눈길이 닿지 않는 아득히 높은, 고도 2만 3천 미터 지점을 초음속으로 비행하다가 지상을 향해 궤도를 틀었다.

우우우우우웅!

그 앞으로 커다란 빛의 원이 튀어나갔다. 음속의 세 배 가까운 속도로 나는 그 물체보다도 훨씬 빠르게 지상으로 쏘아져 나간 그것들이 중간에서 분화한다. 분화와 동시에 하나가 소실되더니 10킬로미터 떨어진 곳에서 재출현했다.

그 직후 청백색 불꽃을 휘감은 물체가 상공에 있는 빛의 원을 통과했다. 그리고 놀랍게도 10킬로미터 떨어진 곳에 나타난 또 하나의 원을 통해서 나타났다.

그때부터 물체는 속도를 급격히 줄이면서 지상으로 낙하

했다.

"웃차."

긴장감 없는 목소리와 함께 지상에 내려선 것은 루그였다.

디르커스에게 초고속 비행 능력과 공간 이동 능력을 받은 루그는 혼자서도 초장거리 초음속 비행이 가능해졌다. 하려고만 하면 낮은 궤도에서도 초음속으로 날 수 있지만, 마력 소모가 극심했기 때문에 장거리 이동시에는 공기 저항이 적은 1만 5천 미터 이상의 고도로 올라가는 쪽을 택했다.

물론 그 역시 쉬운 일은 아니다. 하지만 광륜에 부여된 공간 이동 능력은 무려 10킬로미터 이상에 걸쳐서 전개가 가능했다. 루그는 광륜을 이용해서 두 번 공간 이동하는 것만으로도 2만 미터 이상의 고도에 도달하고, 그 후에는 불꽃의 날개를 전개해서 초음속으로 비행하면서 간간이 광륜으로 공간 이동을 병행해 주면 나라 하나를 주파하는 데 채 30분도 안 걸린다.

물론 이런 일들에는 엄청난 마력 소모가 따른다. 하지만 이제는 그것도 해결된 상태였다.

"마력 소모는 3할도 안 되나? 아네르 왕국에서 여기까지 오는 데 이 정도라니, 이거 진짜 사기로군."

루그는 자신이 한 일에 혀를 내둘렀다.

불과 한 시간 전까지만 해도 아네르 왕국에 있던 그는 지금 바레스 왕국 변방에 있는 라나의 숲 부근에 와 있었다.

〈그럴 거라고 했잖은가? 지금 네 마력은 상위 용족 중에서도 필적할 놈이 별로 없다.〉

볼카르가 말했다.

그동안 루그는 볼카르의 마법 교육 2단계를 마치고 3단계에 돌입했다.

현재 엘레멘탈 콜로니를 구성하는 피코 엘레멘탈의 수는 자그마치 1,277개체.

마력의 저장량, 출력 모두가 예전 블레이즈 원 시절의 다르칸을 다섯 배 이상 능가한다. 인간이 이런 마력을 가졌다는 걸 믿을 수 없을 정도의 마력이었다.

하지만 그런 마력을 가졌다고 해도 이런 일이 가능한 것은 디르커스가 부여해 준 능력이 있기 때문이다. 특수한 마법 구성으로 이루어진 폭염의 날개와 공간 이동의 광륜은 정말 놀라웠다.

"3단계를 끝내려면 앞으로 얼마나 걸릴까?"

〈그렇게 오래 걸리진 않을 거다. 엘레멘탈 콜로니의 연장선이니.〉

볼카르가 구상한 루그의 마법 교육 제3단계는 엘레멘탈 콜로니의 확장이었다.

2단계의 엘레멘탈 콜로니는 루그의 몸속에 무수한 피코 엘레멘탈들을 몰아넣고 유사 마력 기관으로 사용했다.

3단계는 몸 밖에도 피코 엘레멘탈들을 배치한다.

그 방식은 메이즈와 다르칸이 레비아탄 코어와 연동해서 마력을 증폭시키는 것과 비슷하다. 피코 엘레멘탈들로 이루어진 마법 구조물 '엘레멘탈 서버'를 만들어서 특수하게 설계된 아공간에 두고, 체내의 엘레멘탈 콜로니와 연동한다.

이 서버 하나하나는 루그의 몸속에 구축된 엘레멘탈 콜로니와 거의 비슷한, 약 천 개체의 피코 엘레멘탈로 구성된다. 그러나 이것의 목적은 루그의 마력을 증가시키는 것이 아니다.

물론 마력도 증가하기는 한다. 마력의 저장량은 물론, 출력도 훨씬 개선된다.

다만 진정한 목적이 그게 아닐 뿐이다. 엘레멘탈 서버의 진정한 존재 이유는 루그의 마법 연산 능력을 보강하는 데 있었다.

〈3단계를 완료하면 네 연산 능력은 상위 용족을 훨씬 뛰어넘게 된다. 뭐, 연구 개발 능력이나 응용력이 는다는 소리는 아니고 어디까지나 네가 할 수 있는 마법들을 훨씬 빠르게 구

사할 수 있게 되는 것뿐이지만.〉

엘레멘탈 서버는 루그가 반복적으로 사용하는 마법들을 기억해서 그 연산을 보조하는 방식으로 최적화한다. 그 결과 루그는 이미 터득하고 있는 마법들을 수십 배나 빠른 속도로 사용하는 것이 가능해지게 된다.

〈그만큼 마력의 사용 효율도 오르게 되지. 엘레멘탈 서버는 항시 최적의 마력 운용 루트를 찾아내는 최적화 과정을 수행하고 있으니, 결과적으로 너의 마력 운용 방식 자체가 바뀌게 될 거다.〉

현재의 루그는 상위 용족 이상의 마력을 가졌지만, 연산 능력의 부족함과 마력 기관의 열악함으로 인해 그 효율이 좋지 못하다. 무엇보다 엘레멘탈 콜로니에 축적한 마력도 인간의 마력 기관인 뼈를 중심으로 공명하는 과정을 거쳐야 하는 게 문제다.

하지만 피코 엘레멘탈은 애당초 몸 어디든지 스며들 수 있다. 루그는 몸의 빈곳에 피코 엘레멘탈을 채워 넣는 이미지로 엘레멘탈 콜로니를 구축했다. 즉, 루그의 몸속에 엘레멘탈 콜로니라는 별개의 군집체가 새로운 내장기관처럼 존재하는 형태다.

엘레멘탈 서버는 그 형태를 바꿀 것이다.

루그가 물었다.

"그러고 보니 그걸 어떻게 바꾼다는 거야? 마력이 아무리 늘어나도 내가 인간인 이상 마력 기관이 뼈뿐이라는 건 변하지 않는 사실이잖아?"

〈엘레멘탈 서버는 현재 네 몸속에 별개의 존재로 자리 잡은 엘레멘탈 콜로니를 네 몸 그 자체로 바꿔줄 거다. 몸 구석구석, 세포 하나하나에 피코 엘레멘탈이 스며들게 되고 그렇게 되면 전신을 마력 기관으로 인식할 수 있지. 그렇게 되면 네 마력 효율은 상위 용족 이상이 될 거다.〉

"몸 전체를?"

〈네가 강체력을 축적하고 운용하는 방식하고 똑같다. 이 구상은 강체술을 연구하는 과정에서 확립한 것이다. 너도 처음에는 체내의 일정지점에 강체력의 코어를 만들어서 그것을 중심으로 흐름을 만들다가, 점점 여기저기에 분산해서 여러 개의 코어를 만들어서 어느 곳이든 힘의 출발점으로 설정할 수 있도록 하지 않나?〉

"아, 그건 그렇지. 그런 개념이라면… 흠, 확실히 납득이 가는군. 인체개조나 이런 건 아니라 이거지?"

루그가 납득했다.

그가 처음 강체술의 2단계에 돌입해서 일정한 흐름을 만들 때는 몸의 중심 부분이라고 생각되는 아랫배 부분에 강체력의 코어를 형성하고, 그것을 중심으로 강체력을 운용했다.

인체의 혈류가 심장을 중심으로 이루어지듯이, 강체력도 그 코어를 중심으로 전신을 흐르다가 필요한 곳으로 집중되었다.

강체력이 늘어나면 코어의 수가 늘어난다.

아랫배 다음에는 명치, 그 다음에는 미간… 몸의 중심선을 따라서 코어를 늘려가다가 이윽고 어깨, 팔꿈치 등 몸 전체로 늘려간다. 그러다 보면 전신의 강체력이 완전히 유기적으로 연동되면서 언제 어느 때든 필요로 하는 곳에 필요한 만큼의 힘을 모을 수 있게 된다.

볼카르가 엘레멘탈 서버를 통해서 하려는 마력 운용 루트의 최적화도 비슷한 맥락이었다.

〈인체개조를 했으면 더 편하긴 했겠지. 하지만 시작 부분을 좀 돌아오긴 했어도, 결과는 더 좋다고 생각한다. 2단계로 충분한 마력을 확보해 둔 만큼 3단계 달성 자체는 그리 오래 걸리지 않을 거다.〉

볼카르는 3단계의 목표를 여덟 개의 엘레멘탈 서버를 구축하는 것으로 잡고 있었다. 그리고 현재 루그는 이미 엘레멘탈 서버 제1호를 완성하고 제2호를 7할 이상 완성한 상태였다.

〈그러고 보니 사실 인체개조는 몇 가지 구상해 둔 게 있었다. 예를 들면 '두 얼굴의 사나이' 프로젝트.〉

"두 얼굴의 사나이? 그게 뭐야?"

〈말 그대로 얼굴이 두 개인 사나이였다. 머리가 두 개, 뇌도 두 개, 그중 하나는 네 머리고 하나는 내가 쓰는 거지. 그랬으면 벌써 사태를 종결시킬 수 있었을…….〉

"…괴물이 되도 그런 꼴사나운 괴물이 되는 건 거절한다!"

이 몸 위에 머리가 둘 달려서 서로를 바라보며 악담을 퍼붓는 건 상상만 해도 끔찍하다! 소름이 끼쳐서 루그는 몸을 부르르 떨었다.

〈흠. 걱정 마라. 나도 구상하고 나서 시뮬레이션해 봤는데, 네 머리를 내가 써봤자 마력 운용 권한에 혼선이 일어나서 자멸하기 딱 좋더군.

"시뮬레이션까진 해본 거냐!"

〈훗. 그럼 구상이 쓸모있는지 없는지 알려면 시뮬레이션을 해야지 안 해보고 입만 나불거려려야겠나? 실증 없는 이론은 그저 상상일 뿐이다. 어쨌든 그래서 다른 걸 생각했지. 이름하여 '용체 변신' 프로젝트.〉

"그건 또 뭐야?"

〈늑대인간 같은 라이칸스롭의 변신 능력에 착안한 프로젝트다. 너를 내가 바라는 정도의 마력과 연산 능력을 가진 용족에 가까운 존재로 개조해 버리면 인간 세상에서 활동하는 데 제약이 크겠지? 그래서 필요할 때마다 변신하는 걸 생각해

봤다. 원하는 순간 드라칸의 형태로 변신하면 마력, 연산 능력, 그리고 육체 능력까지 폭증하는 거다.〉

"변신이냐……."

〈하지만 이것도 시뮬레이션해 보니 문제가 여럿 발견되어서 폐기했다. 일단 인간을 변신체로 개조하면 수명이 짧아질 수 있는 데다가, 마력이 강해지는 대신 강체력을 쓸 수 없게 되더군. 강체술은 정말 범용성이 형편없어.〉

볼카르가 투덜거리자 루그도 입술을 삐죽였다.

"하여튼 생각하는 게 하나같이……. 육체 능력이 아무리 세져 봤자 강체력을 쓸 수 없게 되면 그게 무슨 소용이야?"

〈구상할 당시에는 별로 상관없다고 생각했는데, 그후에 좀 생각이 바뀌었지. 하여튼 강체술은 정말 웃기는 기술이다.〉

"대단한 기술이라고 하라고."

그렇게 대화를 나누는 동안 루그는 라나의 숲에 들어섰다.

6

오랜만에 왔지만 라나의 숲은 달라진 게 없었다. 밖은 겨울인데도 계절감을 싹 무시하고 봄의 기운이 만연하다.

"루그, 웬일이야?"

예고 없는 방문에 라나가 눈을 휘둥그레 떴다. 분명히 바로 어제 실시간 통신기로 아네르 왕국에 있다는 소리를 들었는데 어떻게 여기 와 있는 걸까? 혹시 지금 꿈이라도 꾸고 있나?

루그는 그런 그녀의 머리를 쓰다듬어 주며 말했다.

"놀라게 해주고 싶어서 그냥 왔어요."

오랜만에 라나를 본 루그는 가슴이 뭉클했다.

물론 실시간 통신기를 통해서 종종 그녀와 연락을 해왔다. 하지만 이렇게 직접 만나니 또 감회가 다르다.

라나는 그동안 많이 자랐다. 젖살도 좀 빠지고 어린 티도 제법 벗은 소녀가 되어 있었다. 후줄근한 옷만 입고 살던 예전과는 달리, 메이즈 덕분에 소녀 취향의 예쁜 옷들도 많이 있어서 조금씩 꾸미고 있는 모습이 사랑스럽기 그지없다.

'당신도 이랬던 때가 있었겠지.'

루그는 기억 속의 연인, 시공 회귀 전의 라나 아룬데를 떠올렸다.

자라면 자랄수록, 지금의 라나는 기억 속의 그녀와 닮아간다.

동시에 그녀와는 다른 존재가 되어간다.

루그와 만난 지는 불과 3년밖에 안 되었지만, 라나는 그 이

전과는 전혀 다른 사람으로 자랐다. 더 많은 사람을 알고, 서서히 말라 죽어가던 희망이 꽃을 피우고, 진심으로 밝게 웃을 수 있게 되었다.

루그가 기억하는 라나 아룬데는 이런 소녀가 아니다. 그녀가 완전히 똑같은 얼굴로 자라서 웃는다 한들, 둘은 같은 사람이 될 수 없다. 루그가 이렇게 웃어주기를 바랐던 이상 속의 여성이 될 수는 있지만, 영혼이 너덜너덜해질 정도로 상처 입고도 루그를 위로해 주었던 여자가 되지는 못한다. 그렇게 되어서도 안 된다.

그것은 루그의 가장 큰 기쁨이며 더 없는 슬픔이었다.

그녀의 과거는 희망찬 가능성을 품고 살아가지만, 진정 소중했던 사람은 돌아올 수 없는 추억 속에서 사멸한다.

"…루그?"

문득 라나가 의아해하며 그를 불렀다. 자신을 바라보며 미소 짓는 루그의 눈이 이상하게 쓸쓸해 보였다.

그래. 언제나 그는 자신을 이런 눈으로 바라보고 있었다.

'처음 만났을 때부터…….'

바로 그날부터, 일면식도 없었던 자신을 위해 모든 것을 다 주려고 했다.

그 이유를 물었을 때, 루그는 라나가 자신이 알았던 소중한 사람과 닮았기 때문이라고 말했다. 그러나 사람이 고작 그것만으로 이렇게까지 헌신적일 수 있는 것일까?

모르겠다.

예전에는 어리고 세상을 몰라서, 자기 한 몸 추스르는 것만으로도 벅차서 깊게 생각해 보지 못했다. 하지만 자라면 자랄수록, 주변을 돌아볼 여유가 생기면 생길수록 의문이 깊어진다.

루그는 왜 자신에게 이렇게 잘해주는 걸까?

그리고… 왜 저렇게 쓸쓸하고, 아무렇지도 않게 눈물을 흘릴 것 같은 눈으로 자신을 바라보는 걸까?

'알고 싶어.'

하지만 물어보려고 하면 입이 떨어지지 않는다. 왠지 모르게 그 물음이 루그의 상처를 후벼팔 것 같은 느낌이 들어서 입을 다물고 만다.

문득 루그가 그녀의 머리에서 손을 떼고 아공간을 열었다. 그리고 커다란 책과 나무상자 하나를 꺼내서 보여주었다.

라나가 물었다.

"이건 뭐야?"

"선물이에요. 맨 처음에 만났을 때 준 책, 기억해요?"

"응."

"그때 다음 판본이 나올 거라고 그랬잖아요. 예정보다 좀 늦었지만, 이번에 새로 나온 판본이에요."

"아……."

루그는 라나와 처음 만났을 때 레스 왕국 마법사 협회에서 편찬한 생물도감을 주었다. 라나가 그 책을 마음에 들어하자 다음 판본이 2년 후쯤에 나오니 그걸 또 구해서 주겠다고 약속했었다.

라나는 그 약속을 잊고 있었다. 그것을 기억하고 루그에게 조르기에는 루그에게 너무 많은 것을 받았으니까.

하지만 루그는 약속을 잊지 않고 이 책을 선물해 준 것이다.

감격한 라나 앞에서 루그가 이번에는 커다란 상자를 열었다.

"그리고 이건 화구들이에요. 세공도구 같은 건 드워프들이랑 있으니까 필요없을 것 같아서, 그림 그리기에 좋은 것들만 구해왔어요."

"고마워."

"뭘요. 생일 때 못 왔잖아요. 이걸로 용서해 줘요."

"으응. 그건 루그가 미안해할 일 아니야."

고개를 젓는 라나가 너무 사랑스러워서 루그는 볼을 쓰다듬어 주었다. 그리고 물었다.

"다른 사람들은요?"

"그레이슨하고 코번은… 마당에."

"마당에? 없던데?"

"슬슬 결계의 아공간이 가득 차서 훈련시킨다면서 들어가서 그래."

그렇게 대답한 것은 땅딸막한 근육질 난쟁이 노인이었다. 리누스 아니면 워즈니악이라고 생각하고 그를 본 루그는 뭔가 다르다는 사실을 깨달았다.

'어라라?'

이 드워프는 머리카락과 수염이 갈색이고, 눈에는 이상한 안대를 두르고 있었다. 그런데 그 안대가 천으로 된 게 아니라 검은색으로 칠한 유리를 쓰고 있는 것 같다.

루그가 물었다.

"당신은 누구야?"

"난 브린. 당신이 루그 아스탈이지? 잘 부탁해."

정보를 저장하고 검색하는 마법 도구를 만들어냈다고 알려진 전설의 드워프 장인, 브린.

그가 소년처럼 쾌활한 말투로 인사하며 손을 내밀었다. 루그는 그 손을 마주 잡고 악수하며 말했다.

"아, 당신도 별의 눈 프로젝트에 합류시키겠다고 하더니 진짜로 왔구나. 만나서 반가워."

"아주 흥미로운 프로젝트야! 전 세계 전 인류의 사생활을 음습하게 훔쳐보겠다는 이 멋진 계획에 어떻게 참여하지 않을 수 있겠어?"

"…이게 그런 계획이었나?"

"별의 눈만 있으면 1만 킬로미터 떨어진 곳에서도 아름다운 미녀가 목욕하는 모습을 훔쳐볼 수 있지! 게다가 내가 정보 관리 시스템을 구축하기만 하면 특정 조건으로 검색된 영상은 저장해 뒀다가 두고두고 감상할 수도 있고. 얼마나 훌륭해? 모두들 살아 있는 것의 아름다움은 찰나라 하지만 기록은 시스템이 유지되는 한 영원히 남는다! 이게 바로 문화유산이지, 문화유산!"

"……."

신이 난 브린의 말에 루그는 식은땀을 흘렸다. 이 녀석, 디르커스랑 비슷한 놈이었나!

〈다르다! 그놈은 여자를 꼬셔서 침대까지 같이 가는 데 흥미가 있는 놈이지 엿보는 취미는 없다! 저런 변태 드워프랑 변태 드래곤을 똑같이 취급하지 마라!〉

갑자기 볼카르가 디르커스를 옹호하고 나섰다. 루그가 말했다.

―결국 똑같은 변태잖아…….

〈으, 으음. 그건 부정 못하겠군.〉

―그리고 네가 언제부터 그렇게 디르커스에 대해서 잘 알았다고? 장담할 수 있어? 디르커스가 자기가 꼬실 여자의 사

생활을 엿보고 다니지 않는다는 거?

〈그, 그건…….〉

볼카르는 주춤했다. 생각해 보니 그렇다? 디르커스가 변태라는 것은 확실하지만 어느 정도의 변태인지 흥미를 갖고 알아본 적이 없기 때문에 그가 정확히 뭘 하고 다니는지 모른다.

루그가 한숨을 쉬었다.

"아, 의욕이 넘치는 건 좋은데 그런 쪽으로는 좀……. 게다가 당신 드워프잖아? 드워프가 왜 그렇게 인간 여자의 알몸 같은 걸 밝혀?"

그러자 브린이 코웃음을 쳤다.

"남자가 야한 걸 좋아하는 게 어디가 어때서! 당신은 야한 거 싫어? 미녀의 알몸을 보고 싶지 않단 말야?"

"그, 그거야……."

"내숭 떨기는. 이래서 인간은 음흉하단 소리를 듣는 거라고. 나는 언제나 내 욕망에 솔직하다!"

"……."

이 자식, 위험하다! 어떻게든 하지 않으면!

그때 라나가 눈살을 찌푸리며 물었다.

"루그는 모르는 여자가 목욕하는 모습을 훔쳐보는 기구를 만들려고 여기 온 거야?"

"아니거든요! 절 이 변태 드워프랑 똑같이 생각하시다니 너무해요!"

"쯧쯧. 이래서 인간이란. 라나 양, 내가 조언 하나 하자면 인간 남자는 한 꺼풀 벗겨보면 다 똑같답니다. 언제나 여자를 보면 홀라당 벗겨서 넘어뜨릴 생각만 하고 있… 크억!"

뻔뻔스럽게 말하던 브린이 비명을 지르며 쓰러졌다. 뒤에서 등장한 리누스가 달려들면서 호쾌한 날아차기를 갈겼기 때문이다.

"이놈이 어디서 순진한 내 제자한테 음탕한 소리를 하는 거야!"

"그래서 내가 이놈은 그냥 통신으로만 합류시키자고 했더니만. 어린 아가씨 있는 데선 너무 악영향이 커."

그 뒤를 따라온 워즈니악이 투덜거렸다. 쓰러진 브린의 뒤통수를 짧은 다리로 밟고 선 리누스에게 루그가 물었다.

"이 양반 성격이 왜 이래?"

"미안하게 됐소. 여태까진 라나한테 접근하지 못하게 잘 관리했는데 잠깐 작업에 몰두하느라 눈을 뗀 사이에 그만."

워즈니악이 사과했다. 리누스가 투덜거렸다.

"예전엔 안 이랬는데 스포르카트한테 죽었다가 살아난 후로 이상해졌구먼."

"무슨! 그때가 이상했던 거고 지금의 내가 정상인 거다! 무릇 사나이로 태어난 자라면 응당 여성을 사랑하고 구애해야 하는 것 아닌가? 늘 이야기하는 거지만 너희들은 다 고자가 분명… 꾸억!"

리누스와 워즈니악이 브린을 자근자근 즈려밟아 주었다. 가만히 보고 있던 루그가 손가락을 한 번 튕겨서 기격을 발동시켰다.

"꾸어어어어억!"

브린이 게거품을 물고 기절했다.

워즈니악이 물었다.

"뭘 한 거요?"

"비약 맛 좀 보여줬지. 라나 앞에서 음탕한 소리를 지껄인 죄는 크다!"

오더 시그마의 비약은 드래곤에 이어 드워프까지 격침시켰다.

7

루그는 라나에게 방에 가 있으라고 부탁하고는 두 드워프와 마주앉아서 현재 진행 중인 작업들, 그리고 새로 부탁할 작업에 대해서 이야기했다.

리누스가 물었다.

"결계를 확장한다니, 재미있는 걸 생각했구먼?"

"라나를 언제까지 이 숲에 갇혀 있게 하고 싶진 않으니까. 이건 다르칸이 이론을 세우고, 볼카르의 조언을 들어가면서 연구한 결과야."

루그는 다르칸의 연구 결과가 담긴 마법의 정보체를 드워프들에게 넘겨주고는 설명했다.

현재 라나의 숲에는 봉인의 조각이 일으키는 현상을 막기 위한 결계가 설치되어 있다. 볼카르와 드워프들이 개선한 후로는 어둠의 혈족의 출현율이 극단적으로 떨어졌고, 여러 방어 장치도 도입되어서 지키는 이들 중에 사망자가 단 한 명도 발생하지 않는 쾌거를 이루었다.

하지만 다르칸은 여전히 이 숲에 갇혀 지내야 하는 라나의 처지를 가련하게 여겼다. 그래서 어떻게든 그녀에게 자유를 주고 싶어했다.

그 연구의 결과물이 바로 결계를 확장하는 것이다.

"결계를 보조하는 구조물을 숲 외곽에 다수 세워서 결계의 힘을 증폭, 효력이 미치는 범위를 반경 40킬로미터까지 확장한다니."

"이 정도면 정말 라나도 인근 마을까지 나가볼 수 있겠구려."

두 드워프가 놀라워하자 루그가 대답했다.

"아쉽게도 소형화는 현재로서는 불가능하다는 결론이 나왔으니까, 이런 방법밖에 없지."

원래는 라나의 숲에 작용된 결계와 동일한 효과를 가진 휴대용 마법 도구를 만들려고 했다. 하지만 현 시점의 기술력으로는 그 효과를 얻기 위해서는 개인용 마법 도구로는 어림도 없고, 충분한 규모의 시설이 필요하다는 결론에 도달해서 그 계획은 폐기되고 말았다.

리누스가 고개를 끄덕였다.

"재미있는 방식이오. 라나의 위치를 실시간으로 파악해서 그 방향으로 변형시킨 결계를 발생시킨다는 건."

항시 유지되는 이 숲의 결계는 막대한 마력을 잡아먹는다. 지맥을 통해서 마력을 순환시키지 않고서야 감당이 안 될 정도로.

그것을 단순히 보조용 건축물 몇 개를 세워서 효과를 증대시킨다고 해서 범위를 무한정 불릴 수는 없다. 반구형으로 형성되는 결계의 면적은 지름이 커지면 커질수록 눈덩이처럼 커지고 그만큼 들어가는 마력도 감당이 안 될 정도로 커지니까.

즉, 라나가 자유롭게 돌아다니게 하기 위해서는 일개 성 이상으로 거대한 시설이 필요했다.

하지만 다르칸은 발상을 바꾸었다. 결계를 항상 반구형으로 유지한다는 것 자체가 낭비가 심한 일이다. 고로 결계의 형태 자체를 바꾸자!

라나의 위치를 파악한 뒤, 라나가 있는 방향으로만 결계를 집중해서 발생시킨다. 그럴 경우 좌우로 10미터, 높이 10미터의 결계를 30킬로미터에 걸쳐서 발생시킬 수 있었다. 봉인의 조각을 억제하는 결계는 물질적인 영향을 끼치지 않는 결계이니 이런 응용도 가능한 것이다!

루그가 말했다.

"이러면 라나의 세계도 보통 사람들만큼은 넓어질 거야."

이 시대에는 많은 사람들이 죽을 때까지 자신이 태어난 지역을 벗어나지 못하고 죽는다.

다르칸의 연구가 적용되면 라나도 그들만큼의 자유는 얻게 되리라. 이제 두려움없이 사람들을 만나고, 사람들이 사는 곳을 볼 수 있게 되리라.

리누스가 물었다.

"정말 훌륭해. 그런데 루그, 자네는 아직 라나의 문제를 해결할 수 없는 건가? 자네나 메이즈, 다르칸의 마법은 이미 다른 상위 용족들을 초월한 걸로 보이는데 그 정도면……."

"힘들어."

루그가 고개를 저었다.

"인간이 품은 봉인의 조각은 이미 오랜 시간 동안, 몇 대에 걸쳐서 계승되면서 큰 변질을 겪었어. 너무 많은 변수를 창출해 내기 때문에 손대는 게 위험해. 유감스럽게도 그런 결론을 얻었어."

마법 실력이 늘 만큼 늘었기에 루그도 라나가 품은 봉인의 조각을 직접 해제하는 걸 고려해 보았다. 하지만 몽상세계에서 실험해 본 결과, 봉인의 조각은 이미 인간들 속에서 혼돈 그 자체가 되어 있었다.

루그가 말했다.

"하지만 해결 방법이 없는 건 아니야. 불카누스를 해치운다면 모든 문제가 해결되지."

"결국 그거밖에 없는 거구먼."

"귀여운 제자를 위해서도 힘내야겠어, 이거."

리누스와 워즈니악이 투덜거렸다. 두 드워프에게도 이제 라나는 소중한 제자가 되어 있었다.

그들이 열띠게 별의 눈을 비롯한 다른 작업들에 대해서 이야기하고 있을 때, 문이 벌컥 열렸다.

"음? 이게 누구야?"

그레이슨이었다.

8

"어제까지만 해도 옆나라에 있던 녀석이 무슨 수로 여기로 온 거냐?"

"다 방법이 있지요. 오래 있진 못하고 내일은 다시 돌아가 봐야 해요."

"바쁘구먼."

그레이슨은 성큼성큼 걸어와서 의자에 앉았다. 그 뒤를 따라서 코번이 비틀거리면서 들어온다. 안색이 파리한 게 아주 다 죽어가는 모습이었는데, 루그를 보는 순간 힘없는 목소리로 말했다.

"아, 사형, 어떻게 여기에… 아니, 일단 차라도 끓일게요."

"아니, 됐어. 넌 좀 쉬어라. 내가 하지."

루그는 억지로 코번을 붙잡아서 앉히고는 차를 끓였다. 그리고 물었다.

"어둠의 혈족이 얼마나 쌓여 있었길래 애… 가 이렇게 녹초가 됐어요?"

루그는 코번을 '애'라고 지칭하다가 잠시 머뭇거렸다. 실시간 통신기로 그가 예전보다도 더 우람하게 자랐다는 걸 알고 있긴 했는데, 실제로 보니 이건 장난이 아니다.

'이 녀석, 조만간 스승님보다도 커지겠네.'

코번의 키는 이미 루그보다도 커져서 190센티에 가깝고 바위 같은 근육으로 채워진 덩치는 어마어마하다. 더 무서운 건 그가 아직 성장기라는 거다. 라나와 동갑이라 올해로 열다섯 살이 되는데, 이 기세로 성장하다가는 2, 3년 안에 2미터를 가뿐하게 넘기겠다.

그레이슨이 별거 아니라는 듯 대답했다.

"뭐, 적당한 놈들로 한 30마리 정도 연속으로 상대하게 했을 뿐이다. 코번 이 녀석도 슬슬 그 정도 실력은 되지."

"오, 꽤 늘었나 보네요. 이제 스톰 브링거는 좀 자유자재로 구사해요?"

"구사하다뿐이냐? 이젠 크로스오버 스타일까지는 실전에서도 실수없이 쓴다. 내가 보기엔 아마 올해 안으로 모먼트 스톰도 터득할 수 있을 것 같구나."

코번을 칭찬한 그레이슨이 한마디 덧붙였다.

"지금 같은 페이스로 계속 몰아붙이기만 하면."

"……."

루그는 코번의 얼굴이 해쓱해지는 걸 보고는 속으로 혀를 내둘렀다. 무슨 꼴을 당하고 사는지 안 봐도 뻔하다.

'어, 그러고 보니 이놈도 따지고 보면 천재네?'

코번은 천부적인 육체를 타고난 데다가 기술을 습득하는 속도도 빠르다. 무술가로서는 천재라는 말이 어울리는 존재다.

'근데 왜 그런 느낌이 전혀 안 들지?'

주변에 천재가 너무 많아서 그런가? 여태까지 코번이 천재라는 실감을 못하고 있었다.

'으음. 뭐, 그래도 천재는 천재니까… 힘내라.'

코번의 재능에 대해서는 전혀 감흥이 없지만 그레이슨한테 죽도록 굴려지는 건 역시 불쌍하다. 루그는 마음속으로 코번을 응원했다.

그레이슨이 물었다.

"그런데 무슨 일로 온 거냐?"

"아, 그건……."

루그는 드워프들과 진행하고 있는 일들에 대해서 간략하게 설명했다.

그레이슨이 눈을 빛냈다.

"그거 아주 좋구나. 라나도 드디어 이 지긋지긋한 숲에서 나가볼 수 있는 건가."

"그리고 스승님께 여쭤볼 것도 있는데요."

"나한테? 뭐냐?"

"실은 제가 얼마 전에 6.5단계에 올랐거든요?"

"호오? 네가 말이냐?"

그레이슨이 놀라워했다. 루그는 6단계에 오른 지 1년이 좀 넘었을 뿐이다. 그런데 벌써 그 다음 단계를 개척하다니?

"언제나 생각하는 거지만 정말 터무니없는 성장 속도로구먼. 내가 6단계에 오르고 나서 6.5단계를 발견하기까지 얼마나 걸렸더라, 흠……."

"그야 스승님은 전인미답의 길을 가신 거고 전 스승님을 보고 따라간 거니까 차이가 날 수밖에 없죠. 앞에 뭐가 있는지 아냐 모르냐, 그리고 그걸 경험하게 해줄 누군가가 있느냐 없느냐가 정말 크더라고요."

"그건 그렇지. 하지만 그걸 감안해도 아직 스무 살도 안 된 놈이 그런 경지라니, 솔직히 좀 재수없구나. 나도 천재 소리를 귀에 못이 박히도록 듣고 살았건만 내 제자 놈한테는 안 되는군."

"……."

순간 루그는 어이가 없었다. 아니, 자기가 어딜 봐서 천재란 말인가? 주변에 천재가 수두룩해서 우울해지는구만.

볼카르가 이죽거렸다.

〈홋. 봐라. 넌 남들 보고 재수없는 천재니 뭐니 할 처지가 아니라니까.〉

―우와, 진짜 억울하다. 시공 회귀한 게 이렇게 억울해 본 건 처음이다!

진짜 천재한테 천재라는 찬사를 들었는데 기쁘기는커녕 억울하기만 하다. 루그가 이 경지에 오른 것은 어디까지나 시공 회귀 전부터 축적해 온 것이 있기 때문에, 그리고 몽상세계라는 반칙적인 수단을 사용해서 아득할 정도의 시간 동안 고련한 결과지 탁월한 재능 때문이 아니다.

그레이슨이 물었다.

"그런데, 네 6.5단계는 어떤 기술이냐?"

"제가 얻은 건 공간왜곡장이죠."

"공간왜곡장? 공간을 왜곡시켜서 뭐에 쓰냐?"

"지극히 방어적인 능력이라고 생각하시면 됩니다. 이렇게……."

루그는 아주 작은 범위에 공간왜곡장을 구현하고는 주변에 있던 물건을 집어서 통과시키는 것을 보여주었다. 물건은 공간왜곡장에 들어갈 때와는 전혀 다른 방향으로 휘어져서 날아갔고 루그에게는 닿지 않았다.

그레이슨이 고개를 끄덕였다.

"호오, 쓸모있구나. 어쨌든 발타르 그놈하고 같은 능력은 아니라니 다행이다. 그놈 생각하니 열 받는군, 젠장."

"음? 왜요?"

루그가 의아해하며 물었다. 그레이슨은 발타르와의 대련에서 그를 호쾌하게 박살 냈을 텐데 그를 생각하며 기분이 나빠질 건 또 뭐란 말인가?

그레이슨이 말했다.

"1승 1패였다."

"어? 그후에 한 번 더 싸우신 거예요? 그런데… 졌다고요? 설마 그 양반이 7단계를 각성하기라도 했어요?"

루그가 믿을 수 없다는 듯 물었다. 그레이슨의 심상 구현 '기간틱 폼'은 아무리 봐도 항거할 수 없는 무적의 기술이었다. 강체술사가 그것에 맞서려면 같은 7단계의 경지가 아니고서는 불가능할 것이다.

그레이슨이 말했다.

"그런 건 아니다. 그놈이 7단계는 무슨. 10년은 멀었지!"

"그럼요?"

"그후에 그놈 떠나기 전에 시련의 대결을 했단 말이다."

"시련의 대결? 그게 뭔데요?"

생전 처음 듣는 소리에 루그는 어리둥절했다. 이름만 들으면 참 거창한데, 오더 시그마에 저런 것도 있었던가?

그레이슨이 손가락을 들어서 루그를 가리켰다.

"시련의 대결은 그러니까… 이거다."

"읍!"

〈꾸어어어업!〉

순간 루그가 신음하고 볼카르가 비명을 질렀다. 그레이슨이 느닷없이 기격으로 비약 맛을 재생시켰기 때문이었다.

〈이, 이놈이 갑자기 무슨 짓을!〉

볼카르가 길길이 날뛰었다. 루그는 인상을 잔뜩 찌푸리며 물었다.

"우읍, 스승님, 갑자기 이러시는 게 어디 있어요?"

"설명하기도 좀 웃기니까 그랬다. 그러니까 시련의 대결이라는 건 바로 그거다."

"엥? 이거요? 비약 맛?"

"그래, 그거."

"그러니까… 설마 비약 맛 기격으로 서로 치고받는 거요?"

루그가 설마 하면서 물었다. 그건 바로 자신이 로멜라 왕국에서 발타르와 했던 짓 아닌가?

그레이슨이 고개를 끄덕였다.

"그래."

"……."

루그는 할 말을 잃었다. 세상에, 이렇게 바보 같은 짓이 있을 수가!

발타르와 싸웠을 때는 한 명의 오더 시그마 권사로서의 자존심을 걸고 영혼을 불살랐지만 다시 생각해 보면 참 장대한 뻘짓이었다. 그런데 그게 오더 시그마에는 '시련의 대결'이라는 이름으로 내려오는 전통적인 대결 방식이었단 말인가?

'아, 진짜 우리 유파는 왜 이렇게 변태인 거야?'

〈진정 악마의 종자들만 모인 변태 유파로다…….〉

볼카르가 진저리를 쳤다.

그레이슨이 투덜거렸다.

"젠장. 그놈, 어디서 해괴한 기술을 배워와서는!"

정상적인 대결에서는 발타르를 이긴 그레이슨은, 그후에 벌인 시련의 대결에서 완패당하고 말았던 것이다. 혼돈의 비약도 안 먹은 그에게는 발타르의 구두룡기격에 맞서 내밀 만한 카드가 없었다.

그레이슨이 물었다.

"혹시 혼돈의 비약 또 없냐? 지금이라도 먹어둬야 다음번에 한 방 먹여줄 수 있을 것 같은데."

"아, 그게 이젠 남은 게 없는데… 나중에라도 구해 드릴게요. 재료가 귀해서 엘프들한테 의뢰해도 준비되는 데 시간이 좀 걸려요."

"부탁한다. 요즘 강체력이 좀 부족하기도 하니."

"스승님이 강체력이 부족해요?"

루그가 황당해했다. 그레이슨의 강체력은 발타르와 거의 비슷하고, 그후로도 꾸준히 비약을 섭취해 온 루그보다는 약간 못한 수준이다. 아마 그보다 강체력에서 앞서는 이는 전 대륙을 통틀어도 열 명이 될까 말까 할 것이다.

그레이슨이 머리를 벅벅 긁었다.

"전에는 전혀 못 느꼈던 문젠데, 요즘 들어서 문제가 되더구나. 골치 아프다, 아주."

"왜요?"

"내 기간틱 폼 있잖느냐?"

"네."

"그거, 길어봐야 3~4분 정도밖에 못쓴다."

"네?"

처음 듣는 소리에 루그가 눈을 크게 떴다.

그레이슨이 설명했다.

"구현하고 유지하는 데 들어가는 강체력이 무시무시하다. 뭔가 아득히 먼, 일반적인 인식으로는 닿을 수 없는… 음, 설명하기가 좀 어려운데 6.5단계가 되면 감각이 그동안 속성력을 다룰 때와는 한 차원 다른 영역까지 닿는 느낌이지 않느냐?"

"그렇죠."

"심상 구현은 그거보다 훨씬 더 먼 어딘가로 근본심상을 보내는 느낌이다. 근데 이게 너무 멀어서, 거기까지 보내는 데 강체력을 무지막지하게 먹더란 말이다. 일단 기간틱 폼 상태에서 쓰는 강체력의 양은 구현 전과 똑같지. 그런데 구현 그 자체를 유지하는 데 들어가는 강체력이 너무 많아서 금방 바닥이 드러나고 말더라."

"그런 약점이 있었을 줄이야……."

그레이슨의 기간틱 폼은 일단 구현하기만 하면 감히 맞설 자를 찾기 어려운 초절한 힘이다. 그런 힘에 이런 제약이 있다는 건 오히려 납득이 갔다.

〈아직 완전한 건 아니었군. 하긴 인간의 인식이 이데아에 닿는다는 것도 놀라운데, 거기에 자신의 심상을 투영시키는 게 쉽게 될 리가 없지. 막대한 힘이 드는 건 오히려 당연하다. 하지만…….〉

—하지만?

〈그게 끝은 아닐 거다. 아직도 기술의 완성도가 떨어지는 거겠지.〉

과연 그레이슨이 한숨을 쉬었다.

"뭐, 이 기술이 원래 그런 약점을 가졌다기보다는 아직 내가 부족해서 그런 거겠다만. 처음 기간틱 폼을 구현했을 때와 지금 구현하는 방식 자체가 다르니, 아마 아직도 수정해야 할 부분들이 잔뜩 있는 거겠지. 구현하는 데 걸리는 시간도 그렇고 아직도 갈 길이 멀다."

"그렇군요."

루그는 생각에 잠겼다. 그레이슨의 7단계는 완성이라고 생각했는데 아직도 해결해야 할 과제가 많은 모양이다.

그레이슨이 물었다.

"그런데 나한테 물어볼 거라는 건 뭐냐?"

"아, 그게… 제가 6.5단계에 오르긴 했는데 거기서 7단계로는 어떻게 가는지 모르겠더라고요."

루그는 불카누스와의 전투 중에 스스로의 근본심상이 볼카르임을 깨달았다. 그리고 그 과정에서 그의 감각은 시공간의 본질에 도달하여 마침내 공간왜곡장이라는 불가침의 성벽을 손에 넣기에 이르렀다.

문제는 정작 근본심상을 어떻게 현실에 구현해야 할지 모르겠다는 것이다. 그레이슨이 이데아에 자신의 근본심상을 투영시켜서 현실에 구현시킨다는 건 알겠는데, 그걸 어떻게 해야 된단 말인가?

"애당초 근본심상하고 제가 얻은 공간왜곡장하고의 연관성도 잘 모르겠고… 스승님도 기간틱 폼하고 중력 제어는 전혀 상관없잖아요?"

"그거야 그렇지. 6.5단계랑 7단계는 별개다. 6.5단계는 어디까지나 감각이 한 차원 더 깊숙한 곳에 도달해서 6단계에서 다룰 수 없는 영역의 속성력을 얻는 것뿐이지."

"그럼 7단계는 어떻게 해야 되는 거예요? 근본심상은 깨달았는데 그걸 도대체 무슨 수로 현실에 구현해야 할지 모르겠더라고요."

루그가 6.5단계를 각성하고 나서 벌써 5개월이 지났다. 그

동안 루그도 7단계에 도달하기 위해서 무진장 애를 썼다. 하지만 무슨 수를 써도 아직까지는 근본심상을 현실로 끄집어낼 수가 없었다.

그 말에 그레이슨이 눈살을 찌푸렸다.

"그러니까 근본심상은 뭔지 깨달았는데 그걸 현실로 구현할 수가 없다?"

"네."

"그걸 왜 못하는지 모르겠구나. '어떻게' 구현하는지에 대한 방법론을 고민한다면 모를까. 혹시 근본심상이 명확히 뭔지 모르는 거 아니냐?"

"그건 아니에요. 근본심상이 뭔지는 정말 확실하게 알았어요."

"심상 구현의 경지가 무엇인지도 명확히 알고, 근본심상이 뭔지 명확히 깨달았는데 구현은 못한다? 흠. 이해가 안 되는군."

"이해가 안 되다니, 스승님은 이런 문제가 없었어요?"

"난 근본심상을 인식하고 '아, 이게 내가 심상 구현으로 끄집어내야 할 뿌리구나!'라는 사실을 깨닫는 순간 자연스럽게 구현되던데? 한순간 커진 내 몸을 보고 이게 내 심상 구현이구나 했지."

"……."

"그후로 심상 구현을 할 때에 내 감각이 어디에 닿아 있는지에 대한 탐구나 구현하는 방식에 대한 연구는 꾸준히 해왔다만 구현 그 자체에 문제를 느낀 적은 없다. 난 심상 구현의 경지가 무엇인지 정확히 알려줄 사람이 아무도 없었고 그래서 근본심상을 깨닫는 순간 그 문제는 해결됐다고 생각했거든. 근데 넌 근본심상을 깨달아도 구현이 안 된다니 신기하구나."

"으……."

루그는 골이 지끈거렸다. 아무리 골머리 싸매고 노력해도 심상 구현의 단초를 잡을 수가 없어서 그레이슨에게 기대를 걸었는데, 이래서야 전혀 도움이 되지 않는다.

'아우, 잘 생각해 보면 근본심상이랑 심상 구현도 무슨 관계인지 모르겠고.'

6.5단계와 7단계가 전혀 별개인 것처럼, 근본심상과 심상 구현도 별 연관성이 없어 보인다.

그레이슨의 근본심상은 어린 시절, 그가 본 세상에서 제일 강하다고 생각했던 부친의 크고 믿음직스러운 등이었다. 하지만 그것이 대체 그레이슨이 30미터의 거인으로 변하고 모든 에너지의 양이 그 덩치만큼 증폭되는 것과 무슨 상관이란 말인가?

"끄응."

"뭐, 내가 조언해서 해결해 줄 수 있는 문제는 아닌 것 같구나. 나도 나 말고 다른 7단계의 강체술사를 본 적이 없으니. 열심히 고민해 보거라. 어차피 평생 동안 할 숙제 아니냐?"

"그러게요."

즐거운 듯이 웃는 그레이슨의 말에 루그는 한숨을 푹 쉬고 말았다.

9

루그는 다음날 아침을 먹고 바로 떠날 채비를 했다.

내전 중인 아네르 왕국의 상황은 워낙 변수가 많아서 오래 자리를 비우고 있을 수가 없었다. 사실 이번에 라나의 숲에 온 것도 무리해서 시간을 낸 것이다. 만약 엘토바스 바이에의 현재 위치가 파악됐는데 그때 루그가 없다면 얼마나 큰 기회를 놓치는 셈이란 말인가?

'라나가 밖에 나갈 때도 시간이 나야 할 텐데.'

드워프들은 한창 '별의 눈' 제작을 진행 중이니 라나를 위한 변형 결계 제작에는 시간이 걸릴 것이다.

그렇게 생각하며 밖에 나와보니 그레이슨과 코번이 한창 아침 훈련 중이었다. 대련 명목으로 신나게 기격으로 두들겨 맞은 코번이 정신적으로 너덜너덜해진 상태로 기술들을 교정

받고 있었다.

루그가 말했다.

"스승님, 저 슬슬 가볼게요."

"벌써 가냐?"

"오래 자리를 비우고 있을 처지가 못 되어서요."

"하긴 거긴 전쟁통이니 그럴 만도 하겠구나. 이 나라도 어째 흉흉한 소문이 많이 들리던데……."

"솔직히 말씀드리자면 여기도 조만간 전쟁에 휩쓸릴 가능성이 높아요. 그렇게 되면 스승님, 라나를 잘 부탁드립니다."

"네가 말하지 않아도 라나는 예전부터 내가 지켰다. 어떤 놈이 오더라도 털끝 하나 건드리지 못할 테니 안심하거라."

그레이슨이 피식 웃었다.

문득 루그가 물었다.

"그런데 코번은 계속 저렇게 정공법으로만 가르치실 건가요?"

"무슨 뜻이냐?"

"지금의 스승님이라면 전이법을 이용해서 좀 더 쉽게 기격의 경지로 이끌어주실 수 있지 않나 해서요. 기술을 터득하거나, 숙련도를 높이는 거야 정공법으로 하는 게 옳지만 기격은 좀 문제가 다르잖아요?"

루그는 이미 전이법을 이용해서 에리체를 단번에 기격의 세계로 이끌었고, 바리엔에게도 같은 방식을 적용하고 있었다. 물론 본인의 감각을 어그러뜨릴 우려 때문에 최소한도로 사용하고 있긴 했지만, 무작정 기격을 경험시키는 것보다는 훨씬 높은 효율을 보이는 것만은 분명하다.

'뭐, 요르드나 마빈한테는 별 필요가 없었지만……'

엄밀히 따지자면 마빈은 전이법의 수혜자라고 볼 수 있긴 하다. 혼돈의 비약을 먹고 루그와 연결되어 지옥을 맛보게 해준 하룻밤 동안 기격으로 연결되어 있던 경험 덕분에 각성한 것이니 말이다.

그레이슨이 눈살을 찌푸렸다.

"코번의 성취는 나이를 생각하면 이미 과할 정도다. 오히려 지금 익히는 것들을 그동안 쌓아온 기초라는 토대가 버텨줄 수 있을지 걱정해야 할 정도지."

"하지만 기격은 어디까지나 감각의 문제잖아요. 일반인과 기감을 가진 강체술사의 차이만큼이나 큰… 아예 스승님처럼 아무런 가르침도 없이 홀로 몰두해서 도달한다면 모를까, 기격을 경험함으로써 알게 되는 것이나 좀 더 노골적으로 전이법으로 이끌어주나 마찬가지 아닐까요? 아예 시작부터 끝까지 다 전이법으로 해결하겠다는 것도 아니고 좀 더 쉽게 위로 올라갈 수 있도록 계단을 만들어주는 정도인데."

"그렇기에 더욱더 너무 쉽게 가면 안 되는 것이다. 기격을 매일 경험시켜 줄 스승이 있다는 것만으로도 과하게 좋은 환경이지. 그 이상의 도움을 준다면 바닥부터 자신의 토대를 쌓아가서 완성하는 기분을 모르게 된다. 단기적으로는 좋을지 몰라도 장기적으로는 잠재력을 갉아먹는 짓인 게야."

"꼭 그런다는 보장은 없잖아요? 비교 대상이 없어서 거기서 만족해 버린다면 모를까, 그것만으로는 멀었다는 사실을 알 수 있는 기준이 존재한다면……."

루그는 요르드나 마빈, 에리체의 사례를 그레이슨에게 이야기했다. 그레이슨이 눈살을 찌푸렸다.

"전부터 생각한 건데 루그, 너는 참 오지랖이 넓구나."

"좀 그렇긴 하죠?"

"아무리 친인들이라고 해도 그렇게까지 아낌없이 기술을 퍼주다니, 아깝다는 생각이 들지 않더냐? 물론 유파의 비전을 전한 것은 아니긴 하지만."

"음. 그런 생각은 해본 적이 없어요. 사람은 계기가 있으면 하루 만에도 몰라볼 정도로 달라질 수 있지만, 계기가 없다면 10년 동안도 정체될 수도 있잖아요. 그리고 그런 상태가 오래되면 오히려 퇴보하게 마련이죠."

나이 든 무술가가 젊은 자보다 뛰어나다는 보장은 없다.

늙어서 육체가 쇠함을 들지 않더라도, 어느 수준에서 더 나아가지 못하고 정지한 자는 오히려 기술을 다루는 감각마저도 쇠퇴해 버리는 일이 흔히 벌어진다. 한창 잘 나가는 것 같다가도 어느 순간부터 슬럼프에 빠져서 거기서 헤어나지 못하는 이들이 얼마나 많던가?

"모르는 놈이야 어떻게 되든 알 바 아니지만, 제가 그은 선 안으로 들어온 사람이라면… 그렇게 되는 건 보고 싶지 않아요. 제가 계기가 되어 함께 절차탁마할 사이가 될 수 있다면, 그건 아까워할 것이 아니라 오히려 기꺼워해야 할 거 아닐까요?"

루그는 요르드의 재능을 질투하면서도, 그가 더욱 찬란하게 빛나길 바란다.

언젠가 과거처럼 대등한 경지에서 겨루면서 서로를 갈고 닦아줄 수 있는 그런 관계가 되기를 기대했다.

그레이슨이 말했다.

"난 가끔 네가 대범한 건지 아니면 그냥 바보인 건지 잘 모르겠다. 말하는 걸 듣다 보면 이놈이 참 똑똑하긴 한데 어딘가 나사가 빠진 것 같다는 생각이……."

"뭐, 확실히 제 사고방식이 일반적인 강체술사들하고 다른 것 같긴 하지만요."

루그가 쓴웃음을 지었다.

그가 살아온 환경이 특별했기에 사고방식 역시 특별해졌다.

"전 할 수 있다면 최대한 빠르게 높은 경지로 이끌어주는 게 좋다고 봐요. 내일의 잠재력이라는 건 너무 모호하고 불투명한 게 아닐까요? 오늘 강적을 만나 패해 죽는다면 의미없는……."

그 말에 그레이슨은 턱을 쓰다듬었다. 대화하는 동안 계속 가슴 한구석에 걸리적거렸던 뭔가를 붙잡은 표정이었다.

"루그, 네 말은 무술가의 논리가 아니라 내일 전쟁에 투입하기 위한 병사를 육성하는 논리로구나. 스스로를 갈고닦아 더 높은 경지로 가고자 하는 열망이 중요한 게 아니라, 그저 살아남기 위한, 이기기 위한 힘이 중요하다는."

"……."

순간 루그는 할 말을 잃었다. 망치로 머리를 한 대 얻어맞은 것 같은 착각이 들었다.

그레이슨의 말이 옳았다.

루그는 살아남기 위해서, 그리고 자신을 핍박하는 자들에 대한 악의로 힘을 원했고 어느 순간 자신이 쌓아온 기술에 대한 미련을 버리고 다른 기술을 터득했다. 그리고 마침내 정신적 지주라고 할 수 있는 그레이슨을 만나 오더 시그마에 입문했다. 그렇기에 그는 자신이 속하지 않은 집단의 기술에도 편견이 없었다.

또한 루그는 항상 절망적인 싸움을 해왔다.

혼자서는 도저히 이길 수 없는 적과 싸우면서 더 큰 힘을, 그리고 함께 싸울 수 있는 이들을 원했다. 아군이 강해진다면 그건 질시할 일이 아니고 기꺼워할 일이었다. 그런 삶을 살아 왔기에 루그의 사고방식은 일반적인 무술가들과는 괴리되어 있었다.

"…그렇군요."

올지 안 올지 모르는 먼 미래의 큰 뜻보다는 지금 살아남을 힘이 중요하다.

그렇기에 루그는 열성적으로 자신의 친인들을 강하게 만들어왔다. 요르드도, 마빈도, 에리체도… 분명 천재라고 할 수 있는 이들이지만 루그의 개입이 아니었다면 기격의 경지에 도달하는 것은 아주 먼 훗날이었을 것이다. 적어도 10년 이상 뒤의 일이었을 터.

"스승님 말씀이 맞아요. 저는 제 친구가 힘이 부족해 죽는 것을 보니 강제적으로라도 힘을 주고 싶어요. 할 수 있다면 기격을, 가능하다면 더 좋은 무기를. 이건 확실히 무술가다운 사고방식은 아니지요."

"하나 그것도 나쁘진 않다."

그레이슨이 말했다.

"내가 보수적이라는 생각이 든 것도 참 오랜만이다만… 루그, 네 입장을 생각해 보면 확실히 무술가적인 사고방식보다는 그런 사고방식이 옳을 수도 있다. 내 한 손으로 당할 수 없다면, 그리고 내가 지킬 수 없다면 그들이 스스로를 지키게 하는 게 옳겠지."

"스승님……."

루그는 놀란 눈으로 그레이슨을 바라보았다. 설마 자신의 생각을 비난한 그레이슨이, 동시에 그것을 지지해 줄 줄은 몰랐다.

그레이슨이 웃었다.

"하지만 코번에게는 그럴 생각 말거라. 너야 상식으로 재단할 수 없는 해괴한 놈이니 예외로 취급하겠지만, 코번은 바닥부터 내가 가르쳤다. 앞으로도 내 방식으로 할 거다. 어디 10년쯤 지난 후에 네 친구들과 코번 둘 중 누가 뛰어난지 보자꾸나."

"그건 환영하죠. 반드시 자리를 마련해 보겠습니다."

앞으로 치러야 할 모든 싸움이 끝나고 난다면, 그렇게 평온한 때가 찾아온다면 반드시.

루그는 그렇게 맹세하고는 그레이슨에게 고개를 숙였다.

잠시 후, 라나와 드워프들에게도 인사를 마치고 창공에 푸른 불꽃의 띠를 남기며 날아가는 루그를 본 그레이슨이 피식 웃었다.

"저건 흉내도 못 내겠구먼. 하여튼 별난 녀석이야. 저놈의 스승이라는 양반이 죽기 전에 한 번쯤 만나봤어야 하는 건데……."

그 말을 루그가 들었으면 참 볼 만한 표정을 지었을 것이다.

10

라나의 숲을 떠난 루그는 채 30분도 안 되어서 시레크 백작령 상공에 도달했다. 아득한 창공에서 속도를 줄이자 불꽃의 날개가 청백색에서 호박색으로 변하며 열기가 줄어들고, 광륜으로 두 번 장거리 공간 이동을 한 끝에 지상에 착지한다.

그것을 본 하라자드가 혀를 내둘렀다.

"그거 정말 대단하구만. 나라와 나라 사이를 그렇게 쉽게 이동하다니."

루그가 막 도착했을 때의 하라자드는 초췌했지만, 이제는 다시 원기를 회복하고 활달해져 있었다. 요즘 한동안 아네르 왕국 여기저기를 돌아다니면서 일을 처리하다가 다시 시레크 백작가의 별장으로 돌아온 그는 에리체와 노느라 여념이 없었다.

루그가 물었다.

"하라자드 공, 엘토바스 바이에는 어땠습니까?"

"그놈? 흠. 쥐새끼처럼 빠져나가는 솜씨는 일품이더군."

"확실히 도망치는 실력은 타의 추종을 불허하는 놈이죠."

시공 회귀 전에도 그레이슨의 손에서 빠져나간 것은 물론, 치명적인 맹독으로 그를 중독시켜 서서히 죽음에 이르게 하지 않았던가?

물론 루그가 궁금한 건 그게 아니다. 하라자드가 말했다.

"마법 운용으로만 치면 내 쪽이 확실히 우위였는데, 쓰는 마법들이 기이하더군. 마치 자네들 마법 같아."

"제 마법이요?"

"마법 그 자체에 적용된 기술적인 개념이 깜짝 놀라게 해 주더란 말일세. 덕분에 내가 쓰는 마법들이 생각지도 못한 허점이 있다는 것도 알았고, 여러 가지로 많이 공부가 되었지. 쩝."

〈아무래도 지아볼 그놈은 불카누스만이 아니라 블레이즈 원의 상위 용족 간부 전원에게 기술 개념을 전해주고 있나 보군. 헤픈 놈 같으니.〉

볼카르가 혀를 찼다.

이건 확실히 골치 아픈 일이다. 적들의 힘이 루그가 알고 있는 것보다 대폭 강해진다는 소리니까.

블레이즈 원의 상위 용족 간부들은 수백 년 이상을 살아온 존재들뿐이라서 다들 마법사로서는 거의 정체 상태에 도달해 있다. 높은 경지에 이른 만큼 발전이 더디다는 말이다. 10년이나 20년 정도 지난다면 차이가 두드러지겠지만, 1, 2년 정도 시간 동안 노력하는 것으로는 거의 제자리걸음이다. 셀 수 없는 연구와 실험을 통해서 시행착오를 반복해야 자신에게 부족한 것을 발견하고 그것을 채워 나갈 수 있는 것이다.

하지만 지아볼이 기술 개념을 전수해 준다면 그 기간을 극단적으로 단축시킬 수 있다.

이 점은 이미 메이즈나 다르칸이 증명했다. 둘은 루그와 만나서, 정확히는 볼카르에게 가르침을 받기 시작한 후로는 그 이전과는 비교할 수 없는 속도로 성장해 오지 않았던가?

하라자드가 말했다.

"그리고 그놈, 나하고 싸울 때 전력을 다한 것도 아니었네. 어디까지나 버티면서 도망가려고만 하더군. 용마안이라는 능력 때문에 잡기가 정말 골치 아파. 빛을 왜곡시켜서 환영을 만드는 방식으로 대응해 봤는데 그래도 효력이 감소하긴 해도 완전히 막아지진 않더군."

"그게… 용마안은 마안인 주제에 광학 정보로 표적을 잡는 게 아니라 공간 좌표로 잡거든요. 상대방의 위치를 아예 모르면 모를까, 아는 순간 그 효력으로부터 달아날 수가 없

어요. 아예 그놈의 감각 그 자체를 뒤틀어 버리는 수밖에 는…….'

"으음. 그렇군. 도대체 어떤 연원으로 그런 능력을 얻게 되 었는지 궁금해지는데…….'

"그건 저도 모릅니다. 그런데 그놈 혹시 하라자드 공하고 싸울 때 변신했었습니까?"

"변신?"

"어둠의 혈족을 소환해서 잡아먹고 새카맣게 변할 수 있거 든요."

"그런 능력도 있었나? 나와 싸울 때는 안 했네."

"확실히 도망칠 생각밖에 없었군요. 그런데도 그 정도면 대단한데."

하라자드는 볼카르가 마법 수준으로는 샤디카와 동급이라 고 평했을 정도로 탁월한 마법사다. 그런 그와 싸우면서도 전 력을 감춘 채로 달아날 수 있었다니…….

'아무래도 내가 알고 있는 것보다 더 강해진 것 같군.'

시공 회귀 전, 엘토바스 바이에는 불카누스를 제외하면 최 악의 적이었다. 단신으로는 맞설 수 없을 정도로.

지금은 그때와는 상황이 다르다. 용마안이 골치 아프기는 해도 일단 붙잡기만 하면 어렵지 않게 처리할 수 있으리라 판 단하고 있었다. 그만큼 루그는 강력하게 성장했으니까.

하지만 아무래도 판단을 수정해야 할 것 같다. 좀 더 신중하게 상대할 필요가 있었다.

하라자드가 말했다.

"그리고 그놈, 상당히 성가신 마법 무기를 쓰더군."

"어떤 거였는데요?"

"그게……."

하라자드가 생각만 해도 짜증난다는 듯 표정을 일그러뜨렸다. 악어의 머리를 가진 그가 표정을 찌푸리니 정말 당장 잡아먹을 것처럼 무서워 보였다.

"날붙이를 쓰는 자들의 천적이었지."

11

흐릿한 달빛 아래 쇳소리와 비명이 울려 퍼지고 있었다.

천 명을 넘는 인간이 숲을 끼고 격돌했다. 대낮이 아닌 한밤중에 전투가 벌어진 것은, 한쪽이 야음을 틈타서 기습을 가해왔기 때문이었다.

야습을 가한 것은 현재 아네르 왕국을 양분하고 있는 아타렐 후작군, 그리고 당한 것은 펠드릭스군이었다.

란티스 펠드릭스가 왕도를 장악하고 스스로 왕관을 쓰면서 입지가 불리해지긴 했지만, 아타렐 후작군은 잠자코 복속하는 길을 택하지 않았다. 정통한 왕을 세우겠다고 목소리를 높이면서 펠드릭스 진영과의 싸움에 더욱 박차를 가하고 있었다.

지금 이 전장에서는 아타렐 후작 일파가 유리했다.

숲을 돌아서 야습하는 작전은 성공적으로 먹혀들었다. 펠드릭스군은 초기의 혼란을 수습하지 못한 채 아타렐 후작군의 본진을 맞이해서 짓밟히고 있었다.

"이런, 이러면 곤란하지."

뒤늦게 전장에 도착한 엘토바스 바이에는 땋아 내린 긴 백발을 휘날리며 전장을 굽어보았다. 이대로 가면 펠드릭스군이 압사당할 것 같았다.

그래서는 곤란하다. 승자도 패자도 모두 너덜너덜해질 정도의 피해를 입어야 한다. 수습이 불가능할 정도의 혼돈을 위해서…….

엘토바스는 은신술로 스스로의 존재를 감춘 채 전장 한가운데로 뛰어들었다. 그리고 피보라 한복판에서 기다란 지팡이를 들어 올렸다. 그 지팡이는 특이하게도 무수한 보석과 금속 조각을 짜맞춰서 만든 물건이었다.

그 끄트머리가 빛나더니, 일부분이 뚝 잘려서 허공을 날았다.

푸욱!

지팡이의 일부가 속수무책으로 당하고 있던 펠드릭스군 소속의 마법사를 꿰뚫었다. 마법사가 눈을 부릅떴다.

"크, 헉……."

"잠시 당신의 신분을 빌리도록 하지."

은신술로 스스로를 감춘 채 접근한 엘토바스는 쓰러지는 그를 내려다보며 빙긋 미소 지었다. 동시에 서로 색이 다른 눈동자 사이에서 제3의 눈이 나타나서 죽어가는 마법사와 시선을 맞추었다.

"으, 어어……."

엘토바스의 용마안이 마법사의 정신에 파고들었다. 죽어가는 인간을 지배하는 건 어렵지 않은 일이다.

"이름은?"

"다지… 크……."

마법사는 헐떡거리면서 대답했다. 당장 죽어가고 있는 상황인데도 살려달라는 말보다 엘토바스의 말에 대답해야 한다는 기분이 더 절박했다. 그럴 리가 없는데도, 이상하게도 그런 기분이 감당할 수 없을 정도로 부풀어 오르고 있었다.

엘토바스는 당장 써먹기 위해 필요한 정보들을 마법사에게서 빼내고는, 그의 숨통을 끊었다. 동시에 투명해져 있던 그가 있는 위치에 그 마법사의 모습이 덧입혀졌다.

"밤은 참 좋아. 야습해 준 걸 감사해야겠군."

밤에는 환영 마법을 쓸 때 고려해야 할 게 적다. 이렇게 어두운 데다가 죽자 살자 싸워야 하는 혼란의 한가운데에서는 세부적인 사항을 알아볼 수 없으니까.

그러니까 죽은 마법사의 시체를 따로 은닉할 필요도 없다. 전투가 끝나고 날이 밝으면, 그때 그가 죽었다는 사실이 밝혀지는 걸로 충분하다.

엘토바스는 후드를 눌러쓴 모습으로 섬뜩하게 웃었다. 마법사의 몸을 관통했던 지팡이의 일부가 저절로 허공으로 뽑혀 나오더니, 이윽고 먼 곳에 있던 아타렐 후작군 기사의 몸통에 파고들었다.

"커헉!"

기사는 즉사했다. 하지만 쓰러지지는 않았다. 그의 몸속에 박힌, 엘토바스의 지팡이 일부가 그렇게 만들었다.

지이이이이잉!

순간 강렬한 파동이 퍼져 나갔다. 근처에 있던 모든 자들이 순간적으로 감각의 비틀림을 느꼈다. 그리고…….

"이, 이게 뭐야?"

"끌려간다!"

근처에 있던 이들이 기사의 시체로 끌려가기 시작했다. 항거할 수 없을 정도로 강력한 힘이 그들을 붙잡고 기사의 시체에 붙였다. 그리고…….

콰드드득! 콰가각!

"크아아아악!"

쇠가 부서지고 우그러지는 소리와 처절한 비명이 겹쳐졌다.

그들이 입고 있는 갑옷이 무시무시한 압력을 이기지 못하고 변형되었다. 그 과정에서 안에 있던 인간의 몸이 간단하게 부서져 버렸다.

우우우우웅!

그것을 시작으로 주변에 있던 모든 쇠붙이가 그곳으로 끌려들어 갔다. 무기든 갑옷이든 방패든 쇠로 된 것은 하나도 남김없이 날아가서 달라붙고 그대로 우그러진다. 그 과정에서 사이에 끼어 있던 인간들은 다진 고기가 되어버렸다.

"자기력이다! 다들 대비하시오!"

뒤늦게 상황을 파악한 아타렐 후작군의 마법사들이 경고했다.

하지만 그 경고는 공허했다. 이 시대에는 마법사가 아니고서야 자기력이 뭔지 아는 인간이 거의 없다. 마법사들도 뒤늦게 그 사실을 깨닫고 신경질적으로 외쳤다.

"모두 당장 쇠붙이를 버리시오!"

그것 또한 무의미한 경고였다. 한창 전투 중인데 쇠붙이를 버리라니, 어떻게 그럴 수가 있단 말인가? 무기는 그렇다 치고 갑옷은?

맨 처음 기사의 몸속에 박힌 엘토바스의 지팡이 일부가 믿을 수 없을 정도로 강력한 자기장을 형성하고 있었다. 중심부에서 끌어당기는 자기력으로 쇠란 쇠는 몽땅 끌어와서 압착시켜 버린다.

크그그그그……!

그러는 동안 그들의 눈앞에서 거대한 실루엣이 일어났다. 그것은 짜부라진 인간들과 쇠붙이들로 이루어진 전장 5미터의 거인이었다.

마법사로 위장한 엘토바스가 외쳤다.

"저건 우리의 아군이오! 진정한 왕 란티스 펠드릭스를 위하여!"

"다지크 경? 언제 이런 강력한 마법을!"

의문을 표하는 목소리가 있었지만 엘토바스는 대답하지 않았다. 그리고 추궁할 여유도 없이 전장의 상황이 급변하기 시작했다.

쇠와 시체의 괴물이 날뛰자 기세등등했던 아타렐 후작군의 진열이 붕괴했다.

이 괴물이 단순히 5미터짜리 쇳덩어리였다면, 그들도 맞설 수 있었을 것이다. 강검의 힘은 무쇠조차 가를 수 있으며, 이곳에는 4단계의 강체술사들이 수두룩했으니까.

그러나 이 거인은 기사의 천적이었다.

거인에게서 막강한 자기력이 발생, 주변의 쇠붙이가 모조리 괴물에게로 끌려들어 갔다. 강철로 된 검과 갑옷을 쓰는 기사들에게는 최악의 상대였다.

그워어어어!

이따금씩 거인의 포효하며 입을 벌리면 거기서 시커먼 에너지의 파동이 쏘아져 나왔다. 굵직한 칠흑의 기둥이 전방을 강타하면 그 궤도에 있던 이들은 그대로 피를 비롯한 체액이 격하게 끓어오르다가 온몸이 터져서 죽어버렸다.

"카아아아아악!"

밤이었기에 망정이지, 낮이었다면 그 끔찍함은 눈뜨고 볼 수 있는 것이 아니었으리라.

거인은 자기력으로 주변을 장악하고, 때때로 검은 광선을 쏴내는 것만으로도 모자라서 덩치가 일정 이상으로 커지면 몸을 이루는 쇳조각들을 사방으로 쏘아냈다. 그 기세가 너무 강해서 갑옷을 입은 기사들도 일격에 관통당해서 즉사했다.

결국 아타렐 후작군은 궤멸하고 펠드릭스군은 기사회생했다.

하지만 완전히 승부가 났다고 생각했을 때쯤, 갑자기 거인이 힘을 잃더니 부서져서 흩어져 버렸다. 기세등등했던 펠드릭스군이 놀라서 마법사 다지크가 숨이 끊어진 채 쓰러져 있었다.

"이런……!"

승기를 잡았다고는 해도 아직도 아타렐 후작군이 펠드릭스군보다 많은 수가 남아 있었다.

결국 그들은 깊어가는 밤의 어둠 속에서 잔존병력끼리 진흙탕 싸움을 벌이면서 서서히 죽어갔다.

"하하하하……."

딱 적절한 때 전장에서 이탈한 엘토바스는 그 광경을 보면서 웃었다. 인간들이 서로 상잔하는 것이 기뻐서 견딜 수가 없었다.

"하하하하하하!"

CHAPTER 66
용족의 운명

폭염의 용제

1

　루그 일행이 아네르 왕국에서 하는 일은 기본적으로 탈린 왕국 때와 다르지 않았다. 평소에는 훈련을 통해 전력의 상승을 꾀하고, 아쿠아 비타의 정보에 따라서 블레이즈 원의 거점을 타격한다.

　하지만 언제나 전원이 움직이지는 않았다. 루그는 메이즈, 다르칸, 에리체, 바리엔, 하라자드, 요르드 중에 두 명이나 세 명 정도의 인원만을 대동했다. 아쿠아 비타의 조직원들의 지원을 받으면 그 정도만으로도 작전을 수행하기에 충분했기 때문이다.

또한 아쿠아 비타의 작전 목표는 블레이즈 원의 거점 타격뿐만 아니라 인간끼리의 전장이 되는 경우도 있었다. 어느 한쪽의 편을 드는 게 아니라, 거기에 관여하고 있는 블레이즈 원의 조직원들만을 해치운다.

그런 작전의 경우 루그는 에리체와 바리엔을 배제했다. 인간끼리 싸우는 전장에는 되도록 두 소녀를 끼우고 싶지 않다는 배려였다.

이번 작전이 그러했기에 별장에 남은 에리체는 주방으로 향했다. 그곳에는 낮은 허밍으로 100년 전에 유행했던 영웅 서사시를 흥얼거리며 디저트를 만들고 있는 메이즈와, 그 옆에서 서툰 솜씨로 돕고 있는 바리엔이 있었다.

"뭐 만들어요?"

"빙수에 뿌릴 시럽하고 크림이요. 눈이 많이 왔잖아요."

메이즈가 대답했다.

시기는 2월, 나샤 삼국보다는 훨씬 남쪽에 있는 아네르 왕국도 겨울의 추위가 한창이었다. 아네르 왕국 북방의 변두리에 있는 요르드 백작령에는 종종 눈이 내렸는데 메이즈는 이걸 그냥 넘기지 않고 먹을거리로 만들었다. 깨끗한 눈을 퍼와서 위에 크림과 시럽을 뿌려주는 것만으로도 다들 좋아하는 디저트가 되었다.

에리체가 바리엔에게 물었다.

"근데 바리엔은 여기서 뭐해?"

"보면 몰라? 메이즈님 도와드리고 있어."

"그래도 괜찮아? 뭐 안 쏟았어? 터뜨리거나?"

"…넌 대체 날 어떻게 보는 거니?"

바리엔이 눈을 흘겼다. 에리체가 당당하게 대답했다.

"씩씩하고 늠름하게."

"……."

"너 지금까지 요리 안 했잖아."

"너도 안 했잖아!"

"해. 난 내가 먹을 건 내가 해결할 수 있는걸?"

"무조건 사냥한 동물을 통구이로 만드는 건 요리라고 하지 않아! 그거야말로 여자다운 것하고는 거리가 멀잖아!"

참고로 루그의 뒤를 쫓아오는 동안, 야영하는 날의 식사는 전부 에리체가 해결했다. 에리체는 사냥꾼들이 보면 목매달고 죽고 싶은 충동을 느낄 정도로 쉽게 짐승들을 잡아서 털 뽑고 가죽 벗기는 일을 슥슥 해내고는 통구이를 해먹었다. 소녀다움과는 달나라만큼 거리가 먼 터프함이었는데, 어린 시절 메이달라 후작령을 돌아다닐 때 가문의 남자들에게 생존 기술이었다.

에리체가 당당하게 말했다.

"어머, 털 뽑고 손질하는 게 얼마나 섬세한 손길을 필요로

하는데. 바리엔은 그것도 못하면서. 만날 칼 들고 휘두르는 것만 배웠지 주방에서 할 일은 하나도 안 배웠지?"

"그, 그래서 지금 배우고 있는 거야! 두고 봐!"

바리엔이 얼굴을 붉혔다. 확실히 바리엔은 집안일하고는 거리가 멀었다. 어려서부터 집안일에 관여한 것이라고는 도장에서 사범으로 일한 것 정도밖에 없다. 요즘 메이즈를 보면서 그런 자신을 반성, 요리도 배우고 자수도 배우려고 노력 중이었다.

한참 바리엔과 티격태격하던 에리체가 메이즈에게 물었다.

"그런데 메이즈님."

"네?"

"메이즈님은… 그 옷 좋아하시나 봐요?"

참고로 지금 메이즈는 메이드복을 입고 있었다. 날개와 꼬리가 있는 자신에게 맞춰서 약간 수선한 메이드복을.

"음? 딱히 이 옷만 좋아하는 건 아닌데요?"

"하지만 그 옷 자주 입으시잖아요?"

"이걸 입는 건 오늘이 처음이에요. 오늘 아침에야 받았는데요?"

"그래요? 하지만 어제도……."

"아, 그건 다른 거예요. 이건 여기 시레크 백작가의 메이드복이고, 어제 입었던 건 바레스 왕국의 아룬데 백작가의 메이드복이에요."

"그럼 그저께 입었던 건요? 그것도 조금 다르긴 했는데……."

"가슴이 파이고 목하고 끈으로 연결된 거 말이죠? 그건 라바르트 왕국의 메이아드 자작가 거예요."

"그걸 각 지역 가문별로 다 갖고 계시는 거예요?"

에리체가 눈을 휘둥그레 떴다.

나샤 삼국 출신인 에리체에게는 메이드복이 낯설었다. 물론 로멜라 왕국에도 시녀들이 입는 옷의 복식은 존재하지만 메이드복과는 전혀 닮은 구석이 없다.

메이즈가 살짝 부끄러워하면서 말했다.

"아, 그게… 마음에 드는 옷을 발견하면 수집해 두거든요. 수집해 두면 언제든지 똑같이 만들 수도 있고 하니까."

"하지만 왜 메이드복을……."

귀족 아가씨로 자란 에리체 입장에서는 상위 용족인 메이즈가 아랫사람들이 입는 옷에 집착하는 걸 이해할 수 없었다. 하지만 메이즈는 오히려 눈을 크게 뜨며 물었다.

"예쁘지 않아요?"

"음. 확실히……."

에리체는 메이즈를 빤히 바라보면서 고개를 끄덕였다. 낯

선 양식이긴 하지만 메이드복이 예뻐 보이긴 했다. 입고 있는 게 메이즈라서 그렇기도 하겠지만.

"그런데 왜 굳이 그걸 입으세요?"

"집안일을 하고 있으니까요. 메이드복은 원래 집안일할 때 입는 전투복 같은 거예요."

"그래요?"

에리체가 고개를 갸웃했다. 뭔가 아닌 것 같은데 그렇다고 반박할 구석도 없는 소리다?

문득 에리체가 물었다.

"그건 요르드 경한테 부탁해서 받으신 거예요?"

"네."

"그럼 저도 요르드 경한테 부탁하면 주실까요?"

"에리체 양도 입어보고 싶어요? 그럼 그냥 내 걸 줄게요. 두 벌 받아놨거든요. 나야 원본이 있으면 얼마든지 또 만들 수 있으니까요."

"정말요?"

"물론이죠. 그럼 지금 당장 입어보러 가요."

"하지만 만드시던 건……."

"나중에 해도 돼요. 식사도 아니고 디저트니까 하나도 안 급해요. 바리엔 양도 같이 가요."

"네? 저도요?"

바리엔이 눈을 휘둥그레 떴다. 메이즈가 그녀의 손을 붙잡고 끌면서 말했다.

"바리엔 양도 한번 입어봐요."

"아, 저는, 저기……."

"만날 그런 옷만 입지 말고 다른 옷도 입어봐야죠. 전부터 다른 옷을 입혀보고 싶었어요. 이 기회에 한번 옷 좀 입어봐요. 괜찮다 싶으면 내가 만들어줄게요."

"어, 어……?"

바리엔은 당황한 사이에 메이즈의 방으로 끌려가고 말았다.

메이즈는 아예 옷을 넣어두기 위한 아공간 옷장을 따로 꾸며두고 있었다. 그녀는 거기서 괜찮다 싶은 옷을 꺼내기 시작했다.

그런데 그 수가 심상치 않다. 처음에 한두 벌 꺼낼 때는 그러려니 했는데 아주 신이 나서 수십 벌을 꺼내고 있었다.

'이거 괜찮은 걸까?'

바리엔은 식은땀을 흘렸다. 하지만 에리체는 메이즈가 꺼내는 옷들을 보면서 신바람을 내고 있었다.

"와아, 이거 예쁘네요! 여기 달린 것들이 프릴이지요? 우리나라 옷에는 이거 없는데."

"아, 그거 50년 전에 아타라스 왕비가 입었던 옷이에요. 당시에 사교계에 혁신의 바람을 불게 한 디자인이었죠."

메이드복뿐만 아니라 대륙 각지에서 수집해 온 온갖 양식의 옷들이 줄줄이 튀어나오자 에리체는 눈을 반짝반짝 빛냈다. 한참 옷들을 구경하던 그녀가 물었다.

"그런데 이거, 사이즈가 메이즈님한테 맞춰진 거 아닌가요?"

"나한테 맞춰서 수선하지 않은 것들만 꺼내고 있어요. 그리고 사이즈는 마법으로 해결할 수 있으니까요."

메이즈는 유명한 마법 의복들에는 흔히 걸려 있는 사이즈 자동 조절 마법을 터득하고 있었다! 물론 이 옷들은 마법 의복이 아닌 일반 의복이기에 그 효과가 한시적이긴 했지만, 입어보고 놀기에는 그 정도로도 충분하다.

"역시 에리체 양한테는 너무 빡빡하게 몸을 감싸는 것보다는 살짝 앞이 트여 있는 게 잘 어울리네요."

메이즈가 에리체한테 메이드복들을 입혀보면서 말했다. 에리체가 자신의 가슴을 들어 올리며 대답했다.

"그런데 이것도 조금 답답한데요?"

"그래요? 그 정도면 넉넉할 줄 알았는데 에리체 양 정말 가슴이 크네요."

신이 나서 수다를 떠는 둘을 보면서 바리엔은 슬금슬금 도망칠 준비를 했다. 어린 시절부터 바리엔은 '귀족 아가씨다운 옷 입기'가 질색이었다. 워낙 편하게 남자옷 입고 돌아다니는 것에 익숙한 탓이기도 하고, 어차피 자신에게는 그런 게 안 어울리는 걸 알았기 때문이다.

하지만 막 문 쪽으로 향하던 바리엔에게 메이즈가 고개를 돌렸다. 그리고 생글생글 웃으면서 다가왔다.

"바리엔 양도 이리 와봐요."

"아, 저기, 저는……."

"괜찮아요. 바리엔 양한테 어울릴 만한 옷도 있어요. 믿으세요!"

"그래. 바리엔, 만날 그런 옷만 입고 다니지 말고 이 기회에 괜찮은 옷을 찾는 거야! 그리고 그걸 입고 사람들 앞에 나가면 분명 너한테도 혼담이 들어올 거야!"

"거기서 혼담 이야기가 왜 나와!"

그런 바리엔을 메이즈가 거울 앞으로 밀었다.

"자자, 걱정 말고 이리 오세요. 오히려 바리엔 양처럼 늘씬하게 잘 빠진 타입이 옷맵시가 잘 산다니까요? 에리체 양은 가슴이 너무 커서 어울리는 스타일이 한정되어 있어요."

"응. 확실히 그건 좀 불만이에요. 하지만 바리엔은 가슴이 별로 없으니까……."

"내 가슴은 별로 없는 게 아니야! 네가 너무 큰 거야!"

바리엔이 발끈했다. 그런 부분까지 포함해서 별로 여자답지 못한 자신에게 콤플렉스를 갖고 있는데 에리체는 참 잘도 찔러댄다.

메이즈가 생글생글 웃으면서 그녀를 거울 앞에 서게 했다.

"바리엔 양은 균형 좋은 몸매라서 맞는 옷 찾기가 오히려 쉬울 거예요. 안 어울리는 옷을 입고 다녔으면 여태까지 너무 신경을 안 쓴 거죠. 그냥 남들이 입는 거랑 같은 옷을 입었죠?"

"그, 그렇기는 하지만 저는 키도 크고……."

"지방에 따라서는 바리엔 양 정도로 키 큰 여자들이 많은 곳도 있어요. 걱정 마세요."

"어깨도 넓고……."

"괜찮아요! 어깨가 좁아 보이는 옷을 골라봐요. 어깨에 장식을 넣어보는 것도 괜찮아요."

"파, 팔에 근육도 있어서……."

"소매 있는 옷 중에서도 예쁜 옷 많아요!"

"으……."

어떻게든 빠져 나가보려고 했지만 메이즈는 철벽이었다. 결국 바리엔은 메이드복으로 무장한 메이즈와 에리체에게 붙잡혀서 하루 종일 옷 갈아입는 장난감이 되고 말았다.

'으아, 집에 가고 싶어…….'

속으로 눈물을 흘렸지만 메이즈와 에리체는 인정사정없었

다. 결국 바리엔은 수백 벌의 옷을 입어본 뒤 지쳐서 뻗어버리고 말았다.

그리고 루그는…….

"이런 젠장! 다른 사람도 아니고 바리엔 양이 메이드복을 입은 걸 못 보다니! 원통하다!"

작전을 마치고 돌아와서는 그 이야기를 듣고 땅을 치며 후회했다.

2

에리체와 바리엔은 별장에 남겨졌을 때도 놀기만 하는 건 아니었다.

요즘 들어서 바리엔은 열심히 공부하는 학생의 입장이었다. 루그에게 강체술을 배우고, 메이즈에게는 요리와 자수 놓기 등을 배우고, 그리고…….

"그 발음이 아니라니까. 약간 된소리를 내야 해."

에리체에게는 이곳의 말을 배우고 있었다.

"우, 중간발음은 차라리 쉬운데 뒤쪽에 강세를 주는 게 어렵네."

"우리말하고는 리듬이 좀 다르니까. 하지만 우리말은 워낙 발음이 풍부한 편이라서 우리말을 익히면 외국어는 쉽게 배

운대."

"왜 남 이야기처럼 말해? 너도 외국어 많이 알잖아?"

"응? 하지만 난 어느 말이든 다 쉽게 익혀서 실제로 어려운 지 안 어려운지 몰라. 그냥 남들이 그렇다고 하니까 그런가 보다 하는 거야. 나 여기 말도 루그님이 여기 출신이라는 거 듣고 두 달 만에 마스터했는걸?"

"……."

순간 바리엔은 머릿속에 빠직, 하고 금이 가는 착각을 느꼈 다. 에리체 얘는 평소에는 맹해 보이는 주제에 쓸데없이 머리 만 좋아 가지고는!

'불공평해! 용제 따위!'

세상 참 성실하게 살아봤자 좋은 거 하나도 없는 것 같다. 상식 따윈 싹 무시하고 사고 치느라 바쁜 에리체가 예쁘고 가 슴도 크고 머리까지 좋다니!

바리엔이 투덜거렸다.

"그 좋은 머리로 왜 마법사가 안 되는 거야?"

"그야 마법은 귀찮으니까."

"귀찮다니……."

바리엔이 기가 막혀했다.

용족이 인간에게 마법을 전수하는 나샤 삼국에서 마법사 는 그야말로 사회적으로 각광받는 직업이다. 다른 나라처럼 음습하고 거리감 있는 존재로 보지도 않고 다들 선망의 대상으로 본다. 그런데 그런 이유로 마법을 안 익히다니? 마법사들이 들으면 뒷목 잡고 쓰러질 소리다.

에리체가 말했다.

"농담이야. 나도 마법사가 되고 싶어했던 적이 있는데… 하라자드 오빠가 안 된대."

"왜?"

"나는 마법을 익히면 사고 쳐서 자멸하기 딱 좋대. 속성력처럼 감각으로 마력을 활용하는 법이야 상관없지만, 마법 그 자체에는 손대지 않는 게 현명하댔어."

사실 에리체는 자질만 보면 마법을 익히기에 최적이다. 마력은 상위 용족 수준이고, 또 용제라서 그런지 보기와는 달리(!) 머리도 굉장히 좋다.

하지만 그녀가 품은 봉인의 조각은, 그리고 그것을 품기 위한 그릇으로 만들어진 육체는 마법사가 되기에는 너무 위험하다. 어설픈 솜씨로 실수라도 했다가는 대형 사고로 이어지는 수가 있었다.

에리체가 투덜거렸다.

"마법사가 됐으면 집안에 큰소리 떵떵 치고 사는 거였는데. 운명이란 너무 가혹해."

"넌 지금보다 더 큰소리쳤다가는 너희 가문 망해……."

바리엔이 고개를 설레설레 저었다.

그렇게 외국어 공부를 마친 둘은 별장 뒤편으로 가서 강체술 훈련을 시작했다.

체술이나 무기술을 연마할 때는 서로 기술을 비교하고 교정해 주고, 강체술을 연마할 때는 에리체에게 바리엔이 배우는 방식이었다. 에리체가 기격의 경지에 올라 버렸기 때문에 바리엔은 그녀에게 기격을 받으면서 그 감각을 이해하려고 노력했다.

에리체가 물었다.

"아직도 두 가지가 분간이 안 돼?"

"응. 잘 모르겠어."

바리엔이 눈살을 찌푸렸다. 그녀는 아직 기격의 감각을 붙잡지 못했다.

"왜 잘 안 되는 걸까? 루그님이 전이법으로 가르쳐 주실 때는 당장에라도 될 것 같은데……."

루그는 바리엔에게도 전이법으로 기격의 경지를 경험시켜 주었다. 물론 그녀의 감각이 자신의 감각으로 어긋날 것을 걱정해서 살짝 맛보기만 보여주는 정도였지만, 그것만으로도 바리엔은 기격의 세계가 그 이전과는 전혀 다름을 실감했다.

에리체가 말했다.

"너무 조급해하지 마. 루그님도 내가 비정상적인 거라고 말씀하셨잖아."

"그야 그렇지만."

에리체는 어려서부터 원체 비정상적이었기 때문에 바리엔은 딱히 질투도 해본 적이 없었다. 같은 무도를 걷는 자라기보다는 취미로 무술 하는 규격 외의 괴물이란 느낌?

기격도 마찬가지다. 에리체가 요르드조차도 깜짝 놀랄 정도의 성장 속도를 보여주는 것도 바리엔은 전혀 놀랍지 않았다.

'에리체니까 그럴 수도 있지.'

이젠 아예 이런 생각이 들어버리는 것이다.

문득 바리엔이 픽 웃었다.

"그러고 보니 요즘은 참 이상해."

"뭐가?"

"전에는 기격의 경지라는 게 평생에 걸쳐서 추구해야 하는… 그런 아득한 이상이라고 생각했어."

나샤 삼국의 강체술사들이 수준 높다고는 하지만 그건 어디까지나 평균적인 질이 높은 것이다. 철저하게 감각의 세계인 기격은 모르는 자는 죽을 때까지 모르고, 아는 자는 어처구니없을 정도로 쉽게 깨닫기도 한다. 기술적인 역량만을 비교하면 기격을 터득하지 못한 자가 기격을 터득한 자보다 뛰어난 경우도 많다.

그렇기에 기격의 경지란 단순히 무예를 갈고 닦는 것 이상의 의미가 있는 것이라고… 그렇게 여겨지고 있었다. 바리엔역시 그렇게 생각했다.

"하지만 루그님하고 만난 뒤로는 정말 그게 별거 아닌 것같아."

"응. 그건 그래."

루그는 지금까지 마빈과 에리체를 기격의 경지로 이끌었고, 요르드 역시 그의 도움을 받아 기격의 경지에 올랐다고한다.

셋 다 스무 살도 안 된 이들이다 보니 '기격 그거 사실은 되게 쉬운 거 아냐?' 이런 생각마저 들고 만다. 그렇지 않다는걸 잘 아는데도 말이다.

그것은 루그가 올린 실적 때문이기도 하지만, 그가 보이는태도 때문이기도 했다. 루그는 다른 강체술사와는 달리 기격을 지고한 무언가로 생각하지 않는다. 그는 기격도 써먹을 수있는 무기 이상으로도 이하로도 보지 않았다.

바리엔이 말했다.

"루그님이 말씀하시는 건… 옳은 이야기지만 왠지 낯설어.요르드 경도 그렇게 느끼시는 것 같고."

"그래? 난 잘 모르겠어."

"에리체 너희 가문은 무가가 아니라서 그럴 거야."

"그런가?"

사실 귀족들의 가문은 근본적으로는 다들 무가다. 하지만 세월이 흐르면서 가문의 중심이 다른 일로 옮겨가서 무예를 수단으로만 생각하게 된 가문들이 있는가 하면, 여전히 진지하게 그 본질을 추구하는 가문들이 있다. 메이달라 후작가는 전자고 라한드리가 백작가는 후자다.

시레크 백작가 역시 라한드리가 백작가와 같다. 변경에서 스스로의 손으로 영지를 수호해 왔다는 자부심이 있는, 기사로서의 정체성을 가진 가문이다.

그렇기에 두 가문 소속인 바리엔과 요르드는 루그의 사고방식에 이질감을 느꼈다. 하지만 스스로를 무술가라고도 생각하지 않는 에리체는 전혀 이상하게 여기지 않는다.

"루그님은 마법사라서 그런 걸까?"

"그럴지도? 정통파 무술가로 자라셨지만 용제라서 마법까지 익히셔서 사고방식이 자유로워지신 건지도 몰라. 나처럼!"

"넌 너무 자유로운 게 아니라 방종한 거지."

"내 어디가 어때서?"

"가슴에 손을 얹고 생각해 봐."

"흥! 못할 줄 알고? 자, 봐. 바리엔."

에리체가 가슴을 밑에서 들어 올리니 커다란 가슴이 흔들거렸다. 강렬한 도발에 바리엔은 일순간 눈길을 빼앗기고 말았다. 에리체가 승리자의 미소를 지으며 말했다.

"너보다 큰 이 가슴에 손을 얹고! 잘 생각해 봤는데 모르겠어. 내 가슴엔 한 치의 부끄러움도 없는걸?"

"캬악!"

결국 바리엔이 폭발했다.

3

알더튼은 눈을 감은 채 세상을 굽어보고 있었다.

아득한 천공, 감히 인간이 그 풍경을 상상조차 못하는 고도에서 지상을 내려다본다. 그저 평면으로만 인식되었던 대지가 둥글게 보이고 거대한 산맥의 전체상과 구름의 움직임까지도 알 수 있다.

또한 원한다면 그의 시야는 순식간이 지상과 가까워진다.

세상의 전신을 볼 수 있을 정도로 장대했던 시점이 한순간에 한곳을 붙잡고 하강한다. 대륙이, 해안선이, 그리고 파도치는 절벽이, 그 위에 있는 어촌의 모습이 보인다. 종국에는 그곳에서 뛰어노는 아이들의 모습조차 눈앞에 있는 것처럼 생생하게 볼 수 있게 된다.

알더튼은 눈을 떴다.

"후우……."

그의 입에서 긴 한숨이 흘러나왔다. 닭벼슬 같은 자신의 하얀 털을 쓸어 넘기는 그에게 누군가 물었다.

"어때?"

목소리의 주인은 실시간 통신기로 연결된 루그였다.

알더튼이 금방 대답하지 않고 쓴웃음을 짓는다. 루그가 의아해했다.

"왜 그렇게 분위기를 잡아? 또 누구한테 구박당했어?"

평소 같으면 호들갑을 떨며 좋아했을 알더튼의 반응이 조용하니 이상하다. 하지만 알더튼은 고개를 저었다.

"그런 건 아니고 그냥… 잠시 그 기분에 도취되어 있었을 뿐이라오. 마스터, 이건 그야말로……."

알더튼은 잠시 머뭇거리며 말을 골랐다.

"신의 시점이구려."

방금 전, 그는 그야말로 신이 된 기분으로 지상을 굽어보고 있었다.

끝없이 넓어 보이던 대륙조차도 그 전체적인 윤곽을 드러낼 수밖에 없는 하늘에서 원한다면 어디든지 자세히 볼 수 있다니, 이런 일이 가능한 게 신이 아니라면 어떤 것이 신이겠는가?

루그가 대답했다.

"감각 공유로 보면 정말 그런 기분이 들 수도 있지, 별의 눈은……."

별의 눈.

볼카르가 제안하고 드워프들이 제작한 경이로운 관측도구는 완성을 눈앞에 두고 있었다. 이미 첫 시작품이 지상으로부터 무려 300킬로미터 떨어진 높이에 떠서 지금까지 이용해오던 실시간 통신망과 연동되었다.

본래 이런 위치에 물체를 계속 띄워두려면 맹렬한 속도로 이동하게 만들어야 한다. 그러나 볼카르는 그 문제를 반영구적인 부유 마법으로 간단하게 해결했다. 덕분에 별의 눈은 항시 통제자가 원하는 위치에 고정된 채 지상을 관측할 수 있었다.

이 마법 도구의 관측 능력은 방금 전, 알더튼이 경험한 대로다.

실시간 통신기를 이용하면 관측한 영상과 소리만을 볼 수도 있지만 감각 공유 기능을 사용하면 그야말로 신의 시점을 경험할 수 있었다. 단순히 눈에 보이는 영역을 확대해서 보는 것만이 아니라, 원한다면 벽을 투시하고 땅 밑을 들여다보는 것도 가능했다.

루그가 말했다.

"아직 완전하진 않아. 별의 눈의 관측 능력은 상상을 초월하지만, 커버할 수 있는 범위에 한계가 있지. 그래서 총 12개를 띄울 생각이야. 동시에 관측한 정보를 저장해서 관리하면서 원하는 정보를 검색해서 찾아볼 수 있는 시스템을 개발 중이지."

이 시스템이 완성되면 아쿠아 비타의 정보력은 절대적인 것이 된다. 블레이즈 원이 무슨 짓을 하든 죄다 잡아내고 대응할 수 있으리라.

문득 알더튼이 물었다.

"마스터, 하나 궁금한 게 있소."

"뭔데?"

"이 별의 눈은 정말로 굉장한 힘이오."

알더튼은 단순한 마법사가 아니라 거대한 조직을 움직이는 관리자다. 그렇기에 정보의 힘을 누구보다도 잘 알았다.

"마스터는 모든 게 끝나고 나면… 이 힘을 어떻게 하겠소?"

이 시대의 정보 전달 속도는 느리다.

산 너머에 있는 마을과 소식을 전하는 데도 며칠이 걸리는 세상이었다. 예를 들어 두 사람이 서로 편지를 통해 안부를 전한다고 하면 편지를 전하는 데 며칠, 또 답장을 받아오는

데 며칠이 걸려서야 정보 전달이 완료된다.

예외가 되는 것은 마법사뿐이다. 하지만 마법사의 통신 마법조차도 근거리가 아닌 한 실시간이 아니었다. 게다가 그들은 워낙 귀한 인력이라서 통신에만 자신의 능력을 할애하지 못한다.

이런 사정 때문에 조직도, 국가도 일정 이상으로 거대해지면 통제가 어려워진다. 하지만 루그는 그런 문제를 말끔하게 해결할 수 있는 궁극의 병기를 가졌다.

대륙 어디서나 실시간으로 정보를 주고받을 수 있는 실시간 통신망.

대륙 어디에서 일어나는 일도 손바닥 보듯이 훤히 알 수 있는 별의 눈.

이 두 가지가 연동되면… 충분한 군사력이 뒷받침될 경우 세계 정복도 꿈이 아니다. 로멜라 왕국이 대륙을 제패한 패권국이 되고, 대륙 전체를 원활하게 통제하는 것도 가능할 것 같다!

그렇기에 알더튼은 물어볼 수밖에 없었다. 블레이즈 원과의 싸움이 끝난 후, 아쿠아 비타에게 주어진 이 힘을 루그가 어떻게 할 것인가.

루그가 별걸 다 물어본다는 듯 대답했다.

"그게 궁금한 거였어? 폐기할 거야."

"……."

순간 알더튼은 할 말을 잃었다. 하지만 그는 곧 미소를 지었다.

"그렇구려. 역시 마스터는 이게 얼마나 무서운 것인지 나보다 훨씬 잘 알고 있군."

"현 시대의 문명을 수백 년은 앞서가는 물건이지."

루그가 이런 힘을 필요로 한 것은 세상의 파멸을 가져오려는 블레이즈 원과 싸우기 위해서다. 그 싸움이 무사히 끝난다면, 이런 위험한 물건을 한 국가에 허용할 생각이 없었다.

"난 내가 아는 사람의 품성은 믿을 수 있어. 하지만 집단이라는 것은 믿을 수가 없지."

루그는 칼리아의 고결함을 믿는다. 하지만 로멜라 왕국이 정의롭다고는 믿지는 않는다.

아쿠아 비타도 마찬가지다. 블레이즈 원과 싸우기 위해 결성된 이 조직의 의도는 정의롭다고 할 수 있다. 하지만 훗날에는? 만약 블레이즈 원이 쓰러진 후에도 이 조직이 유지된다면, 그때는 이 조직은 어떻게 변질될 것인가?

알더튼이 물었다.

"하지만 이미 아쿠아 비타의 조직원들은 실시간 통신망을 이용해서 이익을 취하고 있을 거요."

아쿠아 비타의 조직원들은 로멜라 왕국에서는 다양한 가문이나 단체에 소속되어 있다. 그렇기에 그들은 아쿠아 비타의 뜻에 따라 움직이면서, 동시에 자신이 소속된 곳의 이익을 위해서도 움직인다. 그들 역시 아쿠아 비타에서 실시간 통신망을 수집하는 정보의 수혜를 받고 있으리라. 그리고 별의 눈이 가동하면 그것 역시…….

루그가 말했다.

"그 정도는 어쩔 수 없지. 인간인 나도, 용족인 너도 신이 아니야, 알더튼. 모든 걸 다 통제할 수는 없어. 지금 가장 필요한 일을 할 뿐."

"그렇군."

알더튼이 피식 웃었다.

루그는 인간에게 지나친 기대를 하지 않는다. 다만 자신이 해야 할 일, 할 수 있는 일에 집중할 뿐이다.

'당신을 주인으로 모시게 된 것은 나한테는 정말이지 최대의 행운이었소.'

알더튼은 그렇게 생각하며 물었다.

"그럼 마스터의 충실한 종복인 나도 사소한 이익 좀 취해도 되겠소?"

"뭘 취하고 싶은데?"

"흠흠. 그러니까… 별의 눈만 있으면 참한 아가씨도 찾을 수 있을 것 같은데."

"…해라. 내가 허락한다. 부디 도의를 넘는 짓만 하지 말고."

"거 마스터, 아직도 나를 모르시오? 난 하늘을 우러러 한 점의 부끄러움도 없는 신사라오."

"그래. 그 마음가짐이 동족 아가씨 손을 잡는 역사적인 순간 이후에도 지속되길 빈다."

루그는 안쓰러운 눈으로 알더튼을 보면서 말했다.

4

루그는 지금까지 싸워야 할 적의 사정에 구애받아 본 적이 없었다.

심지어 불카누스가 품은 증오의 연원조차도 루그에게는 별로 중요하지 않았다. 호기심의 대상이기는 하지만, 그 이상은 아니다. 그런 걸 알아봤자 죽일 놈을 죽이지 않을 것도 아니니까.

하지만 칼리아는 달랐다. 그녀는 인류를, 정확히는 용족을 제외한 모든 지성체를 말살한다는 거창하고도 기괴한 목표를 가진 블레이즈 원의 사고를 이해하고 싶어했다.

"루그 경, 엘토바스 바이에라는 자에 대해서 잘 알고 있나요?"

통신기 너머에서 칼리아가 물었다. 루그가 대답했다.

"딱 보고서에 쓴 만큼 알고 있죠."

루그는 이미 자신이 블레이즈 윈에 대해 알고 있는 정보를 정리해서 아쿠아 비타에 정리했다. 상위 용족 간부에 대해서는 특히 자세히 적은 것을 칼리아도 읽어보았으리라.

"이자는 정말로 이상하군요."

칼리아는 엘토바스에 대한 정보가 모이면 모일수록 혼란스러워하고 있었다.

"기본적으로 블레이즈 윈의 간부들은 어디까지나 '드래곤인 불카누스에게 지배받아서' 세상에 대한 파괴행동을 하고 있어요."

블레이즈 윈은 '불카누스와 그 외 다수'로 이루어진 조직이다. 조직을 이루는 모든 것이 불카누스의 뜻을 이루기 위해서 존재하며, 그것은 조직원들 개개인의 의지와는 상관이 없다.

"그건 블레이즈 윈에 속했던 모든 존재들의 공통점이에요. 물론 개중에는 자신이 하고자 하는 것과 블레이즈 윈의 목표가 일치하는 경우도 있었지만……."

예를 들면 샤디카가 그렇다.

샤디카는 용족 외의 지성체를 말살시킨다는 행동에는 전혀 관심이 없었지만, 인간에게는 관심이 많았다. 인간을 파괴하고 그들 중 자신이 원하는 강자를 찾아서 갈망을 채우고자 했다.

"하지만 이 엘토바스라는 자는… 다른 이들과는 근본적으로 달라요. 그는 정말로 인간을 미워하는군요."

엘토바스가 벌인 일들에 대해서 알면 알수록 그런 확신이 든다. 그는 인간을 증오하고 있다. 그 증오가 어찌나 큰지, 그가 인간을 죽일 때는 깨끗하게 죽이는 일이 드물 정도다. 그는 인간들 스스로 파국에 이르게 만드는 작업에 과도한 집착을 보였다.

칼리아는 그것을 이해할 수 없었다.

"어째서 용족이 인간을 이렇게나 미워하는 걸까요?"

"미친놈의 생각은 알 수 없죠. 용족이라고 해서 확 돌아버린 놈이 없으리란 법은 없잖아요."

"그렇게 단정 짓기에는 이 증오가 너무 꺼림칙해요. 그것을 이해하지 못하면……."

"일리지스 대공, 당신은 이미 블레이즈 원의 행동을 충분히 읽어내고 있잖아요? 굳이 그걸 궁금해할 필요는 없지 않나요?"

그 말에 칼리아가 움찔했다.

루그의 말이 옳았다.

블레이즈 원을 이루는 구성원들의 감정은 이해할 필요가

없다. 그 증오의 근본에 무엇이 있는지 몰라도 블레이즈 원의
목적이 너무 분명하기 때문에, 칼리아는 그들의 행동을 점차
명확하게 파악해 가고 있었다.

상황을 이루는 정보만 모인다면 그들이 어떻게 행동하고
있는지는 예측하는 건 어렵지 않다. 적어도 그녀에게는 그
렇다.

"하지만……."

칼리아는 곧바로 반박하지 못하고 생각에 잠겼다.

그런 그녀를 보면서 루그는 속으로 쓴웃음을 지었다.

예전에도 칼리아는 저랬다. 모두가 닥쳐온 상황만을 생
각하고 있을 때, 그녀는 그 너머를 보고 있었다. 불카누스
의 증오가 어디서 출발했는가, 그 본질을 이해하고 싶어했
다.

루그는 문득 생각난 가능성을 말했다.

"어쩌면……."

그 말에 칼리아가 고개를 들었다.

"엘토바스 바이에는, 이미 최초에 그 이름을 가졌던 존재
가 아닐 수도 있지요."

"그건 무슨 뜻이지요?"

"전에 말씀드렸지요? 불카누스에게 용제의 힘으로 지배당
한 존재가 그 명령에 거역한다면 어떻게 되는지……."

"아."

칼리아는 곧바로 루그의 말뜻을 이해했다.

시공 회귀 전의 메이즈가 그러했듯이, 자신을 지배한 용제의 명령에 거역한 용족의 자아는 파괴된다. 그리고 용제의 명령에 따르는 새로운 자아가 그 빈자리를 대신한다.

어쩌면 엘토바스 역시 그런 과정을 거쳤을지도 모른다. 지금 그가 보이는 증오는 불카누스에게서 비롯된 것일 수도 있다.

'하지만 그럴 것 같지 않아.'

동시에 루그는 그 가능성을 부정했다. 근거는 없다. 시공 회귀 전에 메이즈를 보고도 그 사실을 알지 못했듯, 엘토바스를 보면서도 그가 자아가 파괴되었던 자라는 낌새를 느낄 수 없었으니까.

그런데도 엘토바스는 그렇지 않을 거라는 확신이 든다.

'그놈은 메이즈하고는 달랐어.'

시공 회귀 전의 메이즈는 확실히 불카누스에게서 기인한 광기에 휩싸여 있었다. 그 광기는 블레이즈 원의 비원, 용족을 제외한 모든 지성체의 말살을 향했다.

그러나 엘토바스는 다르다. 메이즈가 인간을 상대할 때 그저 죽이는 것에 중점을 두었다면, 그는 고통스럽게 죽이는 데 중점을 두었다. 인간이 너무 미워서 깨끗하게 죽는 것조차 용납할 수 없다는 듯이.

"엘토바스라면 명령을 거부해서 자아가 파괴된 적은 없어, 주인님."

그때 문득 메이즈가 통신기가 있는 방에 들어왔다. 루그가 물었다.

"역시 그냥 순수하게 인간을 증오하는 건가?"

"응. 나도 이유는 잘 모르지만, 아마 인간을 증오하게 된 계기가 있겠지. 그런 뉘앙스를 풍겼으니까."

"사정을 들은 적은 없고?"

"없어. 사실 블레이즈 원에서도 엘토바스는 다들 꺼려하는 분위기였는걸. 뭐, 우리끼리 사이가 좋았던 것도 아니지만 그 중에서도 엘토바스는 이질적이었어."

다른 간부들과 달리 엘토바스는 스스로 불카누스를 찾아와 종복이 되었다.

또한 그는 정체불명의 존재였다. 분명 드래코니안의 특성을 가졌지만 이상한 구석이 한둘이 아니다. 마음을 공격하는 제3의 눈, 용마안도 그렇고 뿔이나 꼬리의 형태도 이상한 데다가 날개는 아예 없다.

블레이즈 원 내에서는 그가 흑마법으로 몸을 개조해서 그렇게 변했다는 추측이 정설처럼 받아들여지고 있었다. 하지만 지금 와서 생각해 보면 정말 그게 맞나 의심스럽다. 정말 흑마법으로 그런 변질을 겪을 수 있는 것일까?

"하지만 그것 말고는 가능성이 없지 않나? 샤디카처럼 팔다르가 만든 변종도 아닌 것 같고."

"응. 그렇겠지만… 왠지 그것 자체가 인간을 증오하는 이유와 관련 있는 게 아닐까, 그런 생각을 지울 수가 없어."

"용족이 인간을 증오할 이유라……."

루그로서는 상상이 가질 않았다. 인간보다 훨씬 강하고, 오랜 세월을 살아가는 존재들이 무엇 때문에 그런 감정을 품을까?

잠자코 듣고 있던 칼리아가 중얼거렸다.

"용제……."

그 말에 루그와 메이즈가 그녀를 바라보았다. 칼리아가 말했다.

"어쩌면 용제하고 관련이 있을지도 모른다는 생각이 드네요. 물론 근거는 없지만, 용족에게 증오를 산 인간이라면… 아무래도 용제였을 가능성이 높지 않을까요?"

5

레거스 남작의 저택은 밤의 어둠을 환하게 밝히며 불타고 있었다.

백 년을 넘는 시간 동안 그 자리에 있던 유서 깊은 건물이 화재로 불탄다. 당연히 사람들이 부산을 떨면서 불을 끄려고 애를 써야 정상일 것이다. 하지만 그런 사람은 아무도 없고 저택은 그저 홀로 불타고 있을 뿐이었다.

그 이유는 간단하다. 이곳에 살아 있는 사람이 없기 때문이다.

"허억, 허억……."

불타는 저택 한구석에 한 청년이 숨을 몰아쉬고 있었다.

괴로운 듯 가슴을 쥐어뜯고 있는 그의 주변에는 시체들이 널려 있었다. 바로 얼마 전까지만 해도 온전한 사람의 형상이 었을 그 시체들은 지금은 갈가리 찢긴 채로 불길에 타들어갔다.

"으으윽, 으으으으……."

청년은 신음하며 몸을 뒤틀었다. 그럴 때마다 피에 젖은 그의 몸에서 기이한 변화가 일어났다. 혈관이 부자연스러울 정도로 팽창해서 꿈틀거리면서, 눈동자가 세로로 길게 찢어진 파충류의 그것으로 변한다.

그 앞에 누군가가 모습을 드러냈다. 불길에 휩싸인 복도를 산책이라도 하듯이 걸어온 그 남자는 긴 백발에 어두운 피부, 그리고 좌우의 색이 다른 눈동자를 가진 드래코니안 엘토바스 바이에였다.

"흠. 역시 이렇게 되었나."

엘토바스는 청년을 내려다보며 담담하게 말했다. 그 말에 청년이 고개를 홱 쳐들었다.

고개를 든 청년의 모습은 이미 인간이 아니었다. 혈관이 터질 듯이 팽창한 몸 여기저기에 비늘이 돋아나 있고, 동공이 세로로 찢어진 눈이 크게 팽창해서 눈구멍 밖으로 튀어나와 있는 모습은 마주하는 것만으로도 섬뜩했다.

"이 자식… 나한테, 무슨 짓을……!"

남자가 괴로워하며 의문을 입에 담았다. 엘토바스는 그의 질문을 무시하고 중얼거렸다.

"역시 용의 피는 적합자가 아니라면 용제라도 이렇게 되는군요."

용의 피는 적합자가 마시면 용족의 힘을 얻게 되지만, 아닌 자가 마시면 파멸할 뿐이다. 엘토바스가 몇 가지 마법적 처치를 했지만 그것조차도 파멸을 늦추는 게 고작이었다.

청년이 헐떡거리며 물었다.

"대답, 해… 무슨 짓을 한, 거냐……!"

엘토바스가 대답했다.

"당신이 바라던 걸 드렸을 뿐입니다만? 아무것도 못하고 하루하루 죽어가던 당신에게, 욕망을 성취할 힘을 드렸지요."

"난, 이런 걸 바라지, 않았, 어……."

남자가 가슴을 움켜쥔 채 말했다.

엘토바스가 말했다.

"아니오. 바라고 있었습니다. 그저 귀족 여자의 자궁에서 태어났다는 이유로, 멍청한 주제에 모든 걸 독점하고 당신을 조롱하고 박해하던 인간들이 다 죽어버리라고… 그렇게 바라고 있었죠."

"아니야! 그렇지 않아! 나, 나는……!"

청년이 절규했다.

엘토바스는 그를 비웃었다.

"바라고 있었습니다. 그래서 분에 넘치게 용제의 힘으로 나를 지배해 보겠다고 한 거 아니었습니까?"

호색가인 레거스 남작은 분별없이 하녀들을 품어 사생아를 낳았다. 그중 하나였던 청년은 어려서부터 몸이 극도로 약했지만 머리가 비상하게 좋았다. 누구도 가르쳐 주지 않았는데도 혼자서 글자와 셈법을 깨우칠 정도로.

또한 청년은 용제였다.

그 사실을 알게 된 것은 몇 년 전, 배다른 형제들이 그를 괴롭히려고 숲 깊숙한 곳에 버리고 갔을 때였다. 길을 잃었던 그는 하위 용족 중에 하나인 페어리 드래곤을 만났을 때, 용제의 힘을 각성했다. 페어리 드래곤은 그의 애완동물이 되었고 다들 그를 향해 질시 어린 시선을 보냈다.

하지만 그후로도 그의 삶은 변하지 않았다. 병약한 육체와 남작의 자식으로도 인정받지 못해서 하인으로 살아야하는 신분이 그를 절망의 늪에 가두고 서서히 질식시켜 갔다.

그러던 중 결정적인 사건이 벌어졌다. 청년의 페어리 드래곤을 탐낸 배 다른 형제들이 일을 벌인 것이다. 청년에게 일을 던져 놓고 페어리 드래곤을 억지로 붙잡으려던 형제들은 그 과정에서 부상을 입었고, 분노에 눈이 뒤집혀서 페어리 드래곤을 죽여 버리고 말았다. 그리고 가만히 있는 자신들에게 페어리 드래곤이 덤벼들었다며 사실을 왜곡하고 청년을 오히려 죄인 취급하며 벌을 주었다.

그런 청년 앞에 엘토바스 바이에가 우연을 가장하여 나타났을 때, 청년은 그를 지배하고자 했다. 그 시도는 실패로 끝났고 청년은 보복을 두려워하게 되었다.

하지만 엘토바스는 청년을 죽이는 대신, 매혹적인 목소리로 말했다.

"용제이면서 이리도 안타깝게 살고 있다니, 가슴이 아프군요. 힘을 원한다면, 드리지요."

청년은 그가 주는 약을 먹고 힘을 얻었다. 그 약의 이름이 '용의 피'라는 것을 그는 몰랐다.

언제나 지치고 고통스러웠던 육체에는 활력이 넘쳤다. 항상 자신을 괴롭혔던 배 다른 형제들의 목을 단번에 꺾어버릴 수 있을 것 같았다.

하지만 오랜 시간 동안 당하는 입장이었던 그는 소심했다. 어떻게 하면 의심받지 않고 복수할 수 있을지를 궁리하며 신중하게 때를 기다렸다.

그러한 행동은 엘토바스의 뜻에 맞지 않았다. 엘토바스는 용마안을 써서 청년의 살의를 증폭시켰다. 청년은 급격히 부풀어 오른 살의에 사로잡혀 형제 중 하나를 죽였다.

정신을 차리고 나서 그는 자신이 한 일에 겁을 집어먹었다. 복수했다는 쾌감보다도 공포가 압도적이었다. 그는 신중하게 시체를 처리하고 입을 다물었다.

청년은 더 이상 아무것도 하지 않고 조용히 있고 싶었다. 하지만 그의 내면에서 부풀어 오르는 살의가 그것을 허락지 않았다. 정신을 차리고 나면 그는 형제들을, 그리고 그들의 하수인으로서 자신을 괴롭혔던 이들을 어떻게 죽일까 고민하고 있었다. 지금까지 '집안의 유능한 도구'로만 쓸모가 있었던 비상한 머리가 처음으로 스스로의 욕망을 위해 활용되었다.

그렇게 그는 살의의 대상을 하나하나 처리해 갔다. 어떤 때는 의식조차 없이, 꿈을 꾸고 있다고 생각하면서 사람을 죽인 적도 있었다.

청년은 자신을 잃어가는 공포에 시달렸지만 이미 늦었다. 그는 활력이 넘치던 육체가 점점 괴물로 변모하고 있다는 사실을 깨달았다.

그리고 그 사실을 자신이 연모하던 하녀에게 목격당하고 말았다.

기괴한 용모로 변한 그를 본 하녀는 비명을 질렀고, 온 집 안사람들이 그를 보았다. 그가 형제를 죽인 것도, 괴물로 변해 버린 것도.

정신을 차렸을 때는 저택에 있는 모든 인간을 죽여 버린 후였다.

엘토바스가 말했다.

"모두 당신이 바란 대로입니다. 미운 사람은 다 죽였잖아요? 당신의 배다른 형제들도, 그들의 하수인 노릇을 했던 하인들도, 그리고 당신을 버린 부친도."

"나는, 나는 그저……."

"원한이 뼈에 사무쳤나 보더군요. 죄없는 사람들까지 다 죽여 버린 걸 보면."

엘토바스는 무심하게 한 곳으로 시선을 던졌다. 자기도 모르게 그 시선을 따라간 청년은 굳어버리고 말았다.

처참하게 살해된 하녀의 시체가 타들어가고 있었다.

"으아, 아아아아아……."

이 방은 그가 하녀에게 살인 현장을 목격당한 바로 그곳이었다.

온 저택의 사람들을 다 죽인 후, 자기도 모르는 새 이 방으로 돌아와 있었던 것이다. 그건 왜였을까? 내색 한번 못하고 속으로만 좋아하던 하녀의 시체를 확인하기 위해서였나?

"아아아아아악!"

청년이 비명을 질렀다. 그로부터 강렬한 힘의 파동이 폭풍처럼 쏟아져 나오면서 변모가 가속되었다. 전신이 비늘로 뒤덮이면서 덩치가 두 배는 부풀어 오르고, 머리 한가운데서 뾰족한 뿔이 피부를 뚫고 솟아난다.

쇠를 긁는 듯한 목소리가 흘러나왔다.

"이 악마! 너 때문이다! 너만 아니었으면……!"

괴물로 변해 버린 청년에게서 용족을 복속시키는 힘, 드래고닉 피어가 발산되었다. 페어리 드래곤을 지배하던 때와는 비교도 안 되는 힘이었다. 이 정도라면 상위 용족이라도 일순간 무릎을 꿇게 할 수 있으리라.

"죽기 전의 발악인가요? 제법 쓸 만하군요."

"무릎 꿇어라!"

청년, 아니, 괴물이 소리치면서 달려들었다. 날카롭게 돋아 난 손톱이 엘토바스를 찢기 위해 휘둘러졌다.

팍!

하지만 엘토바스는 태연한 얼굴로 손을 들어 괴물의 손목을 잡아버렸다. 압도적인 체격차가 있는데도 전혀 힘에 밀리지 않는다.

괴물이 당황했다.

"어째서, 내 명령을……."

괴물은 자신의 상태를 본능적으로 깨닫고 있었다.

그는 빠르게 연소되어 가는 촛불과 같다. 곧 죽겠지만 대신 모든 능력이 어마어마하게 증폭되었다. 용제의 힘, 드래고닉 피어 역시 마찬가지다.

하지만 그의 드래고닉 피어는 엘토바스에게 전혀 영향을 끼치지 못했다. 엘토바스가 차갑게 웃었다.

"하하하. 정말이지 주제를 모르는군요. 하긴 그러니까 그렇게 쓰레기처럼 살고 있었겠지. 인간이란 어쩌면 이리도 우매한지."

콰직!

순간 엘토바스의 손아귀가 괴물의 손목을 쥐어서 부러뜨렸다. 무시무시한 악력이었다.

"크악!"

괴물이 비명을 지르며 반대쪽 손으로 엘토바스를 붙잡았다. 그리고 그대로 땅을 박차고 벽으로 뛰어들었다.

폭음이 울리며 엘토바스와 괴물이 저택 밖으로 뛰쳐나왔다. 청년이 땅을 박찬 힘이 어찌나 강했는지 벽을 부수고도 수십 미터나 허공을 난다.

엘토바스는 부러진 괴물의 손목을 놓고는 발로 그를 차올렸다. 무쇠처럼 단단해진 괴물의 몸통뼈가 일거에 부서지면서 그 몸이 수십 미터나 위로 솟구친다.

"크어어……!"

괴물은 비명조차 제대로 지르지 못하고 몸부림친다. 그런 그를 엘토바스가 추적한다. 단숨에 날아들어 그 목을 붙잡고 돌려서 불타는 저택을 바라보게 한다.

"봐라. 저게 바로 네 욕망의 결과다!"

청년의 마음속에 자리한 증오와 살의, 그것이 엘토바스의 용마안에 의해 증폭되어 끔찍한 파국을 낳았다. 엘토바스는 청년을 비웃었다.

"아니라고 부정할 셈인가? 그럼 대체 나를 지배해서 뭘 할 셈이었지? 치졸한 것! 네 손을 더럽히지 않고 똑같은 일을 벌이고 싶었겠지? 안전한 곳에 숨어서 미워하는 것들을 파멸시키고, 그들의 것을 빼앗고 싶었겠지?"

엘토바스는 괴물을 저택으로 집어던졌다. 화살처럼 날아간 괴물이 저택의 지붕을 뚫고 추락했다. 불타는 저택이 단숨에 함몰되면서 잔해가 쏟아져 내린다.

그 앞에 엘토바스가 사뿐하게 내려섰다.

"용제의 힘을 가지니 용족 따윈 그저 지배해서 부릴 수 있는 노예로밖에 보이지 않았지? 하잘것없는 것 주제에 감히!"

엘토바스는 분노하고 있었다. 괴물이 되어버린 청년 용제와 아득히 먼 과거에 존재했던 누군가를 겹쳐 보면서 증오를 불사른다. 그 기세에 압도된 괴물은 불길 속에서 질식해 가고 있었다.

"똑바로 들어라."

엘토바스가 그의 목을 붙잡았다. 두 배에 가까운 체격차가 있는데도 허공에 떠올라서 그를 들어 올린다. 엘토바스가 활활 타오르는 눈으로 괴물을 노려보며 고했다.

"너뿐만 아니라 이제 누구도… 하잘것없는 인간 따윈 절대로 나를 지배할 수 없다! 절대로!"

그것이 괴물이 살아서 들은 마지막 말이었다. 엘토바스가 힘을 주자 괴물의 목이 부러지면서 숨이 끊어졌다.

"흥."

엘토바스는 흥이 식은 표정으로 괴물의 시체를 불길로 던져 버리고는 중얼거렸다.

"실수했군요. 좀 더 재미있는 파국을 만들 수 있었는데…
역시 나도 용제 앞에서는 감정이 앞서서 싸구려 각본밖에 못
쓰겠어. 유감이지만 취미 생활은 이쯤 해야겠지요."

그는 불타는 저택을 뒤로 한 채 그곳에서 떠났다.

CHAPTER 67

공허한 영광

폭염의 용제

1

대륙력 681년 4월 초.

란티스 펠드릭스가 왕도 아라로스를 점령, 왕위에 오르고 나서 벌써 3개월이 흘렀다.

아네르 왕국의 내전은 여전히 가라앉을 줄 몰랐다. 아타렐 후작파는 결코 란티스의 왕위를 인정하지 않았고 양쪽은 어느 쪽도 우세를 점하지 못한 채 소모전을 계속하고 있었다.

내전이 길어지자 아네르 왕국의 형편은 점점 나빠져 갔다. 수도 없이 많은 국민들이 죽어나가고 국토는 황폐해져 갔다.

지금까지는 겨울을 지내는 동안의 싸움이었지만, 이제 봄이 오고 파종의 시기가 온다. 이대로 싸움이 끝나지 않는다면 국운이 끝장날 수도 있다.

"혹은 나라가 둘로 갈리든가."

란티스는 복층식으로 구성된 홀에서 열린 화려한 파티를 내려다보며 중얼거렸다.

전쟁 중이지만 왕도의 귀족들은 사치와 향락을 버리지 않았다. 란티스가 왕위에 오르고 숙청의 피바람이 휘몰아친 후, 그에게 충성을 맹세한 귀족들은 기세가 등등했다. 그들은 국왕 란티스 밑에서 권세를 뽐내며 장밋빛 미래를 꿈꾸었다.

전쟁은 계속되고 나라가 피폐해져 가고 있지만 그것은 모두 그들의 눈과 귀가 닿지 않은 먼 곳에서 벌어지는 일이다. 전선에 나서서 싸우는 자들은 왕도의 현실을 듣고 기가 막혀했지만, 그렇지 않은 자들은 이제 왕도를 직접적으로 위협하는 세력이 없기에 빨리도 현실을 잊어버리고 환상에 젖어버렸다.

그러한 움직임을 부채질한 것은 티아나였다.

표면적으로는 국왕의 총애를 받는, 왕비가 될 것이 확실시되는 그녀가 냉각되어 있던 사교계를 다시 활성화시키고 귀족들을 참여시켰다. 그것만으로도 귀족들은 그래도 된다는 면죄부를 얻은 것처럼 마음 편해하고 있었다.

'가증스러운 것들. 내가 이런 것들과 같은 피가 흐른다고 긍지를 가졌던 시절이 있었다니 한심하군.'

란티스는 과거의 자신을 떠올리며 냉소했다. 그때는 정말 고귀한 혈통을 이었다는 사실에 자부심을 품고 있었다. 하지만 지금은 모든 것이 시시하다. 자신이 차지한 왕좌마저도.

오늘 열린 파티는 중립을 주장하던 북부의 귀족이 란티스에게 충성을 맹세한 것을 기념하며 열렸다. 강대한 세력을 자랑하는 그의 합류로 인해 펠드릭스군은 숨통이 좀 트였다.

그의 곁에 있던 티아나가 물었다.

"겨우 왕좌를 손에 넣었는데 그렇게 되길 바라는 거예요?"

"차라리 그게 나을지도 모른다는 생각이 드는군. 하지만 당신들은 그걸 바라지 않겠지?"

란티스가 티아나를 바라보았다. 그것은 추궁하는 것도, 원망하는 것도 아닌… 그저 당연한 일을 예상하는 담담한 시선이었다.

티아나가 선뜻 대답하지 않자 란티스가 말을 이었다.

"당신들이 바라는 건 이 나라의 완전한 파멸이겠지. 당신들은 인류 사회를 재편하겠다고 하지만, 하는 짓을 보면 절대 그걸 노리고 있지 않아. 오히려 완전한 파멸 외에 다른 노림수가 있다면 꼭 듣고 싶군. 내 생각이 틀렸나?"

"……."

"나도 바보는 아니야, 티아나."

티아나가 아무 말도 하지 않자 란티스가 쓴웃음을 지었다.

티아나는 란티스에게 블레이즈 원의 진정한 목적을 이야기한 적이 없었다. 그저 힘을 주고 필요에 따라 이용해 오면서, 블레이즈 원이 인류 사회를 일통하여 용족이 지배하는 형태로 재편하고자 한다는 거짓말을 한 적이 있을 뿐이다.

란티스는 그 거짓을 꿰뚫어보았다.

그저 증오에 사로잡혀 휘둘리던 때의 그는 사실 그들이 뭘 하는 조직이든 별로 신경 쓰지 않았다. 다만 자신에게 필요한 것을 제공해 준다는 사실만이 중요했다.

하지만 스스로의 변모가 욕망마저 초월하여 공포와 허무에 사로잡혔을 때… 비로소 자신을 돌아보게 된 그는 티아나와 블레이즈 원의 의도를 통찰하게 되었다.

문득 란티스가 홀의 천장을 올려다보며 물었다.

"그나저나 이 왕궁도, 이 도시도 충분히 요새화된 것 같은데 당신들은 언제까지 이런 작업을 계속할 셈이지?"

왕궁과 왕도를 둘러싼 마법의 힘은 나날이 강해져 가고 있었다. 티아나의 부하들이 도시 곳곳을 돌아다니면서 작업을 하면 할수록 왕도는 인간의 힘으로 범접하는 게 가능하긴 한 건지 의심스러운 곳이 되어갔다.

티아나가 대답했다.

"충분하다고 생각할 때까지요."

"아직도 충분하지 않은 건가? 이렇게나 강력한 힘이 수호하고 있는데도?"

"글쎄요."

티아나는 쓴웃음을 지었다.

그녀가 생각해도 현재 왕도의 마법적 방비는 선례를 찾을 수 없을 정도로 강력하다.

그것은 지아볼이 제공한 지식으로 인해 티아나와 엘토바스의 마법이 극적으로 발전했고, 또 후방 지원에 전념하는 비요텐이 개발해서 넘겨준 도구들이 있기 때문이다. 왕도에는 거대한 마력 서버가 몇 개나 설치되어 마력을 순환시켰고, 곳곳에 외적의 침입을 막는 악랄한 마법들이 수백 개나 설정되어 있었다. 또한 흑마법으로 제조한 키메라를 비롯해서 유사시에 동원할 수 있는 괴물 병력도 엄청났다.

침입자를 포착하기 위한 준비도 완벽하다. 샤디카의 헌드레드 아이즈를 개량한 '나인티 나인즈 비홀더'가 왕도의 상공에 떠서 안팎을 감시하고 있었다. 그 어떤 존재라도 들키지 않고 왕도에 침입하는 것은 불가능하리라.

란티스가 말했다.

"맞이해야 할 적이 그만큼이나 강력하다는 거로군. 이만큼이나 준비를 하고, 당신과 내가 이토록 강해졌는데도… 그건 루그인가?"

"맞아요."

티아나는 순순히 대답했다. 란티스가 말했다.

"그놈은 나보다 더한 괴물이 된 모양이군. 당신이 그렇게 두려워하는 걸 보면. 지금의 내가 그를 죽일 수 없다고 생각하나?"

"……."

티아나는 선뜻 대답하지 못했다.

란티스가 쓴웃음을 지었다.

"…그렇군."

지금까지 그는 루그에게 복수하겠다는 일념으로 힘을 갈고닦아 왔다. 그리고 어느 순간부터 더 이상 인간이라고 할 수도 없는 괴물이 되고 말았다.

이제는 루그에 대한 집착조차도 흐릿해졌다. 괴물의 힘으로 덤볐다가 패배한 후, 스스로를 갈고닦아 높은 경지로 가고

자 했을 때는 아직 그에 대한 감정이 살아 있었다. 하지만 그 모든 게 스스로의 변모를 따라가기 위한 필사적인 몸부림이 되어버렸을 때부터, 과거에 가졌던 모든 욕망과 집착이 공포와 허무에 집어삼켜졌다.

'그래도 나는…….'

다시 한 번 루그를 만나서 검을 겨누고 싶다. 란티스는 아직도 그런 생각을 하는 스스로가 신기했다.

잠시 감상에 젖었던 그가 티아나를 보며 물었다.

"이제는 대답해 줘도 되지 않나? 티아나, 당신들이 바라는 건 뭐지? 왜 이 나라를 파멸시키려고 하지?"

"그건……."

"혹시 이 나라뿐만이 아니라, 세상 전체를 파멸시키는 게 당신들의 목적인가?"

그 말에 처음으로 티아나가 동요했다. 설마 란티스가 여기까지 핵심을 찌르고 들어올 줄이야? 지금까지 전혀 무관심한 태도를 고수했기에 놀랄 수밖에 없었다.

란티스가 한숨을 쉬었다.

"설마 했는데 정말 그랬군."

그의 시선이 홀 한구석으로 향했다. 그곳에는 인간 귀족으로 위장하고 있는 엘토바스가 있었다.

잠시 후 티아나가 물었다.

"…왜 그렇게 생각한 거죠?"

"당신들이 하는 일의 스케일을 보니 그런 생각이 들었지. 하지만 왜 세상을 파멸시키려고 하지? 옛날이야기 속의 마왕처럼 밑도 끝도 없이 그냥 어둠이니까 세상을 파멸시켜야겠다, 이런 것도 아닐 텐데?"

"여러 가지 사정이 있죠."

티아나가 쓴웃음을 지었다.

용족 외의 모든 지성체를 말살시킨다.

그런 목표를 실행하고 있는 불카누스는 란티스가 언급한 옛날이야기 속의 마왕과 다를 바 없다. 그가 어떤 이유를 가졌는지 어차피 인간은 이해도 납득도 불가능할 테니까.

그녀가 란티스를 보며 말했다.

"나를 원망하겠군요."

블레이즈 원의 진실을 통찰했으니 당연히 티아나가 무엇을 해왔는지도 알아차렸을 것이다. 굳이 지금 이야기를 꺼낸 것은 그동안 숨겨왔던 감정을 드러내기 위해서가 아닐까?

증오로 타오르는 눈을 예상하며 란티스를 본 티아나는 놀랄 수밖에 없었다.

"원망해? 왜 그렇게 생각하지?"

그렇게 묻는 란티스는 티아나가 한 번도 본 적이 없는 표정

을 짓고 있었다. 그는 쓰디쓴 슬픔에 젖은 눈으로 티아나를
바라보았다.

예상을 벗어난 반응에 티아나가 주춤했다.

"이제는 알았잖아요? 당신의 가문이 왜 그렇게 된 건
지……."

첫 만남 이후, 티아나는 란티스가 후계자가 될 수 있도록
그를 도왔다.

그러나 그것은 표면상의 이야기였을 뿐이다. 그녀는 란티
스를 밀어주어서 형인 길로트와의 분쟁을 부채질하면서, 아
네르 왕국의 파멸을 획책하고 있었다. 그 결과가 지금의 내전
아닌가?

란티스가 고개를 저었다.

"아니, 원망하지 않아. 티아나, 난 당신을 한 번도 원망해
본 적이 없어."

"……."

"이해 못하겠나? 어쩌면 그게 당연한 지도 모르지. 하지만
조금… 슬프군. 인간의 마음을 손바닥 들여다보듯이 하는 당
신이 내 마음은 모른다는 게."

란티스는 서글픈 미소를 지었다.

티아나가 이해할 수 없다는 눈으로 자신을 바라보는 게 가
슴 아프다. 그녀는 처음에는 그 누구보다도 그의 욕망을 잘

이해하고 다가왔다. 하지만 이제 그녀는 그를 모른다.

란티스는 그 사실을 통감하며 입을 열었다.

"사실 내가 정말 궁금한 건 따로 있어."

"…뭐죠?"

"왜 티아나 당신이 그런 일에 협력하고 있느냐는 거지."

란티스가 보기에 티아나는 블레이즈 원의 목적에 찬동할 이유가 없었다. 그녀는 인간에게 비틀린 애정을 품고 있다. 인간의 추악한 일면을 기꺼워하고 그들의 광기가 낳는 예술을 사랑한다.

그런데 어째서 인간의 파멸을 획책한단 말인가? 한 인간의 파멸이라면 모를까, 국가나 혹은 그보다 더 큰 인류의 파멸은 그녀와 어울리는 일이 아니다.

"그건……."

잠시 침묵하던 티아나는 결국 입을 열었다. 그러나 그때였다.

쿠르릉!

굉음이 울리면서 왕성이 뒤흔들렸다.

2

루그 일행만으로 왕궁을 강습하여 블레이즈 원의 간부들

을 제거한다.

아타렐 후작파의 움직임과는 완전 별개로 시도하는 이 대담한 암살 작전은 이미 오래 전부터 수립되어 있었다. 다만 별의 눈이 완성되고, 티아나와 엘토바스가 한 자리에 모이는 순간을 기다렸을 뿐이다.

현재 대륙의 하늘에는 별의 눈 두 개가 떠 있었다. 목표로 하는 열두 개가 완성되려면 아직 멀었지만, 이 둘만으로도 아라로스에서 일어나는 모든 일을 손바닥 보듯이 파악하는 게 가능했다.

원하던 조건이 모두 갖춰진 지금, 루그, 메이즈, 다르칸, 에리체, 바리엔, 요르드, 하라자드 일곱 명으로 구성된 일행이 왕도 아라로스 상공 2만 2천 미터 지점에서부터 지상으로 낙하해 가고 있었다.

요르드가 아득히 멀리 보이는 지상을 굽어보며 몸을 떨었다.

"이거 진짜… 믿어지질 않는데."

루그는 공간 이동의 광륜을 이용, 일행을 손쉽게 2만 2천 미터의 고도까지 올려 보낸 다음 아음속으로 날아서 여기까지 왔다. 아무리 왕도 아라로스의 방비가 철저하다고 해도 이러한 움직임을 잡아내는 건 불가능하다.

요르드도 몇 번 정도 루그와 함께 작전을 수행한 적이 있었다. 하지만 이런 높이까지 날아오른 적은 처음이다. 그 거대한 도시가 콩알만 하게 보이는 곳에서 낙하하다니, 믿어지지 않는다.

루그가 씩 웃으며 그의 어깨를 쳤다.

"정신 차려. 그럼 간다!"

이 정도 높이에서는 자유낙하로 지상에 도달하려면 너무 오랜 시간이 걸린다. 그렇기에 루그는 공간 이동의 광륜을 열었다. 일행이 차례차례 광륜을 통해서 10킬로미터 아래쪽으로 공간 이동한다. 루그는 다시 광륜을 이용해 5킬로미터 더 아래로 내려간 다음 자유낙하를 시작하며 말했다.

"다르칸!"

"알겠소. 에리체 양, 바리엔 양, 일단 떨어져 주시오."

다르칸이 자신의 양팔에 매달려 있던 에리체와 바리엔에게 말했다. 두 사람이 팔을 놓고 자유낙하를 시작하자 다르칸이 곧바로 실드 콜로니를 전개했다.

기기기기깅!

허공에 아공간이 열리면서 무수한 마법의 방패들이 출연한다.

동시에 헌드레드 아이즈가 기동하면서, 별의 눈과 실시간 통신망으로 연동된다. 전설의 드워프 장인 브린이 구축한 데이터 관리 시스템을 통해서 원하는 정보만을 검색해서 공유한다.

일행 중 마법사들의 시야에 왕도에 구축된 마법에 대한 정보가 어지럽게 떠올랐다. 그것을 보면서 루그가 말했다.

"다르칸, 하라자드 공, 공격 타이밍은 맡기겠습니다."

"맡겨두게나! 남의 왕도를 폭격한다니, 정말 미친 짓이지만 상상만 해도 신나는군!"

하라자드가 엄지손가락을 들어 보이며 대답했다. 루그가 쓴웃음을 지으며 메이즈를 보았다.

"메이즈, 우린 속도를 높여서 왕궁으로 간다!"

"응!"

"요르드는 날 잡아! 에리체는 메이즈를 붙잡고 따라오세요!"

"네!"

에리체가 고개를 끄덕이고는 허공을 박차고 메이즈의 팔에 달라붙었다.

루그는 요르드를 붙잡고 그대로 비행 마법을 이용해서 가속했다. 낙하 속도가 세 배 이상 빨라지면서 아찔한 감각이 요르드를 덮쳐왔다.

"으으으으윽!"

"조금만 참아! 곧 지상이야!"

루그는 요르드를 독려하며 더욱 가속을 붙였다.

그리고 다르칸과 하라자드가 공격을 개시했다.

파파파파파파!

섬광이 비처럼 쏟아져 내리면서 루그 일행을 앞질러간다. 그것들은 왕도의 상공에 떠 있던 나인티 나인즈 비홀더를 최우선적으로 노리고 있었다.

나인티 나인즈 비홀더의 탐지 능력은 탁월하지만 별의 눈과는 비교도 되지 않는다. 은닉된 나인티 나인즈 비홀더를 포착한 다르칸과 하라자드가 2킬로미터 상공에서 소나기 같은 공격을 퍼부었다. 블레이즈 원이 막대한 노력을 퍼부어서 완성시킨 탐지망이 어이없게 박살 났다.

그 직후 하라자드가 외쳤다.

"바리엔!"

"네!"

동시에 바리엔이 다르칸과 하라자드를 붙잡고 공간 이동했다. 두 번 공간 이동하는 것만으로도 고도 500미터에 도달, 원하는 지점을 굽어보면서 새로운 공격을 날린다.

콰과과과광!

블레이즈 원이 왕도에 비장해 두었던 마법진과 마법적인 시설들이 박살 나기 시작했다. 다르칸, 하라자드, 바리엔 세 명의 역할은 바로 블레이즈 원이 왕도에 깔아둔 마법적 기능의 마비였다.

별의 눈으로 도시 전체의 정보를 꿰뚫어보고, 바리엔의 공간 이동으로 원하는 지점에 갈 수 있으니 적 입장에서는 속수무책이다. 왕도의 인간들은 무슨 일이 일어났는지도 파악하지 못하는 가운데 도시 곳곳에서 불길이 피어올랐다.

그 사이 루그 일행이 왕궁의 지붕을 뚫고 침입했다. 메이즈와 에리체는 낙하 속도를 늦추면서 옆으로 이탈하고, 루그와 요르드는 그대로 돌격한다.

콰광! 콰콰광!

폭음이 연달아 울리며 지붕이, 그리고 각 층의 바닥이 뚫린다. 그리고 화려한 홀 안에 있던 이들이 미처 상황을 파악하기도 전에 그곳에 루그와 요르드가 낙하했다.

"……."

잠시 정적이 흘러갔다. 굉음이 울리며 지축이 뒤흔들리나 싶더니 천장을 꿰뚫고 수수께끼의 인물 둘이 내려섰다. 이해할 수 없는 사태 속에 내던져진 인간들이 모두 굳었다.

"그럼 시작해 볼까?"

루그는 곧바로 양손을 들어 허공에 섬광의 마탄을 난사하기 시작했다.

콰콰콰콰콰콰!

실제 위력은 별 볼일 없는, 소리만 요란한 마탄이었다. 하지만 그것으로 충분했다.

"꺄아아아아악!"

"도망쳐!"

얼어붙어 있던 군중들이 비명을 지르며 달아나기 시작했다. 동시에 루그가 홀 한구석을 향해 주먹을 뻗었다.

쾅!

"크악!"

공격을 격하는 비기, 격공이 전개되면서 한 귀족 청년이 비명을 지르며 날아가서 벽에 처박혔다. 루그가 차갑게 웃었다.

"어딜 인간들 사이에 묻혀서 도망가시려고? 엘토바스 바이에, 넌 절대 도망 못 가."

"으윽, 당신은… 루그로군요."

엘토바스가 여전히 인간의 환영을 두른 채로 루그를 노려보았다. 루그가 대답했다.

"그래. 슬슬 본모습 드러내시지? 언제까지 가증스럽게 인간인 척 하려고 그러지?"

"이런 짓을 벌이다니, 대담하다고 해야 할지 무모하다고 해야 할지. 인간들이 잔뜩 모여 있는 곳을 공격하다니 뒷감당이 두렵지 않습니까?"

"너희들만 죽이면 돼."

쿠과아아앙!

동시에 2층 난간 쪽에서도 폭발이 일어났다. 란티스와 티아나가 있던 곳 주변이 붕괴하면서 오로지 1층으로 뛰어내리는 것 외의 도주로를 막아버린다.

수많은 인간들이 모여 있던 홀이 순식간에 썰렁해졌다. 귀족들, 하인들이 모두 빠져나가고 오로지 란티스, 티아나, 엘토바스와 루그, 요르드만이 남았다.

티아나가 이상함을 느끼고 중얼거렸다.

"어째서 근위대가 빠져나간 거죠? 크로넬 경은?"

란티스는 국왕이다. 당연히 항시 근위병들이 그를 호위하고 있다.

이런 혼란이 벌어졌어도 그들만은 자리를 지켰어야 정상이다. 그런데 그들까지 싹 빠져나가 버렸다?

루그가 말했다.

"평범한 인간들로만 구성해 둔 근위대에 너무 많은 걸 기대하시는군?"

이미 강습 작전을 시작하기 전부터 루그 일행은 모든 정보를 손에 넣고 벌어질 상황을 예측했다. 란티스가 국왕인 이상 그를 지키기 위한 일행이 남을 것은 당연한 일이다. 되도록 인간들을 휘말려 들지 않게 하기 위해 그 점도 대책을 마련해 놓았다.

진입과 동시에 혼란을 일으키고, 그 혼란 속에 섞여서 환각

마법을 건다. 그리고 기격을 병행하여 이 자리에 있던 모든 인간들에게 '국왕 란티스가 이 자리를 빠져 나갔다'고 믿게 만들었다. 근위대는 전혀 상관없는 인물이 란티스라고 믿고 그를 호위해서 홀을 빠져나가고 말았다.

물론 상식적으로 생각하면 루그 일행을 잡기 위한 병력이 남았어야 옳다. 하지만 이 혼란통에 현혹의 마법으로 병사들의 사고를 살짝 비틀어놓는 것은 루그 일행에게는 어렵지 않은 일이었다.

마법에 걸린 병사들은 일부는 이곳에 남아서 지원을 기다리며 루그 일행을 막아야 한다는 '상식'을 잠시 동안 망각한 채 빠져나갔다.

루그가 말했다.

"나도 이렇게 잘 먹힐 줄 몰랐어. 이성적인 놈 서너 명 정도는 남을 줄 알았는데 설마 다 속아 넘어가다니, 근위대 질이 너무 떨어지는 거 아냐?"

"음⋯⋯."

란티스가 신음했다.

근위대장은 예전부터 충성스러웠던 기사 크로넬이 맡고 있었다. 그런데 그도 란티스가 여기 남았다는 사실을 못 알아차리고 속아 넘어가다니. 이럴 줄 알았다면 그에게도 진실을 말해주고 마법 장비라도 쥐어줄 것을.

쿠광! 쿠과아아앙!

직후 입구에서 연속적으로 폭발이 일어나면서 문과 복도 일부가 붕괴되었다.

"이 정도면 시간벌이는 충분하겠지. 다른 인간들이 오기 전에 끝내자. 너희들은 다 오늘 죽는다."

"우릴 너무 얕보는군요. 예전과 똑같다고 생각하지 마세요. 오히려 당신들의 무덤이 될 자리로 기어 들어왔다는 걸 알려 드리지요."

티아나가 검은 부채를 펴면서 대꾸했다. 동시에 왕궁을 감싸고 강대한 마력이 흘러나와 티아나와 엘토바스에게 공급되었다. 그리고 그 앞에서 란티스가 아공간을 열고 마법의 검과 갑옷을 장착했다.

그것을 본 루그가 코웃음을 쳤다.

"고작 왕궁 지하에 매설된 초대형 마력 서버 하나 믿고 그렇게 자신만만한 건가?"

"그걸 알고도……."

거기까지 말하던 티아나의 표정이 굳었다. 뒤늦게 왕궁 밖에서 일어나고 있는 일들에 대한 보고가 날아들었기 때문이다.

다르칸과 하라자드가 공격을 개시하고 나서 루그가 여기에 도달하기까지의 시간은 극히 짧았다. 블레이즈 원 입장에서는 당했다는 사실조차도 알아차리는 게 너무 늦고 있었다.

루그가 이죽거렸다.

"너희들이 믿고 있는 기능들이 전부 마비되는 데 얼마나 걸릴까? 벌써 한 4분의 1쯤은 날아간 것 같군?"

"큭, 도대체 무슨 수로 이런 기습을 해낸 건지 모르겠지만 이제부턴 쉽지 않을 거예요."

티아나가 입술을 깨물었다.

다른 건 몰라도 나인티 나인즈 비홀더에 의한 탐지망은 완벽하다고 믿고 있었다. 어떤 적이 침입해 들어오려고 해도 사전에 알아차리고 대응이 가능할 것이라고……

그런데 그 탐지망이 이렇게 어이없이 붕괴할 줄이야! 단순히 몰래 침입해 들어오는 정도가 아니라 한순간에 탐지망 그 자체를 박살 낼 줄은 상상도 못했다!

루그 일행은 그야말로 기습의 묘리를 제대로 살려서 블레이즈 원이 구축해 놓은 홈 그라운드의 이점을 박살 냈다. 이제는 도시 곳곳에 비축해 둔 마법의 괴물들이 대응에 들어가겠지만, 이미 피해가 막심하다.

쿠아아앙!

직후 왕궁 한구석에서 폭음이 울려 퍼졌다. 티아나의 표정이 창백해졌다.

'이런! 또 별동대를 운용하고 있었어?'

메이즈와 에리체가 왕궁을 휘저으면서 설치된 마법들을 파괴하고 있었다. 즉시 발동해서 적을 억압할 수 있는 마법들이 기하급수적으로 줄어들어 간다.

티아나가 믿을 수 없다는 듯 물었다.

"어, 어떻게 우리가 설치한 마법을 전부 파악하고 있는 거죠? 말도 안 돼!"

루그 일행은 막강한 힘을 지녔으니 탐색을 통해 블레이즈 원이 설치한 마법을 발견하고, 파괴하는 것까지는 가능하다. 하지만 지금 왕궁과 왕도에 설치된 마법진이나 마법적 설비들이 파괴되어 가는 속도는 그야말로 질풍 같았다. 사전에 모든 정보를 손에 넣고 있지 않고서야 불가능한 파괴다!

루그가 씩 웃었다.

"그걸 알려줄 이유는 없겠지? 아무리 생각해도 대화가 너무 길었어. 이제 죽어라!"

동시에 루그가 티아나를 향해 격공을 날렸다. 그러나 그 앞을 란티스가 가로막았다.

콰앙!

폭음이 울리며 란티스가 뒤로 주르륵 밀려났다. 하지만 놀라운 것은 공격을 막아냈다는 사실이 아니라, 그가 격공의 공격지점을 사전에 읽어냈다는 것이다.

'이놈이 어떻게 격공의 궤도를 읽었지?'

격공은 기격의 경지에 오른 자들조차 그 움직임을 읽을 수 없는, 6단계 이상의 강체술사들에게만 사용과 인지가 허용된 심오한 세계다. 그런데 기격의 경지에조차 오르지 못한 란티스가 그것을 간파하다니?

볼카르가 이유를 말해주었다.

〈이놈들, 전부 헌드레드 아이즈를 개량한 장비를 쓰는군. 기격의 궤도도 다 읽힌다고 생각해라.〉

"이런 젠장. 그걸 벌써 양산해서 공급했단 말이야?"

티아나와 엘토바스는 물론, 란티스조차도 불카누스가 썼던 '나인즈 비홀더'를 갖고 있었다. 지아볼이 기술 개념을 전수하여 마법의 수준을 끌어올리고, 비요텐과 그녀가 거느린 용족 부하들이 마법 도구 제작에 전념하니 블레이즈 원의 전력이 상승하는 속도도 엄청나게 빨라졌다.

란티스가 식은땀을 흘렸다.

"…빠르군."

격공은 나인즈 비홀더로 에너지의 흐름을 파악하고도 대응하기 어려울 정도로 빨랐다. 란티스가 인간을 초월한 속도의 소유자가 아니었다면 속수무책이었을 것이다.

란티스가 검을 겨누며 말했다.

"인간들을 전부 치워준 건 오히려 감사하고 싶다. 나한테도 방해꾼일 뿐이니."

"좋은 마음가짐이야."

루그가 말했다. 동시에 천장에서 폭음이 울려 퍼지며 메이즈와 에리체가 뛰어내렸다.

메이즈가 말했다.

"주인님! 지하에 매설된 마력 서버 말고는 거의 다 파괴했어!"

"잘했어."

루그가 말하자 그때까지 가만히 있던 엘토바스가 환영 마법을 치우고 본모습을 드러냈다. 그가 말했다.

"메이즈 오르시아, 당신도 왔군요."

"그래. 이번에는 도망칠 수 없어, 엘토바스."

"한 방 먹은 건 인정하겠지만… 너무 자신만만한데요? 설마 여기저기 설치해 둔 마법이 우리가 준비한 전부였다고 생각하는 겁니까?"

왕궁에 설치한 마법으로 적을 억압하고, 자신들의 힘을 증폭시킨다. 이 구도는 깨졌다. 하지만 초대형 마력 서버가 마력을 공급해 주고 있고 자신들과 함께 싸워줄 존재도 있었다.

"메이즈 오르시아! 내 앞에 나타나다니 정말 뻔뻔스럽군요!"

티아나가 그녀를 보자마자 분노했다. 그에 호응하듯 마력이 폭발적으로 확장되었다.

3

기기기기깅!

홀 곳곳에서 아공간이 열리며 그곳에서 생명 없는 존재 수십이 모습을 드러내었다.

시체와 금속으로 만든 몸에 마법 동력 기관을 탑재해서 만들어낸 괴물, 네크로 골렘이다. 속속 모습을 드러내는 네크로 골렘들은 3미터의 거구에 전신을 강철의 장갑으로 뒤덮고 있었다. 강력한 마법의 힘을 비장하고, 마법에 대한 대응력도 충실하게 갖춘 것이 느껴진다.

루그가 중얼거렸다.

"살아 있는 놈들이 아니라면 아공간에 보관할 수도 있다 이건가?"

〈티아나 아카라즈난은 이전보다 수준이 월등히 올랐군. 참고로 현자의 독은 안 통한다.〉

"그때 이후로 기간이 얼만데 대책을 안 세웠으면 바보지. 그건 기대도 안 했어."

예전에 싸웠을 때, 티아나는 루그가 쓰는 '현자의 독' 앞에서 속수무책으로 마법을 해체당했다. 하지만 지금의 그녀는 모든 마법을 바닥부터 새로운 구성으로 다시 만들었고, 지아볼의 지식을 전수받아 마법 수준 자체가 큰 폭을 향상되었다. 이제 현자의 독은 더 이상 통용되지 않는다.

〈그뿐만이 아니라 그녀 자신의 마력도 큰 폭으로 향상되었다. 마력 서버를 이용해서 마력을 증가하는 거야 이해하겠지만 드래코니안이 본신의 마력을 세 배 가까이 늘리다니 기이하군. 흑마법의 산물인가?〉

볼카르는 티아나에게 흥미를 보이고 있었다.

상위 용족들은 일단 성체가 되고 나면 지닌 바 능력 면에서는 거의 성장이 없고 오로지 그걸 다루는 기술을 연마할 뿐이다. 메이즈와 다르칸도 연금술로 만들어낸 마법의 비약까지 마시면서 체질 개선을 해왔지만 이전에 비해 5할 정도의 마력이 늘어난 게 고작이다. 나머지는 아공간에 둔 레비아탄 코어와 마력 서버를 이용해서 증폭시킨다.

그런데 티아나는 그녀 자신의 마력이 세 배 가까이 늘었다. 그것은 비요텐에게 받은 '어둠의 물'의 효과였지만 아무리 볼카르라도 거기까지는 알 수 없었다.

"자, 그럼……."

루그가 말을 마치기도 전에 땅을 박찼다. 한순간 루그의 말에 주의를 빼앗겼던 티아나가 허를 찔린다.

그러나 그 허점을 란티스가 메꾼다. 루그조차도 능가하는 속도로 그 앞을 가로막으며 검격을 날린다.

"홍!"

루그는 그것을 가뿐하게 피하면서 반격했다.

쉬쉬쉬쉬쉬쉭!

눈 한 번 깜짝할 순간에 수십 번의 공방이 오갔다. 둘이 서로 옆으로 한 발짝씩 튕겨나가는 순간, 굉음이 울리며 광풍이 휘몰아친다.

그것은 지극히 짧은 틈이었지만, 티아나에게는 충분했다. 새카만 저주의 마탄이 루그를 향해 전방위에서 쏟아져 내렸다.

압도적인 마법 구현 속도다. 그러나…….

'불카누스하고 비교하면 하품이 날 지경이다!'

지금의 루그는 마법사로서도 이전과는 차원이 다르다. 엘레멘탈 서버를 네 개나 구축한 지금, 자주 사용하여 최적화시킨 마법들의 구현속도는 섬전 같다!

퍼버버버벙!

루그의 방어 마법과 충돌한 저주의 마탄이 사방팔방으로 폭발하며 흩어진다. 그리고 루그가 흩어지는 어둠을 뚫고 돌진한다.

란티스가 그 옆에서 뛰어든다. 그러나 그 순간 그의 눈앞에서 루그가 사라졌다.

'아니!?'

한 박자 늦게, 란티스는 자신에게 일어난 일을 깨달았다. 루그가 사라진 것뿐만이 아니다. 분명히 벽을 등진 채 달려들고 있었는데 어째서 벽을 대각선으로 마주하고 있단 말인가?

'이게 도대체 어떻게 된 거지?'

란티스가 뛰어드는 순간, 루그가 공간왜곡장을 펼쳐서 그의 진행 방향을 틀어버린 것이다. 그 과정은 그야말로 찰나라서 란티스가 이상을 느끼는 순간, 이미 공간이 왜곡되어 그를 휘감았다.

그렇게 란티스가 당황하는 찰나, 루그가 티아나의 코앞까지 접근해서 주먹을 날렸다.

'스톰 브링거!'

쾅!

"꺄악!"

티아나가 비명을 지르며 날아갔다. 방어막을 겹겹이 둘러쳤는데도 충격이 완전히 상쇄되지 않았다. 다중구조로 형성한 방어막이 패싱 임펄스로 꿰뚫리는 것만은 막았지만, 공간이 뒤흔들리며 그녀가 구현하던 마법이 깨져 버렸다.

그어어어어!

그녀를 추적하는 루그 앞을 네크로 골렘이 가로막았다. 막강한 마법 방어력을 가진 괴물이다. 그러나!

'보이드 라이징!'

루그의 손끝에서 공허의 칼날이 구현된다. 손날의 궤도를
따라서 구현된 공간 절단의 힘이 네크로 골렘을 베어버린다.
그 직후 루그가 주먹을 찔렀다.

'보이드 브링거!'

또 다른 강체술과 마법의 융합기. 공간 절단의 마법이 스톰
브링거와 융합, 주먹이 나아가는 궤도를 관통한다!

우우우우우우!

갈가리 찢겨진 공간이 울부짖는다. 그리고 정확히 동력원
이 있는 부위를 관통당한 네크로 골렘이 힘을 잃고 쓰러진다.
동시에 루그가 몸을 돌리면서 폭염을 일으켰다. 호박색 불꽃
이 마력에 기인하는 불꽃과 융합하며 청백색으로 물들었다.

"창염─백화요란(百花燎亂)!"

한순간에 조준을 완료한 루그가 응집된 창염의 마탄을 사
방으로 난사했다.

화아아아아악!

바위조차 증발시키는 열기가 퍼져 나갔다. 수만 도의 불꽃
이 응집된 창염의 마탄이 네크로 골렘들에게 작렬, 한순간에
수십 개체를 쓰러뜨렸다.

"제법 튼튼하군?"

루그가 픽 웃었다.

네크로 골렘은 뼈와 부패한 살점, 그리고 금속으로 이루어져 있다. 그런 소재라면 창염의 마탄을 버텨낼 수 없다. 그러나 거기에 깃든 흑마법의 힘과 마법 방어 처리는 탁월했다. 창염의 마탄을 난사했는데도 쓰러진 것은 20여 개체뿐, 나머지는 아직 움직이고 있었다.

한창 엘토바스 바이에를 몰아붙이고 있던 메이즈가 불평했다.

"주인님! 우리도 좀 생각하면서 공격해!"

백 발 가까이 난사한 창염의 마탄이 홀의 기온을 한순간에 인간이 즉사할 정도까지 끌어올렸다. 덕분에 맹공을 퍼붓던 메이즈와 에리체도 공격의 맥이 끊겼다.

"미안. 주의할게."

"괴물……."

티아나가 루그를 보며 몸을 떨었다.

루그가 쳐들어온 상황을 상정, 지금까지 열심히 준비해 온 것들이 한순간에 격파당했다. 아직 수십 기의 네크로 골렘이 남아 있지만 그리 도움이 될 것 같지 않다.

경악한 티아나를 향해 루그가 손을 뻗었다. '창염―백화요란'이 시전되면서 초당 수십 발이나 되는 창염의 마탄이 티아나를 덮쳤다.

"꺄아아아아아아!"

티아나가 비명을 질렀다.

그녀는 열기에 대응하기 위한 온갖 마법을 더한 결계를 13겹으로 둘러치고, 거기에 극도로 향상된 마력에 대형 마력 서버의 힘까지 끌어다 쓰고 있다. 그런데도 결계 안쪽까지 충격과 열파가 전달되고 있었다.

창염의 마탄이 한 곳으로 집중되자 그 지점의 온도가 수만 도까지 올라가면서 열풍이 휘몰아친다. 루그는 그것을 다시 마법으로 제어, 일정한 권역에 가두는 것으로 티아나를 압살시키려고 하고 있었다. 대리석으로 이루어진 왕궁 그 자체를 녹여 버릴 열기 앞에서는 대책이 없다!

쉬이이이!

그때 뒤쪽에서 광풍이 휘몰아치며 날카로운 기운이 날아들었다. 루그는 허공으로 뛰어올라 그것을 피하며 계속 창염의 마탄을 난사했다.

아아아아아아!

한기가 폭증하면서 눈과 얼음의 정령 프로스티아들이 모습을 드러내기 시작했다. 그 직후 홀 한구석에 거대한 얼음 기둥이 출현하더니 수억 조각으로 깨져 나가며 루그를 덮쳤다.

"눈보라의 진격!"

콰콰콰콰콰!

란티스의 외침과 함께 서리의 해일이 덮쳐왔다. 창염이 불러일으킨 열기가 서리와 접촉, 급속도로 승화하며 수증기를 발생시킨다.

그러나 그보다 서리의 해일이 덮쳐드는 기세가 더 강하다. 란티스는 연달아 얼음 기둥을 만들어내서 공격을 퍼부어대고 있었다.

"큭!"

결국 루그도 창염―백화요란을 거두고 정면으로 대응할 수밖에 없었다. 창염을 거두는 것과 동시에 스파이럴 스트림을 증폭, 그대로 몸을 돌리며 주먹을 내지른다.

"스톰 브레이커!"

광대한 범위를 휩쓰는 오더 시그마 궁극의 파괴 기술이 이빨을 드러냈다.

천둥 같은 소리가 울려 퍼지며 광포한 힘의 소용돌이가 뻗어나간다. 서리의 해일과 접촉하는 순간, 오히려 그 냉기를 잡아먹으면서 전진! 그 끝에 있는 란티스를 덮쳤다.

란티스는 오싹한 공포를 느꼈다. 이것은 인간의 공격이라기보다는 차라리 천재지변에 가깝다. 과연 자신이 이 앞에서 살아남을 수 있을까? 그런 의문을 품으면서도 그는 반사적으로 모든 힘을 쥐어 짜내고 있었다.

"울어라! 사이클론 소드!"

순간 란티스가 사이클론 소드의 힘을 극한까지 해방시켰다. 초대형 마력 서버와 연동된 란티스의 마력이 폭증, 사이클론 소드의 출력을 단 한 번도 도달한 적 없는 수준까지 증폭한다. 서리 광풍이 휘몰아치면서 스톰 브레이커와 격돌한다.

　콰콰콰콰콰콰!

　조금 전까지 홀 내부는 숨을 쉬는 순간 몸의 내부가 불타버릴 정도로 뜨거워져 있었다. 그러나 기온이 한순간에 극지방 수준까지 하락하면서 모든 것이 얼어붙었다.

　란티스는 미친 듯이 요동치는 냉기의 격랑을 타고 질주했다. 벽으로 몸을 날렸다가, 다시 벽을 박차고 루그를 우회한 그가 티아나의 앞을 가로막았다.

　"허억, 허억, 허억……!"

　이렇게 막대한 힘을 일거에 소모해 본 적은 처음이다. 란티스는 숨을 몰아쉬면서 현기증을 느꼈다.

　'마치 인간 같군! 아직 나도 인간이란 말인가? 이런 몸이 되었는데도?'

　이 얼마 만에 느껴보는 '한계'란 말인가? 지쳐서 헐떡이는 것도, 그저 서 있는 것만으로도 괴로운 감각도 오랜만이다. 지금은 이런 고통마저도 잃어버린 인간성을 되찾은 것 같아서 기쁘다.

"…티아나, 무사한가?"

"괘, 괜찮아요."

티아나가 떨리는 목소리로 대답했다. 방금 전에는 정말로 끝장나는 줄 알았다. 루그가 창염―백화요란을 거두는 것이 2초만 늦었어도 그녀는 폭염 속에서 불타 버렸을 것이다.

란티스가 루그를 노려보며 말했다.

"티아나, 달아나."

"…네?"

"당신은 저놈을 당할 수 없어. 당초 계획대로 몸을 빼. 여긴 내가 어떻게든 하겠다."

"무슨 소리를 하는 거예요? 확실히 당신은 내 예상보다 강해졌지만, 아무리 그래도……."

"당신답지 않군."

그 말에 티아나가 흠칫했다.

란티스가 그녀를 돌아보지 않은 채 말했다.

"나는 당신에게 홀린 어리석은 인간이었지. 이용해 먹기 좋은 도구잖아? 그러니까… 마지막까지 그렇게 취급해도 좋아."

"란티스, 당신……."

티아나가 동요했다.

란티스는 검을 쥐고 허공을 올려다보며 말했다.

"티아나, 당신은 내게 한 번도 원하는 걸 주지 못했어."

"……."

"당신은 인간을 정말 잘 아는 것 같으면서도 전혀 몰라. 나에 대해서도… 결국은 몰랐지."

"란티스……."

"처음에는 그저 강해지는 걸로 만족할 수 있을 줄 알았어. 하지만 그게 아니란 걸 알았지. 당신의 손을 잡는 순간, 나는 진짜 원하는 걸 얻을 수 있는 기회를 박탈당했어. 내가 인간으로서 누려야 할 것들, 추구해야 할 모든 것들이 쓰레기가 되고 말았지."

가문의 후계자 자리도, 심지어 지금 앉은 왕좌조차도 아무런 가치가 없다. 예전이었다면, 차라리 인간으로서 추악한 욕망에 몸을 맡겼다면 기뻐할 수 있었을 텐데…….

"그래도… 난 당신을 원망해 본 적이 없었어."

란티스는 한 번도 말한 적 없는 진심을 고백하며 마력을 전개했다.

그러자 갑옷 속의 육체가 변한다. 눈동자가 노란색으로 물들면서 동공이 세로로 찢어지고, 온몸에 비늘이 돋아나며 용족과 인간이 융합된 형상으로 화했다. 인간의 목소리 대신 짐승의 으르렁거림이 섞인 목소리가 흘러나왔다.

"빨리 가."

"란티스."

"난 죽지 않아. 약속대로 당신의 성지, 그곳을 보러 가겠다."

우우우우우우!

그때였다. 란티스의 마력을 한계까지 주입받은 사이클론 소드가 백록색의 빛을 흩뿌리기 시작했다.

4

사이클론 소드가 빛을 흩뿌리자 엘토바스와 대치하고 있던 메이즈가 움찔했다.

"공명? 무엇과 공명하는 거지?"

기기기기기깅!

그녀가 중얼거리는 것과 동시에 등 뒤에서 아공간이 열렸다. 주인이 원하지도 않았는데 아공간이 전개되다니?

그곳에서 무수한 얇은 파츠를 이어 붙여 만든 순백의 아름다운 갑옷이 모습을 드러냈다. 전설의 드워프 장인 워즈니악이 만들어낸 예술품, 질풍의 갑옷 사이클론 아머였다.

"사이클론 아머?"

메이즈가 놀라는 순간, 사이클론 아머가 수십 조각으로 분해되어 허공을 날았다. 그 끝에는 사이클론 소드를 든 란티스가 있었다.

"말도 안 돼! 검 쪽이 본체였어? 내 갑옷!"

메이즈가 아연해했다.

사이클론 소드와 사이클론 아머는 한 쌍으로 제조된 물건이다. 하지만 오래 전에 둘이 따로 떨어져서 검은 대륙 남부로 흘러들어 가 비요텐의 수집품이 되었고, 갑옷은 그 진정한 힘을 눈치채지 못한 인간들이 실전용이 아닌 예장용으로 취급하며 경매장에서 팔리던 것을 메이즈가 손에 넣었다.

그리고 지금, 수백 년 만에 검과 갑옷을 합친 '사이클론 암즈'가 완전해졌다.

키리리리리리!

란티스가 입고 있던 갑옷이 저절로 벗겨져 나갔다. 그가 입고 있던 것도 강력한 마법의 갑옷이었지만, 사이클론 아머는 격이 다르다! 워즈니악이 만든 것 중에서도 손꼽히는 걸작은 자신의 주인이 다른 갑옷을 입는 것에 분노했다. 허공을 날아온 수십 개의 파츠가 란티스의 몸을 뒤덮으면서 재결합, 순백의 갑옷이 완성되더니 곳곳에서 녹색의 섬광이 뿜어져 나왔다.

루그가 어이없어했다.

"…저게 뭐야? 메이즈? 왜 갑옷을 저놈한테 줬어?"

"몰라! 내가 준 거 아냐! 도둑맞은 거야! 내 갑옷!"

〈검과 갑옷이 한 세트인데, 검 쪽이 마법의 본체였군. 따로따로 놀 때는 그렇게까지 강력하지 않지만 둘이 하나가 되면 보이드 암즈와 동등한 수준이다. 물론 '예전의' 보이드 암즈와 비교할 때지만.〉

볼카르가 혀를 찼다.

메이즈의 보이드 암즈는 워즈니악에 의해 한 번 개량되면서 성능이 큰 폭으로 나아졌다. 사이클론 암즈가 뛰어나지만 지금의 보이드 암즈에 비할 바는 못 된다.

그러나… 란티스의 전력이 눈앞에서 큰 폭으로 상승했다는 것만은 분명했다.

"이런 바보 같은 일이… 어?"

멍청하니 중얼거리던 루그가 눈을 크게 떴다.

"티아나 어디 갔어?"

사이클론 암즈에 정신이 팔린 동안 티아나가 없어졌다?

자세히 보니 란티스의 뒤쪽 바닥에 구멍이 뚫려 있었다. 사이클론 암즈가 전개되면서 마력의 폭풍이 휘몰아칠 때, 모든 마력 파동이 서로 묻혀서 분간이 안 가는 찰나를 노려서 바닥을 뚫고 도망친 것이다.

"……"

루그가 어이없어서 헛웃음을 지었다.

"허, 허허허. 이 녀석 진짜… 전에도 도망가는 데는 선수더니 여전하군. 하지만 달아나게 둘 것 같으냐?"

"어떻게 된 건지는 모르겠지만, 티아나를 쫓아가게 두진 않겠다."

란티스도 반쯤 어안이 벙벙해져 있었지만, 곧 냉정을 되찾았다. 그의 마력이 사이클론 암즈에 주입되며 바람을 지배했다.

콰콰콰콰콰콰!

사이클론 소드만을 다룰 때와는 비교도 안 되는 출력으로 광풍이 휘몰아친다. 어찌나 강한지 자연스럽게 바람의 정령 실프들이 소환되어 깔깔거리며 웃어댄다.

거기에 란티스가 전개하는 냉기가 섞이자 눈과 얼음의 정령 프로스티아들이 실프들과 함께 춤춘다. 숨 쉬는 것조차 잊을 정도로 아름다운 풍경이었지만, 다가가는 순간 모든 것을 얼음 기둥으로 바꿔 버리는 죽음의 유혹이다.

그 옆에 엘토바스가 나타났다. 잠깐 일행의 주의가 흩어진 순간, 용마안으로 그들의 감각을 흐리면서 란티스의 곁으로 이동한 것이다. 그가 품에서 회중시계를 꺼내어 열면서 말했다.

"란티스 경. 빙설의 마병들을 소환할 테니 거기에 당신의 속성력과 프로스티아를 융합시키시지요."

"빙설의 마병?"

란티스는 처음 듣는 명칭에 의아해했다. 하지만 엘토바스는 그가 알아듣든 말든 회중시계를 열고 바늘을 옆으로 돌렸다. 찰칵거리는 소리가 나면서 그의 곁에 어둠의 혈족 두 마리가 소환되었다. 암석 같은 회색빛 각질의 피부를 가진, 인간에 가까운 실루엣에 여러 개의 뿔을 가진 거구의 괴물들이었다.

란티스는 그것이 무엇인지도 모르면서 엘토바스의 말에 따랐다. 그들에게 냉기를 불어넣고 프로스티아들을 통제해서 겹치게 하니 놀라운 일이 벌어졌다.

카르르릉! 카릉!

어둠의 혈족들이 프로스티아를 삼키더니 전신이 울퉁불퉁한 얼음으로 뒤덮였다. 그리고 무시무시한 냉기를 뿜어내기 시작했다.

엘토바스가 그것을 보며 차갑게 웃었다.

"좀 더 비축해 두었으면 좋았을 것을. 가둬놓을 놈들의 속성에는 너무 신경을 안 썼군요. 그럼 전 이만 실례하도록 하지요."

"엘토바스! 도망치게 놔둘 것 같으냐?"

"그럴 리가. 하지만 빙설의 마병들은 당신이라고 해도 잠깐은 발목을 잡아줄 겁니다. 그리고……."

아직 남아 있던, 하지만 란티스가 발생시킨 한기에 파묻혀서 기능을 정지했던 네크로 골렘들이 열기를 발하기 시작했다. 루그가 섬뜩함을 느끼며 외쳤다.

"모두 방어해! 저것들이 자폭한다!"

콰과과과광! 콰과과과광!

그 직후 네크로 골렘들이 일제히 폭발했다. 그 충격을 이기지 못한 홀이 무너져 내리고, 거기에 얽혀 있던 다른 층들까지 붕괴하면서 왕궁 일부가 완전히 주저앉았다.

5

왕도 아라로스는 충격과 공포에 휩싸여 있었다.

도시 곳곳에서 폭발이 일어나고 불꽃이 치솟는데 사람들은 뭐가 어떻게 된 건지 전혀 알 수가 없었다. 시민들은 그저 집안에 틀어박혀서 덜덜 떨 뿐이었고 왕도에 주둔하고 있던 병력들이 사태를 파악하기 위해 뛰어다녔다. 하지만 그들도 영문을 모르고 두려워하기는 마찬가지였다.

그러는 동안 믿을 수 없는 일이 벌어졌다. 왕궁의 일각이 굉음과 함께 무너져 내린 것이다. 왕궁이 완공된 후 2백 년이 지나는 동안 한 번도 일어난 적이 없는 참사였다!

그런데 왕궁 내부에서 정작 그 참사에 휩쓸린 이들은 멀쩡

했다.

루그가 으르렁거렸다.

"이 자식들, 아주 막가자는 거지?"

루그 일행은 자폭을 방어하고는 마법으로 잔해를 뚫고 빠져나왔고, 란티스 역시 사이클론 암즈의 힘을 이용해서 빙설의 마병들과 함께 폭발을 뚫고 탈출하는 데 성공했다.

루그가 말했다.

"곧바로 추적한다!"

"응!"

일행들이 고개를 끄덕였다.

하지만 란티스가 그 앞을 가로막았다.

"어딜!"

광포한 바람이 울부짖는다. 뭉게뭉게 피어오르던 흙먼지가 거기에 말려들어 가면서 소용돌이쳤다. 다르칸이 속성력으로 일으키는 것은 비교도 안 되는 거대한 용권풍이었다.

거기에 빙설의 속성력이 더해진다. 왕도에 찾아온 봄의 기운을 짓밟듯이 냉기가 휘몰아치며 주변이 새하얗게 얼어붙었다.

그 속에서 빙설의 마병들이 강화되었다. 그것을 본 루그가 혀를 찼다.

"귀찮군. 어쩐다."

"루그."

그때 잠자코 있던 요르드가 나섰다. 루그가 돌아보자 그가 결연한 눈빛으로 말했다.

"란티스 경은 내게 맡겨줘."

"할 수 있겠어?"

루그가 물었다.

괴물이 된 란티스의 힘은 루그의 예상을 초월하고 있었다. 마지막으로 수집한 전투 영상에서 보여줬던 것과는 비교를 불허하는 성장이다.

'성장?'

아니, 저걸 성장이라고 할 수 있을지 모르겠다. 그때의 란티스는 아직 '괴물이 되다 만' 존재였고 지금은 '완전한 괴물'이 되었다고 하는 게 옳을 것이다.

요르드가 고개를 끄덕였다.

"해내겠어."

란티스의 압도적인 힘을 보고도 요르드는 의지가 꺾이지 않았다.

두렵지 않느냐고 묻는다면, 두렵다. 지금까지의 그 어떤 싸움보다도 무서워서 몸이 떨리고 있다.

하지만… 란티스는 반드시 그가 결착을 지어야 할 존재였다. 그것을 위해서 지금까지 스스로를 몰아붙이지 않았던가?

루그가 씩 웃었다.

"맡길게. 하지만 하나만 약속해 줘."

자신을 바라보는 요르드의 눈을 마주하니 도저히 안 된다고 할 수가 없었다.

객관적으로 볼 때, 란티스와 요르드를 일대일로 붙이는 건 위험하다. 요르드의 장비가 드워프 장인들의 손으로 개량되어 사이클론 소드와 동등하다고 치고, 요르드는 기격을 능수능란하게 다루는 경지에 이르렀지만… 란티스는 강체술사의 규격을 초월한 괴물이다.

그래도 루그는 요르드의 의지를 존중하기로 했다. 그리고 무엇보다 그의 힘을 믿었다. 아무리 절망적인 열세라도 요르드는 극복하고 승리할 것이다.

"반드시 이겨라. 그리고 살아. 패배는 용서해도 죽는 건 용서하지 않겠어."

"응. 약속하지."

요르드가 고개를 끄덕였다.

루그는 에리체를 돌아보았다.

"에리체."

"네."

"요르드를 도와주세요. 요르드가 란티스와의 대결에 집중할 수 있도록 저놈들을 맡아주시길."

"문제없어요! 금방 해치우고 뒤따라갈게요."

에리체가 주먹을 불끈 쥐어 보였다. 루그도 마주 웃어 보이고는 말했다.

"그럼… 마법사들끼리의 대결도 아니니 거추장스러운 것은 치워주고 가지."

콰콰콰콰콰!

대지가 진동하며 흙과 암석이 춤추기 시작했다. 루그가 대지의 속성력을 사용한 것이다. 그리고 흔들리는 대지 위에서 루그가 무겁게 발을 굴렀다.

쿵! 쿵! 쿠웅!

그것을 본 란티스는 긴장했지만 정작 땅이 출렁거리는 거 말고는 아무 일도 없었다. 하지만 곧 그에게 흘러들어 오던 마력이 사라져 가기 시작했다.

"무슨 짓을 한 거지?"

"네놈들이 구축해 둔 걸 부쉈을 뿐이야."

왕궁 지하에 매설되어 있던 초대형 마력 서버가 부서졌다.

초대형 마력 서버는 지하 150미터 지점에 매설되어 있었다. 볼카르가 그 위치를 파악하자 루그는 땅의 속성력으로 지층을 뒤흔들어 놓고는, 마법으로 땅속을 유영하며 목표로 향하는 진동파를 연속적으로 발해서 그것을 부순 것이다.

본래대로라면 이런 식으로 부술 수는 없었다. 왕궁에 설치된 무수한 마법들이 그 주변을 지켰을 테니까. 하지만 별의 눈을 통해 모든 것을 간파한 일행은 돌입과 동시에 그 마법들을 죄다 치워 버렸고, 초대형 마력 서버는 거의 무방비로 노출되어 있었다.

방대한 마력을 제공해 주던 초대형 마력 서버가 파괴된 이상, 란티스의 힘은 눈에 띄게 약화되었다. 그러나 그의 육체적인 힘은 어디 가는 것이 아니고 여전히 그가 다루는 바람과 빙설의 힘은 국지적인 재난에 가깝다. 요르드에게는 힘겨운 싸움이 되리라.

'이겨라.'

요르드와 시선을 교환한 루그는 볼일이 끝났다는 듯 메이즈의 손을 잡았다.

"가자, 메이즈."

"응."

"못 간다!"

방어막을 치고 냉기를 버텨내던 루그와 메이즈가 움직이자 란티스가 외쳤다. 완전히 변해 버린 그의 목소리가 짐승의 포효처럼 울려 퍼진다. 그에 호응하듯이 허공에 떠올랐던 얼음 기둥들이 산산조각으로 부서지면서 서리의 해일이 루그 일행을 덮쳤다.

화아아아아악!

그러나 서리의 해일이 덮쳐오는 것보다 빠르게 창염이 뻗어나갔다. 공간을 지배하는 한기를 관통하며 뻗어나간 창염이 그려내는 것은 두 장의 날개. 그리고 그것이 움직인다고 여겨진 순간, 허공에 열파의 궤적을 그리면서 루그와 메이즈가 초고속으로 날아올랐다.

"저럴 수가!"

란티스가 경악했다. 불꽃으로 이루어진 날개를 펼치고 한순간에 수백 미터나 멀어져 가다니, 어떻게 저럴 수가 있단 말인가?

"란티스 경."

요르드가 그 앞으로 나서며 입을 열었다. 란티스의 눈이 그에게 향하자, 요르드가 투구를 벗는다. 검은 머리칼에 푸른 눈동자가 드러나자 란티스가 움찔했다.

"…요르드 시레크?"

요르드는 란티스에게 있어서 스스로의 타락을 상징하는 존재였다.

삶의 어느 지점에서 인간으로부터 일탈했는가?

그렇게 자문해 보면 떠오르는 얼굴은 셋이다.

루그, 티아나, 그리고… 요르드.

하지만 다른 둘에 비해 요르드의 비중은 낮았다. 루그는 그에게 패배와 굴욕을 안겨주고 영혼의 일탈을 일으켰다. 그리고 티아나는 그를 괴물로 만들었다.

그에 비하면 요르드는 한때 영광을 도둑질하기 위해 타락하게 된 계기에 지나지 않는다.

그런 존재가 자신의 앞에 서 있다는 것이 기묘한 기분을 안겨주었다. 하지만 그것도 요르드가 입을 열기 전까지였다.

"당신과 싸우는 건 세 번째군요."

"세 번째라니?"

란티스 입장에서는 영문을 알 수 없는 소리였다. 요르드와 싸웠던 것은 왕실 무투회에서뿐이다. 이번에 싸운다면 두 번째라고 하는 게 옳다.

요르드가 설명해 주었다.

"기억하지 못하는 것도 당연하지요. 하지만 이러면 어떻습니까?"

요르드가 얼굴을 쓸었다. 그러자 환영을 일으키는 마법 도구가 발동하면서 그의 용모가 회색 머리칼에 거칠어 보이는 눈매를 가진 청년으로 변했다.

그 얼굴을 보는 순간, 란티스의 눈썹이 꿈틀거렸다.

"그렇군. 그때 싸웠던 루그의 하수인이 요르드 경, 당신이었단 말인가?"

예전에 바로 이 도시, 왕도 아라로스에서 루그와 만났을 때

그의 앞을 가로막았던 남자. 그가 바로 요르드였을 줄이야.

요르드가 대답했다.

"하수인이라니. 나와 루그는 친구입니다. 그때도 루그가 당신과 싸울 기회를 마련해 주었죠. 나 때문에 인간을 버린 당신에게."

요르드가 다시 얼굴을 쓸자 용모가 원래대로 돌아왔다.

란티스가 으르렁거렸다.

"착각하지 마라. 네가 뭐라도 되는 줄 아나? 네 재능이 뛰어나다는 것은 인정한다. 하지만 지금의 내 앞에서……."

"적어도 당신이 어느 시점에 인간을 버렸는지는 압니다. 왕실 무투회 4강전, 그때였겠죠. 그런데도 내가 원인이 아니었다고 주장할 셈입니까?"

"……."

"나는 죽 그때의 일을 잊지 못했습니다. 당신에게 설욕할 날을 기다려 왔죠."

요르드가 란티스를 노려보았다. 란티스가 코웃음을 쳤다.

"인간으로서가 아니라, 괴물의 힘에 기댄 나에게 당한 게 억울해서 밤잠을 설치기라도 했나 보군. 더러운 짓을 했다고 비난하고 싶은가?"

그 말에 요르드는 고개를 저었다.

"아닙니다. 뭔가 착각하고 있군요."

"뭐?"

"내가 분한 것은 당신에게 졌다는 사실뿐입니다. 당신이 인간으로서 싸웠든, 괴물의 힘을 빌어 싸웠든 상관없어요. 죽도록 노력했지만 내 힘이 란티스 펠드릭스라는 남자에게 미치지 못했다. 그 사실 말고 뭐가 중요하다는 겁니까?"

"……."

전혀 예상치 못한 대답에 란티스는 움찔했다. 가슴 한구석이 싸늘해진다. 자신을 향한 요르드의 푸른 눈동자에는 한 점의 더러움도 없었다. 눈부실 정도로 올곧아서, 똑바로 바라보는 것만으로도 마음속에 가득한 죄악이 고통받는 기분이다.

문득 란티스는 아련함을 느꼈다. 왕실 무투회 4강전이 벌어지기 전, 복도에서 요르드와 만났을 때…….

"펠드릭스 공작가의 란티스 님이시죠? 이야기는 많이 들었습니다. 이런 무대에서 겨루게 되어 영광입니다."

사심이라고는 눈곱만큼도 찾아볼 수 없는 태도로 자신에게 악수를 청했던 그가 생각난다. 이미 왕도의 사교계에 드나들면서 가식과 허세로 가득한 또래들을 보아왔던 란티스에게 요르드는 도무지 이해할 수 없는 존재였다. 어떻게 영광을 두고 다툴 적수에게 이토록 맑은 웃음을 지을 수 있는 것인지.

'당신은 그때와 똑같군. 정말로……'

란티스처럼 그도 비참한 패배를 겪었다.

손에 넣을 수 있었던 영광을 잃었고, 항거할 수 없는 고통을 배웠다.

그런데도… 요르드는 그때와 똑같았다. 시간이 흘러 외모가 변하고, 서로의 입장이 바뀌었지만 그럼에도 그의 본질은 퇴색하지 않았다.

'내가 당신이었다면.'

그랬다면… 이렇게 되지 않았을까?

티아나의 꾀임이 넘어가지 않고, 스스로의 가능성을 믿고 노력할 수 있었을까?

'아니.'

그렇지 않았을 것이다.

란티스는 쓴웃음을 지으며 과거를 되새겼다. 시작은 분명 어두운 감정에 몸을 맡긴 타락이었다. 긍지를 버리고 달콤한 죄악의 과실에 손을 뻗었을 때, 그는 스스로의 미래를 죽인 것이다. 그 죄가 너무 깊어서, 깨달았을 때는 너무 늦었다. 아무리 발버둥 쳐도 잃어버린 것들을 되찾을 수 없었다.

하지만 란티스는 자신을 어둠 속으로 밀어 넣은 티아나를 원망하지 않았다. 왜냐하면……

"란티스."

그녀가 자신을 보며 웃어주는 것만으로도 충분했으니까.

란티스가 허탈하게 웃었다.

"하하하……."

요르드는 가만히 그를 바라보았다. 곧 란티스가 웃음을 그치고 말했다.

"당신은 내게 과분한 영광을 주는군, 요르드 경."

진심이었다.

란티스는 인간이었을 때도, 그리고 지금까지도 늘 다른 이들을 업신여기고 무시했다. 겉으로는 어떻게 대하든 간에 다들 자기보다 못한 놈들이라고 여겼다. 자신보다 뛰어나 보이는 자가 있으면 미워하고 원망했지 감탄하고 인정해 본 적이 없었다. 루그에 대한 감정도 결국은 비뚤어진 증오에 불과하지 않았던가?

하지만 지금 이 순간, 요르드 시레크라는 인간에게 순수하게 감탄했다. 그리고 처음으로 인정한 존재가 자신만을 바라보고 있다는 사실이 기뻤다.

'설령 이게 마지막이라도 좋다, 이런 과분한 상대와 결착

을 지을 수 있다면.'

물론 자신은 이길 것이다.

이 자리에서 죽을 각오는 되어 있다. 아니, 각오는 예전부
터 품고 있었다. 오히려 그 순간이 오기를 기다리며 지금까지
살고 있었는지도 모른다.

그래도 쉽게 죽을 생각은 없다. 악착같이 살아남을 것이
다. 요르드를 쓰러뜨리고, 어떻게든 이 자리에서 빠져나가
서⋯ 티아나와 다시 만나야 한다.

"함께 윈티아 대신전에 가요. 당신에게도 그곳을 보여주고 싶
어요."

그녀와의 약속을 지키기 전에는 죽을 수 없다.

무시무시한 투지를 드러내는 란티스 앞에서 요르드가 투
구를 다시 쓰고, 검을 들어 올렸다. 그때까지 가만히 있던, 백
과 청의 색채를 띤 이국적인 형태의 갑옷을 입은 에리체가 입
을 열었다.

"그럼 요르드 경, 저 둘은 제가 맡아드릴게요."

"감사합니다. 에리체 양. 죄송하지만 한 가지만 더 부탁드
려도 되겠습니까?"

"뭔가요?"

"무슨 일이 있어도… 이 대결에 끼어들지 말아주십시오."

"……"

"이건 기사의 긍지를 건 대결입니다. 설령 제가 패해 죽더라도, 그것 역시 감내해야 할 결과지요."

"네."

고집스럽게 말하는 요르드에게 에리체는 고개를 끄덕였다.

바보 같은 일이다. 불리하다면 힘을 합쳐 상황을 타파하는 편이 옳다.

그녀는 그렇게 말하지 않았다.

"하나만 말씀드려도 될까요?"

"뭐죠?"

"우리 엄마가 그랬어요, 남자들이 가장 꼴불견일 때가 바보짓인 거 뻔히 알면서도 자존심 세울 때라고."

"……"

"그리고 그렇게 자존심을 세운 주제에 그 일 감당도 못하고 쓰러지면 그거만큼 추한 게 없다고요. 그러니까 고집부릴 거면 이기세요, 요르드 경. 안 그러면 루그님이랑 무덤까지 쫓아가서 바보라고 욕할 거예요."

"…그거 무섭군요."

식은땀을 흘리는 요르드 앞에서 에리체가 갑옷의 스커트

를 붙잡고 우아하게 몸을 숙였다.

"무운을 빌게요."

그리고 에리체는 땅을 박찼다. 란티스조차 놀랄 정도의 속
도로 질주한 그녀가 육중한 언월도를 휘둘렀다.

"핫!"

언월도의 궤도를 따라서 섬광이 질주했다. 란티스가 그것
을 피해 뒤로 물러나는 순간, 섬광의 궤도가 바뀌면서 사방에
서 수십 개의 궤적이 덮쳐온다.

현란한 움직임으로 그것을 피한 란티스는 곧바로 에리체
의 의도를 알아차렸다. 에리체가 발한 섬광의 칼날들은 란티
스와 빙설의 마병들을 찢어놓았다. 그리고 그녀는 란티스는
신경도 쓰지 않고 빙설의 마병들을 다른 방향으로 끌고 가기
시작했다.

"이제 방해꾼은 없어진 것 같군요."

요르드가 천천히 걸어오면서 말했다. 망토가 바람에 펄럭
이는 가운데, 그의 검이 흐릿한 빛을 토해내고 있었다.

란티스가 대답했다.

"그렇군."

후우우우우……!

바람이 울부짖는다. 주변의 대기가 가속하기 시작하는 것
을 감지한 요르드가 말했다.

"갑니다. 란티스 펠드릭스!"

"와라, 요르드 시레크!"

바로 이곳, 왕도 아라로스에서 비롯된 두 기사의 인연이 종착점을 향해 질주하기 시작했다.

6

메이즈와 함께 날아오른 루그는 곧바로 별의 눈과 접속했다. 이 순간, 아라로스에 관측 능력을 집중시킨 별의 눈은 도망친 티아나와 엘토바스의 위치를 뚜렷하게 파악하고 있었다.

"공간 이동 마법진인가? 용의주도하군."

시간이 얼마 지나지도 않았는데 그들은 이미 도시의 서쪽 끝과 동쪽 끝으로 흩어져 있었다. 애당초 왕궁 지하에 탈출을 위한 장거리 공간 이동 마법진을 준비해 두고 있었던 것이다.

메이즈가 물었다.

"어느 쪽부터 잡을 거야?"

"엘토바스는… 이 자식 한 번 더 공간 이동했군. 7킬로미터 밖인가? 별의 눈이 놓치지 않는다면 충분히 잡을 수 있어. 일단 티아나 쪽으로 가서 내려주고 나서 그놈을 쫓을게."

티아나는 메이즈에게 맡긴다. 루그는 그렇게 결정하고 창염의 날개로 가속했다. 동시에 다르칸에게 통신을 날려서 그를 원군으로 불러들였다.

메이즈와 다르칸 둘이라면 티아나를 잡는 것은 그리 어렵지 않으리라. 그리고 자신은 그동안 엘토바스를 잡는다.

아음속으로 가속한 루그가 티아나를 따라잡는 것은 한순간이었다. 메이즈가 말했다.

"주인님, 꼭 엘토바스를 잡아!"

"맡겨둬."

루그는 메이즈를 지상으로 낙하시킨 뒤 곧바로 궤도를 틀어서 하늘로 날아올랐다. 티아나가 있는 위치로 오는 바람에 엘토바스와의 거리는 10킬로미터 이상으로 멀어졌지만 상관없다. 창염의 날개와 공간 이동의 광륜이 있는 이상, 따라잡는 것은 한순간이다.

"자, 그럼⋯⋯."

낙하하기 시작한 메이즈는 멀어져 가는 루그를 보며 뇌격의 속성력을 전개했다. 그녀의 뿔이 빛나면서 황금의 뇌격이 집중되었다.

지상의 건물 안에 있던 티아나는 그 마력 파동을 감지하고는 깜짝 놀라서 위를 올려다보았다.

"메이즈 오르시아? 안 돼!"

티아나는 다급하게 방어 마법을 전개했다. 그 마법이 감싸는 지점은 그녀의 육체만이 아니라 좀 더 광범위한, 이 건물 전체였다.

하지만 곧바로 날아들 줄 알았던 공격의 조짐이 없다. 그뿐만 아니라 위압적으로 퍼져 나가던 마력 파동이 오히려 사그라들었다.

잠시 후, 티아나가 있는 커다란 공간으로 통하는 문이 열렸다. 그리고 검고 육중한 갑옷을 입은 메이즈가 천천히 걸어 들어온다.

그녀를 본 티아나가 부채를 펼치며 물었다.

"…어째서 공격하지 않았죠?"

말하자면 메이즈는 활에 화살을 매기고 조준까지 완료한 상태였다. 그저 활시위를 놓기만 하면 공격을 가할 수 있었고, 상대적으로 짧은 시간 동안 방어를 준비한 티아나에게 타격을 줄 수 있었을 것이다.

그런데 메이즈는 그 기회를 저버린 것은 물론, 천장을 뚫고 낙하하지도 않았다. 밖으로 돌아 들어오는 동안 티아나가 도망칠 수도 있었는데…….

갑자기 구멍 하나 없이 매끈했던 보이드 아머의 투구가 투명해졌다. 얼굴을 드러낸 메이즈가 쓴웃음을 지었다.

"너와 같은 이유일 거야, 티아나 아카라즈난."

"……"

"혹시나 했는데 정말이었네. 왕도가 함락될 때도 이 아르넨 대신전만은 결코 상하지 않도록 지킨 거, 네가 한 일이지?"

티아나가 몸을 피한 곳은 바로 아르넨 대신전의 예배당이었다.

그녀는 이곳에 도시 밖으로 통하는 공간 이동 마법진을 설치해 두었다. 하지만 그 공간 이동 마법진의 기능은 끊겨 있었다. 운 나쁘게도 다르칸과 하라자드가 근처에 있던 마력 공급 시설을 파괴했던 것이다. 그래서 급하게 주변에 마법진을 구축하고, 마력을 충전시키고 있던 참에 메이즈가 와버렸다.

메이즈가 예배당의 천장을 올려다보았다. 명장 라인젤이 14년에 걸쳐 그려낸 천장화가 그곳에 있었다.

펠드릭스군이 왕도를 공격해서 리가드 공작파를 일소했을 때, 그 과정에서 도시 곳곳이 파괴되었다. 성벽을 방패로 농성하던 리가드군과 싸우는 과정에서 투석기와 마법이 도시 곳곳을 강타했고 많은 피해를 발생시켰다.

그러나 그 와중에도 이 아르넨 대신전만은 상처 하나 없이 무사했다.

아르넨의 사제들은 그것을 아르넨 여신의 가호라고 믿었다. 그러나 사실은 예술의 정수인 이 건물을 사랑한 티아나가 손을 쓴 결과였다.

티아나가 물었다.

"못 보던 새 정말 모르는 게 없어졌군요. 어떻게 알았죠?"

"너희들이 구축한 것보다 더 뛰어난 관측 수단을 얻었어."

"그렇군요."

마법사답게 티아나에게는 그 말만으로도 충분한 대답이
되었다.

전투는 상대방을 관측하는 것부터 시작된다. 한쪽은 상대
를 볼 수 있고 한쪽은 상대를 볼 수 없다면, 당연히 볼 수 있
는 쪽이 압도적으로 유리해진다.

나인티 나인즈 비홀더를 구축했을 때, 티아나는 완벽한 관
측 시스템을 구축했다고 믿었다. 이것으로 왕도의 방비는 완
전하고 누구도 자신들 모르게 접근해 올 수 없을 것이라
고……

그것은 오만이었다. 뛰는 놈 위에 나는 놈 있다더니 이렇게
어처구니없이 궁지에 몰릴 줄이야.

메이즈가 말했다.

"하지만 그 사실은 관측을 통해 알아낸 것이 아니야. 모인
정보들을 분석해 보는 동안 왠지 네가 그런 일을 했을 거라는
생각이 들었어."

메이즈와 티아나는 블레이즈 원에 소속되어 있는 기간 동

안 내내 앙숙이었다. 첫 만남부터 최악이었고 그후로도 사사건건 대립했다.

그래서 둘은 서로에 대해서 잘 알았다.

티아나가 물었다.

"그리고 당신도 나와 같은 이유로 절호의 강습 기회를 날려 버렸고요?"

"……."

"하……."

대답하지 않는 메이즈를 보던 티아나가 웃음을 터뜨렸다.

"아하하하하! 어이가 없군요. 다른 누구도 아니고 당신이, 메이즈 오르시아가! 유일하게 이곳의 가치를 이해하다니!"

메이즈가 공격을 중지하고, 얌전히 문으로 돌아서 들어온 이유는 아르넨 대신전의 예술적 가치 때문이었다. 심지어 그녀는 강습 작전을 입안할 때도 다르칸과 하라자드에게 이 건물만은 절대 손상시키지 않을 것을 강조했다.

한 번도 의견의 일치를 본 적이 없는 둘이었지만, 이 순간만큼은 서로의 유일한 이해자였다. 그리고 그 사실이 티아나를 분노케 했다.

"메이즈 오르시아, 역시 당신은 용서할 수 없어요."

인간이 창조한 예술에 집착하는 마음은 티아나도, 메이즈도 같다. 그러나 인간에게 품은 애정의 형태는 서로 타협할 수 없는 극단에 위치해 있었다.

그렇기에 화가 난다. 이토록 미워하는 존재가, 도저히 용납할 수 없는 존재가 자신과 닮았다니!

한동안 메이즈를 노려보던 티아나가 말했다.

"밖으로 나가죠. 당신도 여기서 싸우길 바라진 않겠죠?"

"좋아."

메이즈가 고개를 끄덕이고는 마법으로 몸을 띄우고 뒤로 물러나기 시작했다. 티아나가 여유로운 걸음걸이로 그녀를 따랐다.

하지만 메이즈가 아르넨 대신전에서 나가서, 충분한 거리를 두고 광장으로 나가는 바로 그 순간이었다.

화아아아아악!

갑자기 옆쪽 건물에서 무시무시한 폭염이 일더니 붉은 그림자가 내리꽂혔다. 메이즈가 깜짝 놀라서 보이드 블레이드를 휘둘렀다.

콰아아아아앙!

불꽃이 폭발하면서 메이즈가 튕겨나갔다. 가까스로 균형을 바로잡은 그녀가 폭발의 진원지를 바라보았다. 그곳에는 강맹한 폭염을 두른, 철탑 같은 거구에 육중한 갑옷을 걸친 붉은 드라칸이 서 있었다.

"어라, 너네?"

살벌한 모습과는 전혀 어울리지 않는 순진한 태도로 고개를 갸웃한 것은 아레크스였다. 메이즈가 당혹했다.

"어째서 여기에……."

아레크스의 존재는 아네르 왕국 내전이 진행되는 동안에는 한 번도 드러난 적이 없었다. 그래서 별의 눈으로 아라로스를 감시할 때도 그는 특별히 포착해야 할 대상이 아니었다.

하지만 얼마 전, 비요텐이 티아나와 엘토바스에게 장비를 보낼 때 그도 지원 병력으로 도달했다. 눈에 띄는 모습을 한 그는 왕도의 은신처에 몸을 감춘 채 명령을 기다리고 있었다. 그러다가 티아나의 호출을 받고 이곳으로 달려온 것이다.

티아나가 말했다.

"아레크스, 뒷일을 부탁해요."

"응."

아레크스가 고개를 끄덕였다.

메이즈가 당황해서 외쳤다.

"티아나!"

"아레크스와 함께 당신을 끝장내고 싶지만, 유감스럽게도 욕심을 부릴 처지가 못 되는군요. 다음번에는 반드시 이 굴욕을 갚아주겠어요."

티아나는 그렇게 말하고는 문득 먼 곳을 바라보았다. 왕궁이 있는 방향이었다.

'란티스……'

잠시 란티스의 얼굴을 떠올린 그녀는 곧 몸을 돌려서 아르넨 대신전 안으로 사라졌다. 메이즈가 그 뒤를 쫓으려고 했지만 그 앞을 아레크스가 가로막았다.

"못 가."

화아아아아악!

그로부터 폭염이 쏟아져 나와 장벽을 만들었다. 그것을 본 메이즈가 흠칫했다.

'전보다 더 강해졌어.'

아레크스의 마력과 속성력은 이전에도 드라칸이라는 종족의 한계를 아득히 초월한 수준이었다. 수명을 도외시하고 모든 힘을 단기간에 발휘하도록 만들고, 마법적인 개량까지 가한 그의 육체는 이미 드라칸이라고 하기도 애매하다. 드라칸을 기반으로 개조된 키메라라고 하는 편이 옳을 터.

메이즈가 말했다.

"아레크스."

"응? 내 이름 기억해?"

"그래."

"넌 메이즈 오르시아지?"

그렇게 묻는 아레크스는 호기심 가득한 눈으로 메이즈를 바라보고 있었다. 적이고, 자신을 한 번 죽이기까지 했던 메이즈와 싸우는 데도 전혀 증오하는 기색이 없다.

메이즈는 오싹함을 느꼈다. 아레크스의 보이는 순진함은 오히려 그 어떤 존재보다도 미쳐 있는 것 같았다.

"티아나는 지금 당신 보고 자기 대신 죽으라고 한 거야. 알고 있어?"

"응. 알아. 그게 왜?"

태연하게 대꾸하는 아레크스의 말에 메이즈는 말문이 막혀 버렸다. 예상치 못한 반응이었다. 이럴 때는 보통 죽는 건 네 쪽이 될 거라던가 하는 식으로 적의를 드러내지 않던가?

메이즈가 물었다.

"그런데도 아무렇지도 않은 거야?"

"그게 내 일인걸? 당신들에게 피해를 입히고 죽는 거."

"……."

이렇게 나오면 할 말이 없다. 육체를 언제든지 갈아탈 수 있는 그릇으로밖에 여기지 않는 괴물이라서 그런가? 죽음에 대한 두려움이 전혀 없는 것 같다.

문득 아레크스가 말했다.

"오늘은 길지 않아."

영문을 알 수 없는 말이었다.

아레크스는 메이즈의 뒤쪽을 보며 말을 이었다.

"다르칸도 오네. 너희들과 이야기하고 싶어. 묻고 싶은 게 많아. 하지만 오늘은 안 돼."

"무슨 말이지?"

"너희들이 나 두 번 다시 눈 못 뜨게 할 수 있댔어. 그러니까 그 전에 죽을 거야, 나는."

메이즈는 아레크스가 봉인 마법 '시공의 휘장'에 대해서 이야기하고 있다는 사실을 알았다.

지아볼은 시공의 휘장에 대한 정보를 다른 간부들에게는 숨겼다. 하지만 아레크스가 이곳으로 떠날 때, 정확한 정보는 주지 않고 루그 일행과 싸우다가 그들이 뭔가 큰 마법을 사용하는 것 같으면 곧바로 자폭하라고 귀띔해 주었던 것이다.

잠시 후, 다르칸이 그 자리에 도착해서 섬광을 소나기처럼 퍼붓기 시작했다. 아레크스가 눈으로 좇을 수도 없을 정도로 빠르게 움직여 그것을 피해내면서, 전투가 시작되었다.

7

왕궁은 인간의 접근을 불허하는 광풍에 휩싸여 있었다.

홀을 비롯한 일부가 붕괴하고, 그곳으로 사람들의 시선이 쏠렸을 때… 격렬한 용권풍이 일어나더니 무시무시한 냉기가 주변을 얼리면서 폭주했다. 그리고 빠르게 이동하면서 왕궁을 박살 내었다.

사람들이 비명을 지르며 달아나는 가운데, 빙설의 용권풍 속에서 두 명의 기사가 격전을 벌이고 있었다.

파바바바밧!

검과 검이 부딪치는 데 쇳소리 대신 공기가 파열한다. 둘 다 강력한 마검이며, 또한 강검의 힘이 구현되고 있기에 그런 것이다.

하지만 둘이 격돌하는 기세는 대등하지 않았다. 곳곳에서 녹색의 빛을 발하는 백색의 갑옷을 입은 기사, 란티스가 폭풍처럼 공세를 퍼붓고 있었다.

'빨라!'

요르드는 식은땀을 흘렸다. 란티스의 움직임이 너무 빠르다!

루그나 에리체와 대련하면서 빠른 속도에는 충분히 익숙해졌다고 생각했다. 하지만 란티스의 속도는 그 둘보다도 위다. 속도만으로 보면 이전에 싸웠던 아레크스보다도 더 빠르다!

그러나 그렇게 압도적인 속도로 날아드는 란티스의 공격

은 하나도 적중하지 않았다. 요르드가 최소한의 움직임만으로 모조리 방어해 냈기 때문이다.

란티스가 감탄했다.

"내 검을 모조리 받아내다니, 대단하군! 요르드 경!"

몸의 움직임도, 그리고 검격의 속도도 란티스는 요르드보다 두 배 이상 빠르다. 게다가 파괴력 면에서도 검격의 위력과 강검의 힘 모두가 요르드를 압도한다.

그런데도 요르드를 물러나게 할 뿐, 그의 방어를 뚫지 못하고 있었다.

모든 공격이 사전에 읽힌다. 눈으로 따라갈 수 없을 정도로 빠르게 움직이는 란티스지만, 인간의 몸은 결코 구조에서 벗어난 움직임을 취할 수 없다. 요르드는 란티스의 검을 보는 대신 그의 몸 전체를 보면서 그 움직임을 통찰했다.

놀라운 검술이다. 만약 란티스와 요르드의 육체 능력이 동등했다면, 이미 란티스는 시체가 되어 누웠으리라.

"당신의 실력은 인정하지. 내가 본 누구보다도 뛰어나다. 하지만 언제까지 버틸 수 있을까?"

요르드가 란티스와 싸우는 것은 정말로 맨발로 칼날 위에서 춤추는 것과 같다.

사전에 란티스의 움직임을 완벽하게 통찰하지 못하면 섬전 같은 속도를 따라가지 못하고 끝날 것이다. 또한 검을 정면으로 맞부딪치는 행위조차 허용되지 않는다. 서로 완력의 차이가 너무 크기 때문에 그랬다간 박살이 나고 만다.

검술을 구사하는 자는 여건에 따라서 다양한 전술을 선택할 수 있다. 체술에 자신이 있는 자라면 서로 검을 얽은 채 신체의 다른 부위를 위해 타격을 가할 수도 있고, 갑옷을 입은 자라면 갑옷으로 공격을 받아내면서 적을 칠 수도 있다.

하지만 지금 요르드는 그러한 전술 중 절반은 봉인당한 채 싸운다. 오로지 란티스의 검을 비껴내고, 검격으로 그와의 거리를 철통같이 유지하면서 수비만을 거듭한다.

파파파파파!

그러는 동안 검의 싸움만이 아니라 다른 싸움도 동시 진행된다. 기격이 때로는 날카롭게, 때로는 둔중하게 변화하며 란티스가 발하는 광풍과 냉기를 막아냈다.

란티스가 발하는 냉기는 인간이 버텨낼 수 없는 수준이다. 한순간에 인간을 얼음 기둥으로 만들 수 있는 그 냉기는 차라리 맹독보다도 더 지독하다. 요르드의 갑옷이 냉기를 막아주는 것도 한계가 있고, 자칫하다가는 호흡하는 것만으로도 냉기가 몸속으로 침투해서 죽는다.

그렇기에 그 힘이 강해지기 전에 맥을 끊어야 한다. 나인즈 비홀더 때문에 란티스의 감각을 혼란시키기는 어렵지만 물리적 기격을 변화무쌍하게 구사해서 속성력이 최대 출력으로 전개될 수 없도록 방해한다. 바람이 가속하기 전에 그 흐름을 가르고, 냉기가 덮쳐오기 전에 강렬한 파문을 일으켜 대기를 흩어버린다.

'생각처럼은 안 되는군.'

요르드는 식은땀을 흘렸다. 그는 기격으로 란티스의 속성력을 봉하면서 한 가지 시도를 하고 있었다. 그것은 바로 기격을 란티스의 속성력에 융화시켜 그 흐름을 자신의 뜻대로 조종하는 것이다.

그것은 루그가 종종 보여주었던 기술이었다. 5단계의 기격과 6단계의 기격이 무엇이 다른지 루그는 명확한 예를 들어서 설명했다. 격공을 비롯해서 자유자재로 변환되는 기격의 힘은 5단계와는 차원이 다른 응용력을 발휘할 수 있게 한다.

요르드는 줄곧 그 기술을 실현하기 위해 노력해 왔다. 하지만 지금까진 그저 기격과 란티스의 속성력을 반발시킬 뿐, 융화시키는 데는 실패했다.

란티스가 말했다.

"벌써 한계인가?"

요르드의 자세가 조금씩 흐트러지고 있었다. 어느 순간, 명확하게 드러난 허점을 향해 란티스의 검이 내리꽂혔다.

그러나 그것은 요르드가 의도한 허점이었다.

'지금이다!'

란티스가 깊숙이 공격해 오는 순간, 요르드가 기다렸다는 듯이 그 옆으로 빠져나가며 검을 휘둘렀다. 그 검이 노리는 지점은 란티스가 아닌 허공이었다.

콰작!

허공에 은닉되어 있던 나인즈 비홀더 중 하나가 검끝에 걸려서 박살 났다.

란티스가 놀랐다.

"어떻게 간파했지?"

"우리 쪽도 대비하고 있었으니까요."

요르드가 대답했다.

이제 조금씩 란티스의 속도에 익숙해져 가고 있었다. 또한 그의 움직임에서 버릇을 읽어내면서 대응에 여유가 생긴다. 요르드는 그 여유를 나인즈 비홀더를 부수는 데 썼다.

"인간의 움직임은 어쩔 수 없이 버릇을 띠게 되어 있다. 아니, 이건 인간만이 아니라 그 어떤 존재라도 마찬가지."

그러한 가르침을 준 것은 그레이슨이었다. 그레이슨은 요르드와 수백 번에 걸쳐 대련하면서 그의 재능에 감탄했다. 눈부신 속도로 발전하는 요르드를 두들겨 패다가 신이 난 그는 몇 가지 의미심장한 가르침을 주었다.

"따라서 인간이든 괴물이든, 아무리 빠르고 강한 놈이라도 그 버릇만 파악하면 공략할 수 있다. 사냥꾼이 사냥감의 습성을 파악하고 몰아가듯이 말이다."

그레이슨은 그렇게 말했다.

"가끔 가다 보면 이성으로는 도달할 수 없는 야성의 힘을 찬양하는 놈들이 있지? 인간의 무예는 형태가 정해져 있기에 예측이 가능하지만 순수한 야성만을 가진 존재는 그렇지 않다고. 하지만 형태가 없는 자유로움? 웃기지 말라고 해라. 통제되지 않는 힘에 패배하는 놈은 스스로의 미숙함을 한탄해야지 상대를 추켜세워서 자기의 못남을 가리려 해서는 안 되지."

인간은 스스로가 나약함을 알기에 필사적으로 강해질 방법을 궁구해 왔다. 도구를 만들어 부족함을 보충하고, 무술을 창조해 자신이 육체 활용을 극대화시켰으며, 그것을 강체술로 발전시켰다.

"기술적으로 뛰어나지 못하고 육체만 강한 놈들일수록 이성보다는 야성적으로 싸우지. 그리고 그런 놈들은 백이면 백 뻔한 버릇을 갖고 있어서 패턴이 뻔하다. 형태가 없어 보이는 건 이상하게 생긴 놈들이 생소한 스타일로 지랄발광해서 그런 착각이 드는 거고 잘 보면 참 이렇게 읽기 쉬운 것도 없지. 스스로의 버릇마저 인식하고 이용하는 것은 이성을 가진 존재뿐이다. 명심해라. 일반인은 맹수에게 죽지만 사냥꾼은 맹수를 사냥한다."

그 가르침이 있었기에 요르드는 란티스와 싸우며 버릇을 파악하는 데 주력했다.

싸우면 싸울수록 란티스의 움직임을 읽기 쉬워진다. 그는 분명 빠르고 강하다. 그리고 그 힘에 휘둘리지 않고 정확하게 힘을 집중시킬 줄도 안다.

하지만 그뿐이다. 그의 검술은 요르드에 비하면 단순하기 그지없다.

인간이든 짐승이든 공격할 때는 반복적으로 학습해서 더 능숙하게, 편하게 쓸 수 있는 수단을 선호하게 마련이다. 이러한 의존도를 조절하는 것은 이성적인 통제가 뒷받침되어야만 가능하다.

란티스 역시 자신이 익힌 검술에 매몰되어 있었다. 괴물이 되어가는 과정이 너무 빨랐기에, 그는 필사적으로 그것을 통제하는 게 고작이었고 더 높은 경지로 올라갈 수 없었다.

카앙!

또다시 허공에서 불꽃이 튀면서 나인즈 비홀더 중 하나가 부서져 나갔다.

별의 눈의 지원이 있기에 요르드는 나인즈 비홀더의 위치를 파악할 수 있었다. 란티스를 상대할 때 공격의 여유가 생기기만 하면 파괴하는 건 어렵지 않다.

란티스의 안색이 변했다. 나인즈 비홀더가 없으면 그는 기격을 읽어낼 수 없다. 이렇게 대등한 상황에서 감각을 현혹당하게 되면 속수무책이다.

란티스는 크게 뛰어서 뒤로 거리를 벌렸다. 동시에 그의 주변에 한기가 집중되면서 무수한 얼음 기둥이 나타나기 시작했다. 기술전으로 밀린다면 압도적인 힘으로 쏟아서 허점을 만든다!

"눈보라의 진……."

"하앗!"

바로 그 순간 요르드가 뛰어들었다. 란티스가 힘을 집중하는 바로 그 타이밍을 노린 돌격은 완전히 허를 찌르고 있었다.

'이런! 설마 노리고 있었나?'

그의 생각대로였다. 요르드는 철통같은 방어로 란티스가

자신의 힘을 온전히 발휘할 수 없는 상황을 유지했다. 그리고 그의 인내심이 바닥나서 억지로 거리를 벌리는 순간을 노리고 있었다.

란티스는 급히 검을 휘둘렀다. 검의 궤도를 따라서 냉기의 파동이 뻗어나갔다.

그러나 요르드는 그것을 종이 한 장 차이로 피하면서 란티스의 품으로 뛰어들었다. 란티스가 자세를 되돌리는 것과 동시에 바깥쪽으로 돈다. 란티스의 움직임이 너무 빨라서 자세를 회복하는 것보다 앞서서 공격하는 것은 무리다. 그러나 그 옆으로 뛰어들자 인체의 구조상 도저히 공격할 수 없는 공간을 점할 수 있었다.

란티스가 옆으로 도는 순간, 요르드가 비검을 전개했다. 비스듬히 후려치는 검의 궤도를 따라서 새하얀 검광이 날았다.

'설표(雪豹)의 맹습!'

쾅!

폭음이 울려 퍼지며 란티스가 날아가 버렸다.

하지만 요르드는 멈추지 않았다. 비검이 작렬하는 순간, 란티스는 강검의 힘을 몸에 둘러 막아냈다. 타격을 입긴 했겠지만 끝장나진 않았을 것이다. 그가 자세를 회복하기 전에 결정타를 날려야 한다!

과연 땅에 튕긴 란티스가 광풍을 일으키며 신형을 바로잡왔다. 그러나 그가 미처 방향감각을 되찾기도 전에 요르드가 뛰어들며 비검을 전개하고 있었다.

'백랑(百狼)의 질주!'

요르드의 검이 가속한다. 허공에 검을 한 번 찌르는 순간 그 궤도에서 세 개의 섬광이 뻗어 나온다. 그리고 검을 완전히 거두지 않고 반만 거두었다가 다시 뿌려내니 흔들리는 검 끝에서 수십 개의 섬광이 소나기처럼 쏟아졌다.

파파파파파파!

날카로운 섬광이 란티스를 유린했다. 백 마리의 늑대가 무리 지어 달려들듯이 변화무쌍한 공격이 란티스의 전신을 난타했다.

사이클론 아머가 아니었다면 벌써 너덜너덜해져서 피분수를 뿜었으리라. 그러나 란티스의 막대한 마력을 주입받고, 강체술로 방어력을 향상시킨 사이클론 아머는 그렇게 두들겨 맞고도 손상률이 크지 않았다.

하지만 그것도 시간문제다. 요르드는 이 순간, 전신의 강체력을 남김없이 쏟아낼 기세로 가속하고 있었다. 시레크 백작가에 전해지는 비검 백랑의 질주가 기격과 융합, 한도 끝도 없이 그 위력이 폭증해 간다. 주변을 휩쓸던 용권풍마저 베어 내면서 검광의 회오리가 휘몰아쳤다.

콰콰콰콰콰!

결국 사이클론 아머가 점점 부서지면서 그 속에서 피가 뿜어져 나오기 시작했다.

"…눈보라…… 의……!"

문득 요르드는 섬뜩함을 느꼈다. 비겁에 난타당해 침몰해 가는 란티스에게서 막대한 힘이 뿜어져 나오고 있었다.

"…진격!"

요르드가 눈을 부릅떴다. 란티스가 서리의 해일을 부르는 기술 '눈보라의 진격'은 사전에 봉했을 텐데?

하지만 그것은 요르드가 란티스의 기술 특성을 잘못 이해한 결과였다. 란티스가 기술 시전을 위해 얼음 기둥을 만드는 것은 그 위력을 극대화시키기 위해서일 뿐, 사실은 주변에 얼음만 있으면 그것을 지배해서 같은 현상을 일으킬 수 있었다!

'이런……!'

순간 주변의 얼음들이 모조리 폭발하면서 무수한 서리가 덮쳐왔다.

콰콰콰콰콰콰!

순백의 해일이 요르드와 란티스, 둘 모두를 집어삼켰다.

8

괴물이 된 란티스에게는 스승이 없다.

오히려 태생부터 괴물이었던 아레크스에게는 인간 스승이 있었다. 하지만 란티스는 그런 인연을 만나지 못했다. 혼자서 발버둥 치며 괴물의 힘에 집어삼켜지지 않는 것이 고작이었다.

스승이 없기에 버릇을 교정해 줄 자도 없다. 괴물에게 어울리는 기술을 가르쳐 줄 자도 없다.

그리하여 란티스는 인간 검사의 모습을 한 마수에 가까운 존재가 되고 말았다. 빠르고 강하지만, 그것을 사용하는 기술은 단조로운.

평범한 인간이 맹견을 잡는 방법을 보자. 맹견은 인간이 따라가기 어려울 정도로 빠르다. 그 속도에 반응할 수 없고, 날카로운 이빨과 손톱을 막을 일이 없어서 인간이 죽는다.

그러나 인간이 옷을 두텁게 갖춰 입고, 팔에 맹견의 물어뜯기를 버텨낼 수 있는 보호구 하나만 갖추고 있다면?

인간이 맹견을 이긴다.

이성으로 통제되지 않는, 야성의 힘이란 단순하기 그지없다. 자극을 주면 반응한다. 특정한 상황을 유도하면 언제나 똑같이 행동한다.

그렇기에 팔을 내밀면 그것을 문다. 그것만 알고 대비한다면 인간은 맹견을 이길 수 있는 것이다.

물론 그것도 압도적인 속도와 힘 앞에 무력하다. 평범한 인간은 설령 사자의 공격 패턴을 꿰고 있더라도 그 앞에 서면 살해당할 뿐이다. 반응속도를 초월한 공격은 피하거나 막을 수 없다. 방어력을 상회하는 위력은 정확히 방어해 봤자 육체가 부서진다.

그러나 강체술사들의 싸움은 인간의 한계를 초월한 싸움이다.

적이 아무리 괴물이라도, 그 괴물을 상대할 조건을 갖추는 게 불가능하지 않다.

요르드가 란티스를 상대로 싸울 수 있는 것은 최소한의 조건을 갖추고 있기 때문이다. 기술을 뒷받침해 주는 힘, 속도, 그리고 장비까지 어느 것 하나만 빠져도 요르드는 란티스를 당해낼 수 없다.

'방심했어.'

요르드는 스스로가 교만했다는 사실을 깨달았다.

란티스의 힘을 충분히 알고 있다고 생각했다. 그러나 직접 상대하는 동안 점점 여유가 생기면서 어느 순간 그를 얕보게 되었다. 그리고 그러한 마음이 허점을 만든 것이다.

콰득, 콰드드득!

몸에 붙어 있던 얼음이 부서져 나갔다. 그럴 때마다 둔중한 통증이 느껴졌다. 갑옷 안쪽까지 한기가 침투해서 얼어붙어

버렸다. 자칫하다가는 깨진 얼음과 함께 몸 일부가 파괴될지
도 모른다는 생각에 오싹하다.

란티스가 발한 눈보라의 진격은 완전한 위력이 아니었는
데도 무시무시했다. 지금 입은 마법의 갑옷이 아니었다면
즉사했으리라. 요르드는 이 갑옷을 만들어준 메이즈와 드워
프들에게 감사하며 조심스럽게 기격을 써서 얼음을 부수었
다.

"으윽……."

얼음을 뚫고 나온 요르드가 비틀거렸다. 주변은 마치 얼
음으로 이루어진 숲처럼 변해 있었다. 꽤 넓은 범위가 새하
얗게 변해 버린 데다가 붕괴한 건물의 잔해에 얼음들이 달
라붙어서 나무처럼 솟아나 있는 광경이 기괴하기까지 하
다.

요르드는 그것을 보며 심호흡을 했다. 그때였다. 옆쪽에서
날카로운 얼음 송곳들이 날아들었다.

콰직!

요르드는 그것을 검으로 쳐내면서 뒤로 도약했다. 순간 위
쪽에서 순백의 실루엣이 뛰어내렸다.

쾅!

폭음이 울리며 요르드가 튕겨나갔다. 란티스가 요르드가
빠져나오는 순간을 기다리고 있다가 급습한 것이다. 요르드

는 그대로 얼음 기둥을 뚫고 처박혔다.

쿠르르릉……!

커다란 얼음 기둥들이 붕괴하면서 새하얀 안개가 주변을 휘감았다. 요르드는 울컥 피를 토하며 그 너머를 노려보았다.

'제길, 이번 건 맞으면 안 되는 거였는데…….'

눈보라의 진격에 휩쓸린 요르드는 신체기능이 크게 저하되었다. 감각도 둔해지고 힘도 제대로 들어가지 않는 상태라 그것만으로도 위험했는데 거기에 란티스의 검격을 정면으로 받아치기까지 해버렸다. 그것만으로도 왼팔이 경련을 일으키면서 제대로 힘이 들어가지 않는다.

'부러지진 않았어. 이렇게 된 이상 기격으로…….'

요르드는 잘 움직이지 않는 왼팔의 움직임을 기격으로 보강했다. 그만큼 기격의 운용이 억제되긴 하겠지만 어쩔 수 없다.

그 앞에 란티스가 내려섰다.

"대단하군."

그렇게 말한 그도 몰골이 말이 아니었다. 사이클론 아머는 여기저기가 부서져서 몸이 드러나 있고 마법의 망토도 누더기가 되어버렸다.

하지만 용족의 힘을 가진 란티스에게는 재생력이 있었다. 요르드가 보는 앞에서 그의 상처가 빠르게 재생되어 간다. 시간이 지나면 지날수록 불리해진다.

'기회는 지금뿐!'

그 사실을 간파한 요르드는 망설이지 않았다. 곧바로 땅을 박차고 돌격했다.

왼팔의 움직임이 둔하지만 상관없다. 란티스 역시 온전한 상태가 아니다.

상처도 다 재생되지 않았고 앞뒤 가리지 않고 눈보라의 진격을 갈겨 버리는 바람에 스스로도 타격을 입었다. 아무리 냉기의 속성력이 한기의 영향을 막는다고 해도 얼음 조각들이 날아와서 물리적인 타격을 주는 것까지 어쩔 수는 없다. 그 역시 한 번 얼음 속에 파묻혔다가 살아 나오면서 몸이 둔해졌다.

새하얗게 얼어붙은 왕궁에서 두 기사가 격렬한 검투를 벌였다. 둘이 격돌할 때마다 그 여파로 얼음이 부서지면서 새하얀 안개가 흩어진다. 그 광경은 마치 둘이 어우러져 검무를 추는 듯 몽환적이고 아름답기까지 하다.

파아아아앙!

폭음이 울리며 란티스와 요르드의 위치가 바뀌었다. 요르드의 안색이 굳었다.

'이런!'

요르드는 언제나 란티스를 정면으로 보면서, 스스로 안

전하다고 생각하는 거리를 철두철미하게 유지하면서 싸웠다. 그 조건이 깨지는 것은 곧 요르드가 상황을 통제하지 못한다는 의미다. 몸이 둔해져서 결정적인 실수를 하고 말았다.

이 상황은 란티스에게 절대적으로 유리하다. 요르드가 미처 멈춰 서기도 전에 란티스는 이미 몸을 돌리고 있었다. 이대로라면 돌아서는 순간 그에게 급습당한다!

그러나 요르드의 우려와는 달리 란티스는 덮쳐오지 않았다. 그가 감탄한 목소리로 물었다.

"요르드 경, 당신은 정말 놀랍군. 어떻게 이렇게 싸울 수 있지?"

요르드가 움찔했다. 이성적으로 생각하면 이 대화에 응하는 건 바보짓이다. 시간을 끌면 끌수록 란티스에게 유리해지니 곧바로 공격해 들어가야 한다.

하지만 요르드의 긍지가 그것을 용납지 않았다. 란티스는 천금 같은 기회를 포기하고 대화를 바랐다. 그렇다면 자신은 그에 응해줄 의무가 있다.

"당신을 이기기 위해 노력해 왔을 뿐입니다."

"그건 내 의문에 대한 답이 되지 않아. 알고 있을 텐데?"

란티스가 고개를 저었다.

괴물이 된 이후 지금까지 그 어떤 강자도 란티스 앞에서 순식간에 쓰러졌다.

그것은 그들이 괴물의 힘을 몰랐기 때문이다.

인간은 미지 앞에 무력하다. 인간의 대응력은 경험을 통해 강화된다. 비슷한 수준의 자극을 경험해 본 적이 있거나, 혹은 비슷한 패턴의 상황을 이겨낸 적이 있다면 응용을 통해 난국을 타파할 수 있다.

하지만 그동안 싸운 적들에게 란티스는 미지의 괴물이었다.

그렇기에 란티스는 지금까지 어이없을 정도로 쉽게 적들을 유린해 왔다. 그들이 한 번도 경험해 보지 못한 속도로 감각을 농락하고 한 번도 상상해 본 적이 없는 힘으로 모든 것을 짓밟았다. 거기에 속성력이 더해지면 그는 움직이는 성채나 마찬가지였다.

그런데 요르드는 달랐다. 그는 절망적이기까지 한 전력차를 실감하면서도 놀라운 기술로 란티스의 허점을 공략해 오고 있었다.

"나는 당신 같은 존재와 싸워본 적이 있습니다."

요르드가 쓴웃음을 지었다.

란티스에게 쓰러져 간 이들과 달리, 요르드는 괴물조차도 초월하는 강자들과 무수히 겨뤄본 경험이 있었다.

그레이슨은 인간의 형상을 한 폭풍이었다. 압도적인 힘 앞에서 스스로를 지키기 위해 무엇을 해야 하는가, 요르드는 수백 번의 경험을 통해 필요한 것을 얻었다.

에리체는 제아무리 다채로운 공격을 퍼부어도 뚫을 수 없는 철벽의 성채였다. 순간 예지력을 가진 그녀와의 싸움은 수읽기의 극한이었다. 그녀와의 대련을 통해 요르드는 결코 안주하지 않고 항상 더 뛰어난 기술을 추구할 수 있었다.

그리고 루그는⋯ 요르드가 아는 모든 재난을 한데 모아둔 것 같은 존재였다. 루그는 요르드에게 말로 표현할 수 없을 정도로 많은 경험들을 주었다. 루그 덕분에 요르드는 어떤 악조건 속에서도 승리를 향해 나아갈 수 있는 대응력을 얻었다.

"내 동료들은 당신보다 더 강합니다, 란티스 경. 그들과 함께 연마해 온 경험이 지금의 나를 만들었습니다."

"⋯그렇군. 당신은 괴물을 알기에 괴물과 싸울 수 있는 건가."

란티스는 요르드의 말뜻을 알아들었다.

이 싸움을 통해 그도 자신의 문제점을 깨달았다. 요르드가 구사하는 전술은 마치 란티스가 마주하기 싫은 현실을 해부해서 눈앞에 들이대는 것 같았다.

"나도⋯ 인간으로서 더 위로 가고 싶었지."

인간의 기술로 괴물의 힘을 통제한다. 그로써 더 높은 경지에 올라 당당히 루그와 맞서겠다.

그렇게 꿈꾸며 필사적으로 노력했던 때가 있었다. 하지만 어느 순간부터 란티스는 열의를 잃었다. 스스로의 변모에 집어삼켜져 모든 것을 운명이라고, 어쩔 수 없는 일이라고 자포자기한 채 여기까지 떠밀려 왔다.

'끝까지 포기하지 않았다면, 달랐을까?'

문득 그렇게 자문해 본다.

란티스는 괴물이 된 스스로를 두려워하며 무릎을 꿇었다. 그건 타협이었다. 자신이 뭘 해도 이 이상의 존재가 될 수 없다고 여기고 스스로의 가능성을 부정해 버렸다.

만약 끝까지 포기하지 않고 악착같이 매달렸다면…….

'부질없는 망상이군.'

란티스는 쓴웃음을 지으며 상념을 털어버렸다.

문득 요르드가 말했다.

"그러고 보면 이 왕도는 우리에게는 운명의 땅인 것 같군요."

"정말 그렇군."

란티스도 동의했다.

둘의 첫 번째 싸움은 왕도에서 열린 왕실 무투회 4강전이었다.

두 번째 싸움은 왕도에서 루그와 불카누스가 격돌했을 때였다.

그리고 지금, 마지막 싸움 역시 왕도를 무대로 삼고 있었다. 시작부터 끝까지 세 번의 싸움이 모두 왕도에서 벌어지다니, 이쯤 되면 운명의 인도가 느껴질 정도다.

란티스가 물었다.

"마지막이라 그런지 이번이 가장 화려한 무대라고 생각하지 않나?"

"정말로 그렇군요. 살면서 왕궁을 내 검으로 부수면서 싸우는 날이 올 줄은 몰랐습니다. 게다가 상대는 무려 국왕 폐하시고."

"나를 국왕으로 인정하는 건가?"

"지금 이 순간에 그게 무슨 상관이겠습니까?"

"하하하. 하긴 그렇군. 나도 살면서 내가 국왕이 되어서 왕궁을 때려 부수면서 싸우는 날이 올 줄은 상상도 못했지. 최고의 무대, 최고의 상대로군."

감회에 젖었던 란티스가 표정을 굳혔다. 투구 안쪽에서 용족의 눈동자가 부릅떠지면서 한기가 폭발적으로 퍼져 나갔다.

"그러니까 더더욱… 여기서는 내 모든 것을 다해서 이기겠다. 요르드 경, 당신을 쓰러뜨리고 약속을 지키러 가야 해."

"마찬가지입니다."

요르드는 루그에게 약속했다. 반드시 이기겠다고, 그리고 살아남아서 다시 만나겠다고.

기사의 긍지를 걸고, 자신을 믿어준 루그와의 약속은 지키고야 말겠다.

'이제 방법은 하나뿐.'

대화하며 보낸 시간만으로도 란티스의 상태는 급속도로 호전되었다. 그에 비해 요르드의 상태는 그대로라 이제는 근접전으로 맞붙어도 그의 움직임을 따라가기 어렵다.

그 앞에서 란티스가 외쳤다.

"눈보라의 진격!"

동시에 주변에 존재하던 커다란 얼음들이 일거에 깨져 나가면서 요르드에게 쏟아진다!

그것은 도저히 피할 수 없는 재난이었다. 사방팔방을 집어삼키며 덮쳐오는 서리의 해일 앞에서 요르드가 심호흡을 했다.

마음속에서 루그의 목소리가 스쳐 갔다.

"너는 불의 뜨거움을 알고, 얼음의 차가움을 알고, 바람의 자유로움을 알고, 뇌격의 강맹함을 알겠지. 하지만 그건 피상적인 지식에 불과해. 진정으로 그 본질을 이해한다면, 그때야 비로소 그 힘은 네 것이 될 거야."

지금 이 순간, 속성력의 경지를 자신의 것으로 만든다. 그것 말고 여기서 살아나갈 방법은 존재하지 않는다.

필요한 것들은 모두 그의 내면에 갖춰져 있다. 루그는 다른 이들은 평생 동안 노력해도 얻기 힘든 것들을 아낌없이 전해 주었다. 그 가치를 올바르게 이해하고 꽃을 피우는 것이 요르드가 해야 할 일이다.

콰콰콰콰콰콰!

눈사태와도 같은 서리의 해일이 요르드를 집어삼켰다. 일순간 눈앞이, 아니, 모든 감각이 순백으로 물들었다.

그것을 보며 란티스는 승리를 확신했다.

'끝났군.'

아무리 요르드의 기격이 변화무쌍해도 이렇게 압도적인 힘으로 누르는 데야 답이 없다. 폭발이라면 비껴내기라도 하겠지만, 서리의 해일은 모든 공간을 얼려서 메꿔 버린다. 요르드도 저 안에서 얼음 조각상이 되리라.

"마지막은 확실하게 장식해 주지."

란티스가 검을 들어 올렸다. 요르드는 아까 전에도 서리의 해일 속에서 살아남았다. 이번에는 아까 전과는 비교도 할 수 없을 정도의 위력이지만, 만에 하나를 대비해서 확실하게 끝장을 낼 필요가 있었다.

사이클론 소드가 빛나며 바람이 울부짖었다. 란티스는 강
검의 힘을 한계까지 집중시켜서 검을 뒤로 당겼다.

바로 그 순간, 사그라들던 서리의 해일이 둘로 갈라졌다.

'아니!?'

콰하하하핫!

경악한 란티스를 서리의 광풍이 휩쓸었다. 무수한 서리들
이 그를 두들기면서 자세를 흐트러뜨리고 우측 상반신을 얼
려 버렸다.

그 직후 요르드가 뛰쳐나왔다. 반쯤 얼어붙은 상태였지만
투구 속에서 란티스를 노려보는 눈동자는 무섭도록 예리하게
살아 있었다.

'위험해!'

란티스는 쓰러지던 몸을 바로잡으며 검을 휘둘렀다. 몸을
얼렸던 얼음들이 그 힘을 이기지 못하고 부서져 나가면서, 그
반동으로 근육이 찢어진다. 하지만 상관하지 않고 그대로 질
풍과 융합한 강검의 힘을 내려쳤다.

요르드도 거의 동시에 반격했다.

콰아아아아아!

새하얀 눈보라가 폭발했다.

흩어지는 냉기 속에서 한 사람이 뛰쳐나왔다. 요르드였다.

그는 검을 휘두른 자세 그대로 균형이 무너져서 땅에 처박혔다.

그 뒤쪽에서 눈보라가 서서히 가라앉았다. 요르드가 반쯤 얼어붙은 몸으로 몸을 일으키고 격돌 지점을 바라보았다. 그곳에는 란티스가 그를 등진 채 서 있었다.

"어떻게……."

문득 란티스가 입을 열었다.

"…거기서 빠져나온 거지?"

"당신과 같은 힘을 손에 넣었으니까요."

요르드가 비틀거리며 대답했다.

그 말에 란티스가 허탈하게 웃었다.

"하하하하……. 속성력이라니, 이때를 위해 감추고 있었던 건가? 아니면 설마 바로 그 순간에 기격을 넘어서 거기에 도달한 건가?"

그렇게 말하는 란티스의 목소리는 고통으로 떨리고 있었다.

당연한 일이다. 그의 몸은 깊숙이 베어져 심장까지 두 동강 났으니까.

피가 나오지 않는 것은 그 틈을 무시무시한 한기가 파고들어 체내의 수분을 얼려서 메웠기 때문이다. 내부에서 팽창하는 한기가 전신을 얼려서 터뜨리려고 하는 것을 란티스는 가까스로 억제하는 중이었다.

요르드가 말했다.

"당신 덕분입니다. 당신과 싸웠기에 나는 이 경지에 도달할 수 있었어요. 감사합니다, 란티스 경."

속성력의 경지에 도달하려면, 그 힘의 본질을 알아야 한다.

얼음의 차가움을 안다.

란티스와의 격전만큼 그에 적합한 기회가 있었을까? 요르드는 목숨을 걸고 도전하여 자신의 내면에 심어진 씨앗을 꽃피웠다. 그렇게 해서 얻은 힘은 조금 전까지 자신의 목숨을 위협하던 빙설의 속성력이었다.

"그렇… 군……."

란티스는 마지막 힘을 쥐어 짜내서 뒤를 돌아보았다. 마지막 순간, 그를 바라보는 요르드의 눈은 한결같았다. 처음 만났을 때도, 이 싸움의 시작 때도, 그리고 지금까지도…….

"내 패배다. 염치없지만 부디… 내 검을 가져가라, 요르드 경."

그렇게 말한 란티스는 서서히 무너져 내렸다. 겨우 억제하고 있던 체내의 한기가 폭발하면서 핏빛 얼음 조각들이 허공으로 흩날렸다.

시야를 메운 선홍색을 보며 란티스는 티아나를 떠올렸다. 붉은 드레스를 입고 자신에게 웃어주던 그녀의 얼굴.

'티아나, 미안해. 약속, 지키지 못했…….'

부서진 육체가 대지에 무너지는 순간, 란티스의 의식도 영원한 어둠 속으로 떨어졌다.

CHAPTER 68
기다리던 순간

폭염의 용제

1

엘토바스는 공간 이동 마법진을 써서 왕도에서 빠져나왔다. 만약을 대비해서 공간 이동 마법진을 지하에 설치해 둔 것은 정말 잘한 일이었다. 그렇지 않았다면 루그 일행의 정확한 공격에 무력화되어서 오도 가도 못하는 처지가 되었을 것이다.

왕도에서 빠져나온 그는 만약을 대비해서 마법으로 모습을 감춘 채 고속으로 이동했다. 충분히 먼 곳까지 갈 때까지는 방심할 수 없었다.

그러나 아무리 방심하지 않아도 어쩔 수 없는 경우가 있게 마련이다.

콰콰콰콰……!

먼 곳에서 굉음이 울려 퍼졌다. 엘토바스는 깜짝 놀라서 뒤를 돌아보았다. 그리고,

쫘아아앙!

불과 5미터 떨어진 곳에 강맹한 섬광이 작렬했다.

혹시나 해서 방어 마법을 둘러치고 있어서 다행이다. 빗나가긴 했지만 폭발에 휘말리는 것만으로도 치명적인 공격이었다.

'큭, 뭐지?'

엘토바스는 놀라서 하늘을 올려다보았다.

푸른 불꽃의 궤적이 밤하늘을 불태우고 있었다. 거대한 날개 형상으로 뿜어져 나가는 그 불길을 휘감고 날아오는 것은 바로 루그였다.

'저건 뭐야?'

날아오는 속도가 말도 안 되게 빠르다. 아직 왕도의 상공을 날고 있는 루그는 지상에 미칠 여파를 우려해서 속도를 아음속으로 제약했지만 그것만으로도 급격히 거리가 좁혀진다.

엘토바스는 즉시 도망치기 시작했다. 갖가지 은닉 마법으로 스스로를 감춘 채 저공으로 난다.

동시에 그의 그림자로부터 또 다른 그의 형상이 나타났다. 흑마법으로 만들어낸 분신은 그와 동일한 존재감을 발하면서 다른 방향으로 날았다.

'잠시만 이목을 끌어준다면……'

엘토바스가 만들어내는 분신은 본체와 완전히 똑같은 마력 파동을 뿜어낸다. 아무리 루그라도 현혹되지 않을 수 없으리라.

또한 엘토바스는 스스로의 은신술에 자부심을 갖고 있었다. 모습과 기척을 감추는 수법에서만큼은 그가 최고다. 일단 한번 주의가 저쪽으로 쏠리기만 하면 그 후에는 결코 자신을 찾아낼 수 없으리라.

그렇게 자신하고 있었다.

꽈아아앙!

또다시 섬광이 아슬아슬한 지점에 작렬했다. 충격파가 몸을 덮치면서 엘토바스의 비행 궤도를 틀어놓는다.

경악하는 엘토바스에게 루그가 마법으로 전하는 목소리가 들려왔다.

"달아날 수 있을 거라고 착각하고 있으면 정신 차리는 게 좋아. 나랑 싸워서 이기는 것 말고 네가 살아남을 방법은 없어."

물론 엘토바스는 그 말을 듣지 않았다. 불리한 상황에서 상대방의 말을 듣고 도주를 포기한다니, 바보나 할 짓 아닌가? 그는 계속해서 분신을 만들어서 루그를 현혹시키면서 몸을 감추려 했다.

하지만 소용없다. 어떻게 도망쳐도 루그는 정확하게 그의 위치를 파악하고 공격을 해왔다. 연속적으로 섬광이 작렬하면서 충격파가 그를 두들겨 댄다.

혹시나 해서 분신을 남기고 땅속으로 도망쳐 봤지만 그것도 안 통한다. 루그는 분신이 뭘 하든 무시하고 엘토바스의 본체만을 집요하게 노렸다.

'도대체 무슨 수단을 쓰고 있는 거지?'

별의 눈이 자신을 포착했다는 사실을 모르는 엘토바스 입장에서는 환장할 노릇이었다. 지금까지 그 누구도 그의 은신을 간파하지 못했다. 심지어 지금은 나인즈 비홀더를 분석해서 그 관측조차 벗어날 방법을 만들어냈는데 어떻게 이럴 수가?

'이렇게 된 이상……'

결국 엘토바스는 몸을 감추고 빠져나가길 포기했다. 마력을 소모하는 분신을 전부 거두어들이고, 대신 회중시계를 꺼냈다.

찰칵, 찰칵, 찰칵!

멈춰 있던 시계바늘이 시간 단위로 움직이면서, 내부의 아공간에 갇혀 있던 어둠의 혈족들이 소환되었다. 아까 전에 빙설의 마병을 써버렸기 때문에 남은 것은 열 마리, 그중 일곱 마리를 한꺼번에 드러내었다.

'이걸 전부 소모품으로 써버려야 한다니.'

그가 회중시계에 가두어 다니는 어둠의 혈족은 천 마리도 넘게 소환한 뒤 그중에서 귀중한 특성을 가진 것만을 고르고 고른 것이다.

하지만 지금은 이걸 아끼고 있을 때가 아니다. 전력을 아끼다가 아픈 꼴을 당하는 것은 바보짓이다. 그런 경험은 그레이슨과 싸웠을 때로 충분하다.

네 마리의 어둠의 혈족이 불꽃을 뿌리며 루그에게로 날아올랐다. 그리고 세 마리가 엘토바스의 곁에 남았다.

'융합!'

엘토바스의 용마안이 떠지면서 섬뜩한 어둠의 기운이 뻗어나갔다. 그리고…….

콰드드드득!

그 기운에 사로잡힌 어둠의 혈족들이 한순간에 짜부라지면서 먹혀 들어갔다.

"젠장! 융합할 시간을 벌어보겠다 이건가?"

그것을 본 루그가 짜증을 냈다. 엘토바스가 어둠의 혈족과 융합하는 데 걸리는 시간은 짧다. 미끼로 던진 어둠의 혈족

네 마리가 루그에게 격파당하는 데 걸리는 시간 정도면 충분했다.

과연 루그가 그 네 마리를 박살 냈을 때, 엘토바스는 세 마리와의 융합을 완료하고 있었다. 루그가 혀를 찼다.

"그 모습도 오랜만에 보는군. 별로 보고 싶지 않았는데."

"흠? 이상하군요. 전 당신과 이 모습으로 만난 적이 없습니다만?"

그렇게 묻는 엘토바스의 모습은 완전히 변해 있었다.

원래 연한 갈색이었던 피부가 완전히 검게 물들고, 얄팍했던 뿔과 꼬리가 일반 드래코니안보다 더 커졌다. 그리고 주변에는 불길한 어둠이 꿈틀거리며 사악한 파동을 뿌려대었다.

루그는 그의 질문을 무시하고 땅으로 내려서서 손가락을 들어 보였다.

"미리 말해두지. '심상독(心狀毒)'은 내게 통용되지 않아."

그 말에 엘토바스가 한층 더 놀랐다. '심상독'은 그가 어둠의 혈족과 융합한 상태에서만 쓸 수 있는 비장의 무기 같은 것이다. 엘토바스가 이 무기를 쓸 때는 반드시 상대를 죽였기 때문에 아무도 아는 자가 없어야 정상이었다.

"어떻게 그것까지 알고 있는지는 모르겠지만… 이쯤 되면 놀라기도 지치는군요. 시험해 볼까요?"

엘토바스의 용마안이 부릅떠졌다. 동시에 루그가 있는 지점에 강력한 저주의 힘이 응집된다.

스스스스스스······!

검보랏빛 안개가 퍼져 나가면서 그 자리를 부식시켰다. 그것은 마법으로 구현된 독이었다.

"안 통한다고 했을 텐데?"

화아아아악!

그 속에서 루그의 목소리가 들리면서 창염이 뻗어나갔다. 바위조차 승화시키는 열기가 독기를 불태운다.

마족과 융합한 엘토바스의 용마안이 발하는 심상독이야말로 시공 회귀 전, 그레이슨을 죽음으로 몰고 갔던 원흉이었다.

이 독은 루그가 아는 한 그 어떤 마법으로 구현하는 것보다도 강력하다. 하지만 이미 이 독의 존재를 알고 있던 루그는 미리 대책을 세워두었다. 지금의 루그에게는 심상독이 통용되지 않는다.

창염으로 심상독을 불태운 루그는, 곧 어이없어하며 중얼거렸다.

"이 자식, 허세부리고 도망가냐?"

엘토바스는 심상독을 구현한 뒤 곧바로 날아서 도망치고 있었다.

그 속도가 지금까지와는 비교할 수도 없을 정도다. 마법으로 구현한 아홉 개의 분사구를 이용, 전진압을 이용해서 가속하는 그는 순식간에 아음속에 도달해 있었다.

"불카누스랑 똑같은 마법을 쓴다 이거지? 그래 봤자다!"

루그가 땅을 박차고 날았다. 창염의 날개가 펼쳐지면서 폭음이 울려 퍼졌다.

쿠아— 앙!

대기가 감당할 수 없는 속도에 꿰뚫리는 소리가 울려 퍼졌다. 그리고 그 소리가 엘토바스에게 닿기도 전에 루그가 그를 따라잡았다.

'이렇게 빠르다니!'

엘토바스가 경악했다. 아음속으로 날고 있는데도 상대속도가 엄청나다. 이대로 가다간 덮쳐져서 추락할 판이다. 그렇게 판단한 엘토바스는 즉시 분사각을 조절해서 방향을 틀었다.

"도망칠 수 없다고 했을 텐데?"

그 앞에서 멈춰 선 루그가 말했다. 엘토바스가 혀를 찼다.

"도대체 무슨 수를 썼는지 모르겠지만 정말 굉장하군요. 나를 포기하게 만들다니."

엘토바스가 스산하게 웃었다.

도망칠 수 없다는 건 인정한다. 하지만 정면으로 싸워서 이길 자신이 없냐고 하면 그건 아니다.

"당신과 싸우는 것 자체가 합리적이지 못한 일이라 피하려고 했습니다만… 이렇게 된 이상 소원대로 싸워 드리지요."

2

엘토바스가 아공간에서 기다란 지팡이를 꺼내 들었다. 무수한 보석과 금속조각을 짜맞춰서 만든 지팡이였다.

그것을 본 루그가 시큰둥하게 말했다.

"네놈이 그걸로 자기력을 조작한다는 것도 이미 알고 있어. 나한테는 안 통해."

"확실히 당신은 검도 갑옷도 안 쓰는군요. 몸에 붙어 있는 쇠붙이라 봤자 얼마 안 되고, 그렇게 말하는 걸 보니 자기력에 대응하는 방어 마법도 짜둔 거겠죠? 하지만 내가 가진 힘은 그것만이 아닙니다."

찰칵, 찰칵, 찰칵!

엘토바스가 회중시계에 남아 있던 나머지 어둠의 혈족 셋을 소환했다. 어둠 속에서 세 개의 그림자들이 나타나 울부짖었다.

그오오오오오!

그것은 인간을 닮은 존재였다. 검은 피부를 가진 2미터의 거인이 울부짖었다. 머리에 붙은 청동의 뿔은 불꽃에 휘감겨 있었고 붉은 머리칼에서도 불길이 뿜어져서 전신을 휘감았다.

"이건 뭐야?"

루그가 눈을 크게 떴다. 이제까지 어둠의 혈족을 무수히 봐 온 그도 본 적이 없는 괴물이었다.

"뭐 이렇게 인간이랑 닮았어?"

그들이 뿜어내는 강력한 마력 때문에 놀란 게 아니다. 오히려 그들이 어둠의 혈족 치고는 너무 인간과 닮아서 놀랐다.

볼카르가 말했다.

〈음? 이건… 그냥 공간의 왜곡점을 만든다고 소환할 수 있는 놈들이 아닌데?〉

"저게 뭔데?"

〈어둠의 혈족은 세계의 사념이 모여 탄생한 존재다. 그렇기에 알기 쉽게 괴물의 형상을 한 놈보다는 지상의 생명과 닮은 놈들이 더 강하지. 저놈들 정도면 지성도 높고 속성력도 있고 마법도 쓴다. 한마디로 말해서…….〉

볼카르의 말이 끝나기도 전에 불의 거인이 루그에게 달려들며 발길질을 했다. 그 동작이 생각 외로 빠른 데다가 궤도를 따라서 폭염이 뒤따라와서 폭발했다.

콰아아아아아앙!

〈…네가 상대했던 놈들하고는 비교할 수 없을 정도로 강력하다.〉

"그런 건 빨리 말해!"

그 불꽃을 오히려 자신의 불꽃과 융화시키며 돌파한 루그가 신경질을 냈다.

그 옆에서 또 다른 존재가 달려들었다. 역시 인간과 닮은 존재였다. 불의 거인과 마찬가지로 검은 피부를 가진 늘씬한 인간 여성의 모습을 가졌고, 이마에는 돌로 이루어진 뿔이 자라나 있었으며 기괴하게 일그러진 손 역시 암석을 이어붙인 것 같은 형상이라 이질적이었다.

돌의 여인이 돌로 된 손을 휘둘렀다. 그러자 땅에서 흙먼지의 파도가 일어나 덮쳐왔다.

"땅의 속성력?"

루그가 기가 막혀하는데 불의 거인이 힘을 집중하더니 루그를 향해 응축된 불의 구체를 쏘아냈다. 하나하나가 루그의 몸통만 한 불길이 화살보다 더 빠르게 날아드는데 그 수가 무려 수백이다.

콰콰콰콰콰콰콰!

"이놈들이!"

루그가 쏟아지는 화염의 비를 뚫고 질주했다.

이 어둠의 혈족들은 확실히 강력하다. 보통 인간들 상대였다면 수백 명을 학살하고도 남았으리라.

하지만 그렇다고 루그에게 위협이 될 정도냐 하면 그건 아니다.

우우우우우웅!

공간이 뒤흔들렸다. 창염의 날개를 펼치고 뛰어든 루그가 공간 절단의 힘을 스톰 브링거와 융합, 보이드 브링거로 불의 거인을 관통해 버린 것이다. 그 직후 루그가 날면서 손날을 내리치니 그 궤도로부터 진공파가 뻗어나가 불의 거인을 후려쳤다.

그워어어어어!

불의 거인이 비명을 지르며 쓰러진다. 루그는 쓰러지는 불의 거인을 발로 걷어차서 결정타를 날리고는 곧바로 여성형 괴물에게로 날았다.

그때 볼카르가 말했다.

〈루그! 지금 그놈 상대하고 있을 때가 아니다!〉

"그럼 뭐 어쩌라고?"

〈엘토바스라는 놈을 막아라!〉

"뭐?"

루그가 눈을 크게 떴다.

두 명의 어둠의 혈족을 내보내 루그를 상대하게 한 엘토바스 앞에는 역시 인간과 비슷한 실루엣을 가진 존재가 있었다.

'아니, 저건 인간이랑 다른 부분이 거의 없잖아?'

놀랍게도 그 존재는 엘토바스처럼 새카만 피부를 가졌다는 걸 제외하면 인간과 다른 부분이 하나도 없었다. 검은 피부와 대조되는 백발도 인간의 머리카락과 똑같다.

두근.

그 존재를 보는 순간, 루그는 이상할 정도로 불길한 느낌을 받았다. 볼카르가 경고했다.

〈저건 이 세계에 소환된 적도 손에 꼽을 정도로 강력한 놈이다. 가끔 사념이 고밀도로 집중된 곳에서 의식만이 드러나 존재가 전해지는, 그 진짜 이름을 알지 못하면 마법으로도 불러내는 게 불가능한 존재인데 저게 움직이기 시작하면…….〉

"젠장! 어둠의 혈족은 그냥 똑똑한 놈이면 세고 멍청한 놈은 약하고 그런 거 아니었어?"

〈그게 맞다. 그리고 저놈이 어둠의 혈족 중에서 제일 똑똑하고 제일 센 놈 중에 하나다.〉

"간단해서 좋군!"

루그가 몸을 틀었다. 하지만 그때 옆에서 여성형 괴물이 덮쳐왔다.

키기기기기기……!

불쾌한 웃음소리와 함께 돌로 된 양손이 전광석화처럼 날아들었다. 그 속도가 어찌나 빠른지 루그조차도 타이밍을 빼앗겼을 정도였다.

〈닿지 마라! 닿으면 석화된다!〉

"큭, 석화의 마수(魔手)냐?"

볼카르의 경고에 루그가 짜증을 내며 그것을 피했다. 여성형 괴물의 돌로 된 손은 접촉한 존재를 돌로 만들어 버리는 마력이 깃들어 있었던 것이다.

불의 거인은 루그와는 상성이 나빴다. 루그에 대한 정보가 없는 상황에서 불의 속성력 자체가 통용되지 않았으니 순식간에 당할 수밖에 없었다.

그러나 돌의 여인은 불의 거인이 당하는 것을 관찰해서 루그가 강한 존재임을 인식했다. 그녀는 힘과 속도만으로 보면 루그보다도 더 위였고 접촉하면 돌로 만들어 버리는 힘까지 갖추고 있었다.

"짜증나는 녀석이네. 너희 위계질서가 어떻게 되어 있어서 이러는지 모르겠지만……."

투덜거리는 루그를 향해 돌의 여인이 다시 뛰어들었다. 지성이 높은 어둠의 혈족이면 당연히 인간의 언어도 이해할 것 같은데, 무조건 공격해 들어오는 모습이 의아할 정도였다.

"어차피 궁금하지도 않으니 얼른 죽어버려!"

루그가 그렇게 외치면서 반격했다.

팍!

다음 순간 돌의 여인의 양팔이 루그에게 잡혀 버렸다. 루그가 있는 지점보다 위쪽을 치려다가 그대로 팔꿈치 부근을 붙잡힌 것이다.

놀란 그녀가 루그를 바라보았다. 그녀와 마주한 루그의 눈이 불꽃처럼 타올랐다. 직후 땅을 박차고 뛰어오른 루그의 무릎이 그녀의 몸통을 올려쳤다.

'라이징 쉘!'

무릎차기로 적을 분쇄하는 오더 시그마의 비기! 폭음이 울리며 적의 몸통에 커다란 구멍이 뚫렸다. 그리고 스파이럴 스트림이 돌의 여인을 휘감으면서 허공으로 들어 올린다. 루그는 그녀를 붙잡은 채로 그대로 땅을 향해 메쳤다.

콰아앙!

메쳐진 순간 충격을 이기지 못한 돌의 여인이 박살 나버렸고, 루그는 그 반동으로 10미터 이상 날아올랐다.

허공에서 몸을 돌린 루그는 엘토바스가 혼자가 된 것을 알아차렸다. 그 사이 인간과 쏙 빼닮은 어둠의 혈족과의 융합을 완료한 모양이었다.

겉보기에는 달라진 게 없었다. 그러나… 루그는 그가 내뿜는 마력이 아까와는 차원이 달라졌다는 사실을 알 수 있었다. 지금 이 순간 그가 내뿜는 마력은, 엘레멘탈 서버와 연계한 루그보다도 두 배 이상 위였다.

엘토바스가 웃었다.

"설마 다시 이 상태로 싸우는 날이 올 줄이야. 거의 350년 만이군요."

"그동안 너를 위협하던 놈이 없었다던가 하는 허세에 찌든 소리 하려는 건 아니지?"

"후훗. 그런 건 아닙니다. 그저 죽을 때까지 잊고 싶었던 기억을 다시 되살려 준 당신을 용서할 수 없다고 생각할 뿐. 차라리 그냥 죽는 게 행복했다고 생각할 정도로… 스스로의 감정 속에서 허우적거리면서 죽지도 못하게 만들어 드리죠."

"예나 지금이나 허풍이 심한 놈이군. 할 수 있으면 해봐. 네놈만큼은 절대 살려보내지 않겠다."

루그가 그를 노려보며 대꾸했다. 곧 둘의 살의가 폭발하며 광풍이 휘몰아쳤다.

3

불카누스는 눈을 떴다.

긴 잠이었다. 꿈을 꾸는 동안에도 시간의 흐름을 지루하게 느낄 정도로.

하지만 모든 잠은 언젠가는 깨어나게 마련이다. 영원히 그가 잠에 빠져 있기를 바랐던 적의 바람을 배반하며 그의 의식이 현실로 돌아왔다.

'여기도 꿈인 건 아니겠지? 너무 오래 잠들어 있다 보니 별의별 생각이 다 드는군.'

불카누스는 그렇게 생각하며 자신의 상태를 점검해 보았다. 이곳은 봉인 공간 속이었고 자신은 마지막으로 진신에 의식이 깃들었을 때와 마찬가지로 의자에 앉아 있었다.

문득 익숙한 목소리가 들려왔다.

"호오, 드디어 깨어났구려."

"지아볼."

무척 오랜만에 듣는 목소리다. 그곳에는 검은 머리칼에 붉은 눈동자를 가진 청년, 지아볼이 있었다. 그를 보던 불카누스가 눈살을 찌푸렸다.

"뭐가 이렇게 많은 건가?"

그 물음의 뜻은 문자 그대로였다.

봉인 공간 속에 수많은 지아볼들이 있었다. 지아볼이 다수의 육체를 조종하고 있다는 사실은 알고 있었지만, 이렇게 한 자리에 모여 있는 걸 보는 건 처음이다. 잘 살펴보니 봉인 공간 밖에도 상당히 많은 개체가 있어서 불카누스의 거처 안에 30명이 모여 있었다.

불카누스의 앞에 있는 지아볼이 어깨를 으쓱했다.

"당신 상태를 어떻게 해보려고 연구하다 보니 몸 하나만으로 진행하는 건 너무 비효율적이더구려."

"다수의 육체를 조종하면 그만큼 집중력이 소모되어서 능력이 떨어지는 거 아니었나?"

"그걸 감안해도 한 번에 하나의 몸으로 할 수 있는 일은 한정되어 있어서, 작업을 여러 구간으로 쪼개서 분담한 거요."

초기에 지아볼은 다수의 육체를 연동시켜서 방대한 기억을 저장하고, 필요한 연산 능력을 얻었다.

하지만 그가 온전한 능력을 발휘하려면 움직이는 건 단 하나의 육체여야 했다. 나머지는 그와 의식을 공유할 뿐이고, 그 모든 정신 능력이 하나의 육체에 집약되어야 제대로 능력을 발휘할 수 있는 것이다. 즉, 그가 여러 개의 육체를 동시에 움직이면 움직일수록 능력이 분산되어 하나하나의 힘이 저하된다.

그런데도 굳이 여러 개의 육체를 동시에 움직이는 걸 보면 그 말대로 뛰어난 하나보다는 열등한 다수가 분업하는 게 더 효율적인 경우가 있긴 한가 보다. 그렇게 생각하는 불카누스에게 지아볼이 물었다.

"오랜만에 깨어나니 상태가 어떻소?"

"이상 없다. 시간이 얼마나 지났지?"

"4개월이 넘었지. 깨어나지 못하는 건 아닐까 걱정될 정도였소."

"정말 길었군. 상황은?"

"일단 계획은 다 진행해 두고 있었소. 아쿠아 비타라는 놈들이 나타나서 골칫거리지만… 뭐, 그건 일단 여기서 나가서 듣는 게 어떻소? 육체는 준비해 두었는데."

"그러지."

불카누스가 질리도록 잠에 빠져 있다 보니 답답하던 참이었다. 곧 그는 외유의 의식을 통해 지아볼이 준비한 인간 육체로 의식을 옮겼다.

옷을 갖춰 입은 불카누스가 봉인 공간 밖으로 나오면서 말했다.

"인간의 몸도 오랜만이군."

"편안하오?"

"그럴 리가 없지 않나? 내게 인간의 육체는 지독히도 불편한 잠자리 같은 것이다."

"유감이군. 편안한 잠자리이길 바랐는데."

"음?"

지아볼의 말에서 이상한 뉘앙스를 느낀 불카누스가 눈살을 찌푸리는 순간이었다.

우우우우우우우!

갑자기 발밑이 빛나면서 마법진이 떠올랐다. 불카누스가 경악하며 지아볼을 바라보았다.

"무슨 짓이냐?"

"보시는 대로. 나는 정말이지 당신이 깨어나지 않으면 어쩌나 걱정했다오. 다행히 딱 좋은 시기에 깨어나 주셨군."

지아볼이 차갑게 웃었다. 그런 그의 곁으로 또 다른 그의 육체들이 걸어와서 주변을 에워싸고 섰다. 똑같은 얼굴을 가진 30명이 똑같은 표정을 짓고 자신을 바라보는 것은, 아무리 불카누스라고 해도 섬뜩한 경험이었다.

지아볼이 말했다.

"시공의 휘장은 정말 대단한 마법이었소. 과연 볼카르답더군. 마법의 구성이 당신이 가르쳐 준 것과는 근본부터 달랐기 때문에, 그것을 보고 해석하는 건 불가능했지. 결국 일어난 현상을 분석하고, 또 당신의 상태를 지속적으로 연구해서 바닥부터 모방해 가야 했는데 그것도 인간의 뇌를 여럿 연동한 정도의 연산 능력으로는 정말 몇 년이 걸릴지 모르는 작업이었소. 하지만 나에게는 방법이 있었지."

"무슨 소리지?"

그렇게 물으면서도 불카누스는 답을 알고 있었다.

이 마법진이 구현하는 마법은… 시공의 휘장이다. 아니, 정확히는 시공의 휘장을 모방해서 지아볼이 독자적으로 만들어낸 마법이다.

문득 지아볼이 손가락을 튕겼다. 그러자 그의 등 뒤에서 아공간이 열리면서 새카만 정육면체가 나타났다. 표면에 무수한 광점이 복잡한 패턴을 그리며 달리고 있는 그것을 불카누스는 예전에 본 기억이 있었다.

"브레인 박스?"

"그렇다오. 예전에 보여줬었지?"

그것은 인간의 육체를 연동해서 필요한 기억 능력과 연산 능력을 확보한 지아볼이 만든 장치였다. 이름 그대로 뇌의 역할을 하는 상자. 인간의 뇌로 감당할 수 없는 막대한 양의 기억을 안정적으로 보존하기 위한 기록 장치.

"하지만 사실 난 그때 이 브레인 박스의 기능을 다 말해준 게 아니었소."

지아볼은 브레인 박스의 진정한 기능을 불카누스에게 말해 주지않았다. 그것은 바로…….

"이것이야말로 궁극의 연산 장치요. 하지만 크기가 클수록, 그리고 단말이 많으면 많을수록 기능이 기하급수적으로 개선되기 때문에 이 자체만으로는 그리 큰 연산 능력을 발휘할 수 없다는 게 약점이지."

지아볼조차도 이 세계에서는 브레인 박스를 설계도대로 옮기는 것이 고작이었다. 보조 단말들을 만들어서 그 기능을 늘리는 것은 불가능했다.

그래서 그는 다른 방법을 강구했다.

"성능이 아쉽기는 하지만, 생명체의 뇌도 브레인 박스의 단말 역할을 할 수 있지."

지아볼이 그동안 탐욕스럽게 육체를 늘려왔던 것에는 그런 이유가 숨겨져 있었다. 그는 방대한 자신의 기억을 온전히 담아두고, 필요한 연산 능력을 얻기 위해 그런다고 했지만 실은 브레인 박스와 연동시키는 것이 진정한 목적이었던 것이다.

"지금까지 연동시킨 인간과 용족의 뇌는 100개체. 이 정도쯤 되니 그럭저럭 만족스러운 성능이 나오더군. 덕분에 당신의 상태를 해석해서 시공의 휘장을 재현할 수 있었소."

본체와 100개의 뇌를 연동시킨 브레인 박스의 연산 능력은 드라칸이나 드래코니안 같은 상위 용족조차도 아득히 초월한다. 인간이 푼다면 수십 일 동안 수천 장의 종이에 그 과정을 빽빽하게 적어야 할 수식을 그야말로 찰나지간에 풀어버릴 수 있는 연산 능력이다.

"유감스럽게도 브레인 박스를 내 육체 제어에 실시간으로 제어할 수는 없지만… 필요한 문제를 입력하고 계산시켜서 답을 얻을 수는 있지."

그리하여 지아볼은 시공의 휘장을 모방한 마법을 만들고 불카누스가 깨어나길 기다렸다. 지아볼이 불카누스가 깨어나지 않으면 어쩌나 걱정한 것은 진심이었다. 시공의 휘장을 모방하는 작업이 끝난 지 한 달이 넘도록 그가 깨어나지 않았으니……

"깨어나 줘서 정말로 고맙소, 불카누스. 이제 그 불편한 잠자리에서 잠드시오. 모쪼록 영원히."

"지아볼……!"

우아하게 몸을 숙여 인사하는 지아볼에게 불카누스가 분노했다.

하지만 할 수 있는 게 없다. 이 마법진이 발동하는 그 순간부터, 불카누스는 꼼짝도 못하는 처지가 되어버렸다. 몸도, 그리고 마력도 그의 통제에서 벗어났다. 이 육체부터가 지아볼이 그를 가두기 위해 준비한 함정이었다.

"이제 당신의 몸은 내가 가져야겠소. 나의… 동포들을 위해서."

"복제인 주제에, 사실은 알지도 못하는 것들 때문에 이런 짓을 할 셈인가!"

"기억이 존재를 증거하니, 나는 지아볼이 아니면서도 지아볼이지. 스스로에 대해서도 잘 모르는 당신이 내 정체성에 대해서 걱정해 줄 필요는 없소. 당신이 그토록 증오하는 인간의 육체가 당신의 무덤이 되다니, 아이러니군."

지아볼이 불카누스를 조롱하면서 마법을 완성시켰다. 마법진에서 뿜어져 나온 빛이 불카누스를 휘감았다.

"지아볼!"

"부디 좋은 꿈 꾸시길, 불카누스."

빙긋 웃는 지아볼의 얼굴을 끝으로 불카누스의 의식이 현실에서 추방되었다.

『폭염의 용제』 제16권에 계속…

김현우 퓨전 판타지 소설

「레드 데스티니」,「골드 메이지」를 잇는
김현우표 퓨전 판타지 결정판!
『드림 워커』

단지… 꿈이라 생각했다. 그러나 어느 날.
그 꿈이 현실을, 그리고 현실이 꿈을, 침범하기 시작했다.

루시드 드림!
힘든 삶 앞에 열린 새로운 세계!

그날 이후 모든 것이 바뀌었다!
기준의 삶도, 유렐의 삶도 모두 내 것이다!

Book Publishing CHUNGEORAM

유행이 아닌 자유추구 -
WWW.chungeoram.com

마법사
무림기행

魔法師 武林紀行

김도형 퓨전 판타지 소설

신예 김도형이 그려내는 퓨전 장르의 변혁!
무림을 무대로 펼쳐지는 마법사의 전설!

무림에서 거지 소년으로 되살아난 마법사 브린.
더 이상 떨어질 곳도 없는 깊은 나락에서 마법사의 인생은 새로이 시작된다!

내 비록 시작은 이 꼴이나 그 끝은 창대하리니!

짓밟혀도 되살아나는 잡초 같은 생명력!
고난 속에서 빛을 발하는 날카로운 기재!

무협과 판타지를 넘나드는
마법사 브린의 모험을 기대하라!

Book Publishing CHUNGEORAM

유행이 아닌 자유추구 -
WWW.chungeoram.com

귀환인 歸還人

김동신 퓨전 판타지 소설

모든 마수의 왕 베히모스.

그의 유일한 전인 파괴의 마공작 베르키.
마계를 피로 물들이고 공포로 군림했던 그가
드디어… 꿈에 그리던 한국으로 돌아왔다.

"친구들아,
나 권태령이 드디어 돌아왔어!"

피로 물들었던 마계의 나날을 잊고
가족과도 같은 친구들과 지내는 생활.
그 일상을 방해하는 자들은 결코 용서치 않는다!

살기가 휘몰아치는 황금안을 깨우지 말라!
오감을 조여오는 강렬한 퓨전 판타지의 귀환!

Book Publishing CHUNGEORAM

유행이 아닌 자유추구 -
WWW.chungeoram.com

THE KNIGHTS OF SQUARE

아더왕과 각탁의 기사

홍정훈 판타지 장편 소설

『비상하는 매』의 신선함, 『더 로그』의 치열함,
『월야환담』의 생동감.

그 모든 장점을 하나로 뭉쳐 만든 홍정훈식 판타지 팩션!

아더왕과 원탁의 기사.

전설의 검 엑스칼리버의 가호 아래 역사에 길이 남을 대왕국을 건설한
위대한 왕과 그의 충직한 기사들.

"…난 왜 이리 조건이 가혹해?!"

그 역사의 한복판에 나타난 이질적 존재, 요타!
수도사 킬워드의 신분을 빌려 아트릭스의 영주가 되어 천재적인 지략과 위압적인 신위를 휘두르며
아더왕이 다스리는 브리타니아에 정면으로 반기를 든다!

전설과 같이 시공을 뛰어넘어
새로운 아더왕의 이야기가 우리 앞에 나타난다!

Book Publishing CHUNGEORAM